AMERICAN CRIME CLASSICS

DOROTHY
UHNAK

Mädchenmord mit Voranmeldung

SCHERZ

Einmalige Ausgabe 2000
Einzig berechtigte Übertragung aus dem Amerikanischen
von Charlotte Hamberger
Titel des Originals: »The Bait«

Umschlaggestaltung: Manfred Waller, Reinbek
Gesamtherstellung: Ebner Ulm

1

Christie Opara saß auf der kleinen Bank vor der leeren Triebwagenkanzel. Die U-Bahn war um diese Zeit, kurz nach dem Hauptverkehrsansturm, kaum besetzt. Während sie die Füße gegen das Rütteln und Stoßen des Zuges stemmte und mit den Händen ihre Schulbücher umspannte, wurde sie allmählich eins mit dieser monotonen Bewegung, der Geschwindigkeit, die nicht fühlbar wurde, weil an dem kleinen, schmutzigen Fenster vor ihr nur Schwärze vorüberflog.
Der Zug hielt mit einem jähen Ruck, und Christie griff nach ihrer Umhängetasche, die ihr von der Schulter rutschte. Sie konnte sie gerade noch auffangen, aber dabei glitten ihr die Bücher aus der Hand. Ärgerlich sammelte sie einige lose Blätter vom Boden auf. Obwohl aus der Tasche gar nichts herausgefallen sein konnte, öffnete sie mechanisch den Verschluß und kontrollierte, ob noch alles da war: Make-up, Papiertaschentücher, Sonnenbrille, Kugelschreiber, der gewaffelte Griff ihres .32er Dienstrevolvers, Schlüsselbund, der kleine Spiralblock – und endlich auch noch das Lederetui mit ihrer Polizeimarke.
Ihre Finger klappten die Lederhülle auf und tasteten über das Metall: *New York City Police Department* und: *Detective*, und dann die vier eingestanzten Zahlen: 4754.
Christie klappte das Etui wieder zu und zog die Hand aus der Tasche. Sie strich sich eine dunkelblonde Strähne aus der Stirn und versuchte vergeblich, mit etwas Zupfen der kurzgeschnittenen Frisur einen ordentlichen Anstrich zu geben.
Die sechsundzwanzigjährige Christie Opara: zierlich, fast ohne Busen, sehr schmalhüftig und langbeinig, das sommersprossige Gesicht ungeschminkt bis auf die Augen – sie war genau die gelangweilte, oberflächliche College-Studentin von ungefähr einundzwanzig Jahren, die sie darstellen sollte. Darum war es auch gar nicht schwierig für sie gewesen, in die Clique des City-College hineinzukommen. Christie hatte eine Begabung, sich nicht nur Sprache und Gebaren, sondern auch die subtileren Verhaltensmerkmale anzueignen, die aus ihr ein unauffälliges, aber glaubwürdiges Mitglied jeder beliebi-

gen Gruppe machten. Sie war in das City-College eingeschleust worden, um die Quelle der LSD-getränkten Zuckerwürfel ausfindig zu machen. Heute vormittag sollte sie zusammen mit vier anderen Studenten, mit denen sie in losem Kontakt stand, in einer besonderen Ecke des Cafés diese Zuckerwürfel für fünf Dollar das Stück verkaufen.
Seit über vier Wochen liefen die Recherchen für diesen Fall; eine ermüdende Arbeit, und sie war froh, daß die Sache jetzt der Lösung zustrebte. Für ihre vier Kollegen war das alles noch viel langweiliger gewesen, denn sie mußten die persönlichen Daten der Studenten zusammentragen, deren Namen ihnen von Christie als zum Kreis der Verdächtigen gehörend übermittelt worden waren. Und diese Daten erstreckten sich von der Geburt bis zur Gegenwart. Im Grunde hätte der Fall zum Rauschgiftdezernat gehört. Die Tatsache, daß er statt dessen von einer Sonderabteilung des District Attorney bearbeitet wurde, bedeutete, daß einer der Studenten Sohn oder Tochter einer bekannten Persönlichkeit war. Bei der Verhaftung heute vormittag durften die potentiellen Käufer gar nicht merken, was mit ihren Lieferanten passiert war.
Christie lehnte sich auf der harten Bank bequemer zurück und überlegte, wer von den Studenten ein Prominentensproß sein könnte. Dann schob sie den Gedanken ärgerlich von sich. Ihr Chef Casey Reardon hielt es nicht für angebracht, sie in dieses Geheimnis einzuweihen, obwohl sie nicht nur an dem Fall beteiligt, sondern sogar mit der Verhaftung betraut war. Sie war sich darüber im klaren, daß sie sich nach einem Jahr Zusammenarbeit mit Reardon mit seiner Art abgefunden haben sollte: Er stellte die Fragen – seine Leute hatten die Antworten zu liefern. Basta. Reardon erachtete es bereits für ein großes Kompliment, sie als einzige Frau in seine siebzehn Mann starke Abteilung aufgenommen zu haben. Es war das einzige Kompliment, zu dem er sich aufraffte. Wie gut sie auch ihre Aufgaben löste, seine Reaktion blieb stets gleich: Sie hatte nur getan, was er von ihr erwartete.
Christie hatte gar nicht gehört, daß die Tür aufgegangen

war, aber nun schreckte sie von dem lauten Krach auf, mit dem sie wieder zugeschoben wurde. Und im selben Augenblick gellte eine durchdringende schrille Stimme:
»Mitten im Leben sind wir des Todes! Ich bin die Auferstehung und das Licht! Ich bin Gott! Wer sich vor mir verschließt, ist der ewigen Verdammnis anheimgegeben!«
Sie blickte erschrocken auf und sah in die zornigen, gläsernen Augen eines kleinen, dunkelhäutigen Mannes. Sein Körper steckte zwischen zwei riesigen, schmutzigweißen Tafeln, auf deren einer Seite in grell blauen und roten Buchstaben stand: »Bekehrt euch! Bereut! Die Stunde naht. Ich bin das Leben. Ich bin der Tod.« Als sich der Mann jäh umdrehte, sprang ihr von der rückwärtigen Tafel ein scheußlicher Christuskopf entgegen, der unfaßlicherweise in wilden Plakatfarben das Gesicht dieses Mannes wiedergab: die schmalen, knochigen Wangen und die brennenden, gläsernen Augen.
Der Zug verlangsamte seine Fahrt und kam zum Stehen. Die Türen gingen auf. Ein paar Fahrgäste stiegen zu und warfen einen argwöhnischen Blick auf den Tafelträger. Sie suchten sich möglichst weit weg gelegene Plätze und vertieften sich gleich in die Morgenzeitungen.
Als die Türen automatisch zugingen, erhob der Mann wieder seine klagende Stimme, als habe man einen Knopf an ihm gedreht. Aber niemand nahm Notiz von ihm. Ebenso plötzlich, wie er angefangen hatte, hörte er auch wieder auf. Ein Lächeln ging über die braunen Lippen; seine rechte Hand verschwand zwischen den beiden Tafeln und schnellte, mit einer kleinen amerikanischen Flagge bewaffnet, wieder hervor. Die Hacken zusammenschlagend verneigte er sich zweimal und marschierte den Mittelgang entlang.
Nach kurzer Pause jammerte seine hohe Stimme von dort wieder: »Mitten im Leben sind wir des Todes! Ich bin Gott! Ohne mich seid ihr der ewigen Verdammnis anheimgegeben. Ich bin ...«
Christie Oparas Finger krampften sich fester um die Schulbücher. Sie versuchte wegzuhören. Sie brauchte niemand, der sie an den Tod erinnerte. Nicht heute, nicht am Freitag, dem 6. Mai: Mikes Geburtstag. Sein dreißigster. Dreißig wäre er

heute geworden, wenn er nicht mit fünfundzwanzig Jahren ums Leben gekommen wäre.
Sie biß die Zähne aufeinander und hob den Kopf ins Licht der trüben Deckenlampe. In tiefen Atemzügen sog sie die Worte ein. Mitten im Leben. Mike war nicht nur mitten im Leben, er war das Leben selbst gewesen. Und jetzt gab es ihn nicht mehr. Christie schloß fest die Augen, aber auch das linderte den aufgebrochenen Schmerz nicht. Sie bäumte sich auf gegen das Dunkel hinter ihren Lidern, kämpfte gegen die Flut oberflächlicher Eindrücke; sie versuchte, ihn entstehen zu lassen: Mike, die lebendige Erinnerung an ihn. Aber nur ein schemenhaftes Bild erschien. Ein Foto, unwirklich und unecht, das sich in ihrem Gedächtnis eingegraben hatte. Nicht er, kein Gefühl von ihm, keine lebendige Erinnerung. In schlagartigem Entsetzen erkannte sie, daß sie nicht mehr wußte, wie ihr toter Mann ausgesehen hatte.
Mit ihren sechsundzwanzig Jahren war Christie älter als ihr Mann geworden. Seinetwegen war sie zur Polizei gegangen. Mike hatte gesagt, sie würden das erste verheiratete Team des Police Departments, und sie würden wirklich was leisten können bei den Vorbeugemaßnahmen gegen die Jugendkriminalität. Jetzt, fast fünf Jahre nachdem ihn jugendliche Rauschgiftsüchtige umgebracht hatten, war sie Detektivin zweiten Grades, die sich auf dem Weg zur Festnahme jugendlicher Rauschgiftsüchtiger befand. Christie schüttelte den Kopf. Nein, Reardon hatte ihnen ja erklärt, bei LSD-Leuten handle es sich nicht um Süchtige im eigentlichen Sinn.
Sie atmete tief ein und öffnete die Augen. Eine dicke Frau mittleren Alters, die ihr schräg gegenüber saß, musterte sie. Die Frau war sichtlich eingeengt von einem massiven Korsett unter dem zweiteiligen marineblauen Wollkleid. Sie schaute auf die zerschlissenen schwarzen Turnschuhe, die schmalen Hosenbeine der verwaschenen grünen Jeans, den schwarzen, baumwollenen Rollkragenpullover und schließlich in das Gesicht der jungen Frau, und sie tat dies mit jenem spezifischen Ausdruck, den die mittlere Generation für die schreckliche Jugend von heute parat hat. Aber Christie begegnete diesem Blick mit einem so unerwarteten Ausdruck kalter Feindselig-

keit, daß die Lippen der anderen unwillkürlich zuckten. Sie versteckte den Kopf schnell wieder hinter ihrem *Reader's Digest*.

Christie stand auf und ging in den Harmonikagang zwischen den beiden Wagen. Blicklos starrte sie aus dem verschmierten Fenster. Die Tunnelwand raste vorüber. Sie zwang sich durch einen klaren Willensakt zurück in die Wirklichkeit. Sie sah auf ihre Armbanduhr und bemühte sich, sich wieder zu erinnern, ob sie drei Minuten vor oder nach ging. Obwohl es gleichgültig war, denn sie hatte noch genug Zeit. Auf ihrer Uhr war es neun Uhr fünfzig.

Das bedeutete, daß Nora und Mickey auf dem Weg in die Gitarrenstunde bei Mr. Stone waren. Nora Opara, ihre rundliche kleine Schwiegermutter, weißhaarig, mit rosigem Teint, ebenso vital wie ihr quirliger kleiner Enkel. Bei dem Gedanken an ihren Sohn lächelte Christie; sie konnte sich gut vorstellen, wie er sich vor Konzentration auf die Lippen biß, während ihm Nora die ungeschickten kleinen Hände über die Saiten führte.

Sie blickte noch einmal auf ihre Uhr. Allmählich wurde sie nervös, und das war gut. Denn es bedeutete, daß sie sich engagierte – und das war wichtig.

Mit schlurfenden Schritten ging sie ein Stück vor, ganz aus der Hüfte heraus, den Kopf gesenkt, mit gelangweiltem Blick. Sie fühlte sich schon ein, erzeugte die Stimmung der Clique in sich, bewegte sich entsprechend, so daß sie an der 23. Straße ganz als diejenige aussteigen würde, die sie vorzustellen hatte. Sie war bereit für ihre Rolle.

2

Murray Rogoff stand auf dem U-Bahnsteig und drückte seinen Rücken fest gegen die herausstehenden Schraubenköpfe der schmutziggrünen Säule. Mit jeder Faser seines Körpers versuchte er sich auf diese Empfindung zu konzentrieren, auf diesen kleinen Schmerz. Wenn er nur daran dachte, dann konnte er die ständig wachsende Unruhe niederdrücken. Er stellte sich die Abdrücke dieser Schraubenköpfe auf seinem Rücken vor und auf den starken Muskeln seiner Arme: weiße Dellen. Wenn er sich kräftig genug dagegen preßte, würden es später blaurote Blutergüsse. Er zwängte die Schultern mit grausamer Heftigkeit gegen die Säule, aber selbst dieser Schmerz konnte die Frage nicht übertönen: Wie war er auf diesen Bahnhof gekommen? Wie lange stand er schon da? *Warum war er hier? Warum war er hier?* Das war die Frage, die er mit körperlicher Gewalt niederkämpfen mußte. Er war kräftig, sehr kräftig. Einen Moment lang überlegte sich Murray, was wohl geschähe, wenn die Eisensäule seinem Druck nicht mehr standhielte. Er verlagerte sein Gewicht, preßte nun Beine, Hüften und Fersen gegen die Säule, daß sich die Schrauben eingruben. Er stöhnte leise. Er fühlte ein unterdrücktes Dröhnen in sich; ein Rattern, das ihm von den Fersen herauf durch den ganzen Körper lief. Allmählich merkte er, daß dieses Dröhnen und Rattern nicht aus ihm kam. Die Untergrundbahn heulte von fern durch den schwarzen Tunnel; jetzt änderte sich das Geräusch, wurde lauter und lauter. Auf den glänzenden Geleisen spiegelte sich das Licht des einfahrenden Zuges.

Rogoff verdrückte sich hinter die Säule, streckte sich, daß er wie eins wurde mit der grünen Eisensäule, die das Bahnsteigdach trug. Er zog die karierte Schirmmütze so fest ins Gesicht, daß sein Puls hart gegen das einengende Lederband klopfte. Als er den Zug dicht hinter sich hörte, wie er seltsame Laute ausstieß, atmete und keuchte wie ein riesiges Tier, trieb es ihn unwillkürlich aus seinem Versteck. Er streckte den Kopf vor und sah durch die dicken Gläser seiner Brille in ein Gesicht, das aus einem der Zugfenster stierte. Es war das leere, schläfrige Gesicht eines U-Bahn-Fahrgastes. Die Zugtüren glitten zu, und das Gesicht des alten Mannes wollte sich vom Fenster lösen. Etwas in diesem Gesicht reizte Rogoffs Wut; er näherte sich gebückt dem Fenster und drückte seinen Kopf gegen das feuchtwarme Glas. Entsetzt, als würde eine Kugel gegen ihn abgefeuert, fuhr der alte Mann zurück. Der Zug fuhr an und schleuderte Rogoff gegen die Säule, wo er nun, etwas in sich

zusammengesunken und flach atmend, stand und versuchte, seinen Zorn mit dem Atem herauszustoßen.
Er riß sich die Mütze vom Kopf und klemmte sie wütend unter den Arm, um sich mit der schwieligen, gefühllosen Hand den nackten Schädel zu reiben. Seine Augen brannten unter der schützenden Brille. Er nahm sie ab, obwohl er wußte, daß es so nur schlimmer wurde. Mit einem Zipfel seines schmutzigen braunen Trikothemds putzte er die Gläser und die nach Maß angefertigten Seitenteile aus Plastik, die sich wie bei einer Schweißerschutzbrille genau den Schläfen anpaßten, um seinen tränenlosen Augen die lebenswichtige Feuchtigkeit zu erhalten.
Plötzlich hörte er Schritte und Lachen. Im Schutz der Eisensäule beobachtete Murray ein junges Paar, das sich an den Händen hielt und jetzt heftig atmend aneinanderdrückte. Was mochte der Junge dem Mädchen ins Ohr flüstern? Oder liebkoste er sie nur, um ihren Geruch, den Geschmack ihrer Haut und ihres Mundes zu fühlen? Sie war mollig. Ein enger Gürtel schnürte ihre Taille und ließ die Hüften breit hervorquellen. Der Junge, selbst nur Haut und Knochen, vergrub gierig seine Hände in ihrem Fleisch.
Murray setzte die Brille wieder auf, aber er konnte damit die Geräusche nicht abstellen: laute, eindeutige Geräusche heftigen Atmens. Er knallte sich die Mütze über die Ohren und preßte die Hände gegen den Stoff, bis er nur noch das hohle Brausen in sich selbst hörte.
Jetzt mußte er nur noch das Verlangen loslassen, das er zu beherrschen versucht hatte. Daß es ihn ganz erfüllte, von den Lenden heraufstieg und sich mit schneidenden Fangarmen um den Magen krampfte, wie mit Fäusten Herz und Lungen zusammenschnürte, bis er schwer atmete und sein Herz in harten Stößen schlug. Sein Verstand, alles Denken löste sich ganz in seinem Körper auf, wie so viele Male zuvor, wenn es ihn nachts in die schlafenden Straßen trieb, in die Dunkelheit, die Parks, wo er sich hinter die Büsche drücken konnte und Ausschau halten. Warten.
Und manchmal, wenn die verschwiegenen Plätze hell von Sonnenlicht durchflutet waren, trieb ihn das schreckliche

Bedürfnis in verlassene U-Bahnhöfe, wie jetzt, wo er Treppen und Gänge und vorbeifahrende Züge überwachte, um...
Die Lust schärfte seine Sinne und löschte alle Gedanken aus. Sie raste durch sein Blut und berührte jede Stelle seines Körpers. Aber sie brachte auch kristallscharfe Klarheit; er wußte das und nahm es auf sich. Er würde nicht *befriedigt* sein. Nicht jetzt. Das kam später, das vollkommene, herrliche, beglückende Entleeren. Aber es würde kommen, Sättigung und Erleichterung.
Murray Rogoff sah in die blitzenden Lichter des einfahrenden Zuges und trat auf den Bahnsteig hinaus, weil er wußte, daß er jetzt einsteigen mußte. Und ohne zu denken, wußte er auch, *warum.*

3

Christie schaute mit leerem Blick in das vorüberfliegende Dunkel. Daß sie den großen Mann gesehen hatte, wurde ihr nicht bewußt, bis er den Zwischengang betrat und vor der Tür zum anderen Wagen zögernd stehenblieb, sie dann ansah, den Türgriff wieder losließ und sich ihr gegenüber in die Ecke stellte. Aber jetzt, wo er sich so ins Halbdunkel der Ecke drückte, erregte er ihre Aufmerksamkeit.
Sie fühlte eine Spannung; die alte, vertraute Bereitschaft, dieses merkwürdige Gefühl von Vorwarnung, das in der Kehle aufstieg und von da in den Magen kroch. Um die Erregung zu dämpfen, zwang sie sich zu gleichmäßig ruhigem Atem. Zwar hatte sie das Gesicht von ihm abgewandt, aber im Fenster der Waggontüre rechts von sich sah sie sein Spiegelbild. Der kleine Raum war erfüllt von seiner Gegenwart, seinem schweren Atem, dem durchdringend scharfen Körpergeruch. Christie überflog mit einem Blick den halbleeren Waggon. Da saßen fünf oder sechs Fahrgäste, die peinlich jeden Kontakt untereinander vermieden, die bunten Werbeplakate anstarrten oder die Nase in die Morgenzeitungen steckten.

Ohne ihn direkt gesehen zu haben, wußte sie, daß dieser Mensch abnorm veranlagt war. Sie hatte einen Blick dafür, geschärft vom Dienst in Kinos, Parks und Seitenstraßen in der Nähe von Schulen. Aus seiner Ecke kam ein unterdrücktes, zischendes Atmen. Der Mann entblößte sich. Ebenso rasch wie klar überlegte sie zwei verschiedene Dinge: Der Mann war pervers und beging eine Perversität. Sie war auf dem Weg zu einem Polizeieinsatz, wo vier Kollegen sie erwarteten. Darum konnte sie jetzt nichts gegen ihn unternehmen.

Geräuschlos – als habe sie ihn gar nicht bemerkt – ging Christie in den Wagen und setzte sich an einen Platz auf der linken Seite, von dem aus sie den Verbindungsgang überschauen konnte, ohne ihn sehen zu müssen. Keiner der Fahrgäste achtete auf den Mann da draußen, und sie wären auch genauso ungerührt geblieben, wenn sie ihn gesehen hätten. Christie saß stocksteif auf ihrem Platz und bedauerte, daß ihr die Hände gebunden waren. Der Zug hielt an der nächsten Station, sie blickte aus dem Fenster und sah, daß er nicht ausgestiegen war.

Vorn an der mittleren Tür betraten jetzt zwei kleine Mädchen den Wagen. Sie trugen blaue Schuluniformen, weiße Blusen und ein goldenes Emblem auf den blauen Kappen. Die beiden hatten sich sehr viel zu erzählen.

Hinsetzen, flehte Christie in Gedanken, aber diese halben Kinder konnten ihre mageren Beine nicht stillhalten. In der trüben Beleuchtung, neben der verschlafenen Gleichgültigkeit der älteren Fahrgäste blitzten ihre Gesichter vor Lebendigkeit. Ihre Augen wanderten durch den ganzen Wagen, aber sie konnten sich für keinen Platz entscheiden. Schließlich gingen sie auf den Zwischengang zu.

Christie stand auf und schnitt ihnen den Weg ab. Sie sah jetzt, daß sich der Mann im Gang umgedreht hatte. Er lehnte in der Ecke, das Gesicht zum Wagenabteil hin und wartete. Der Zug ging in eine Kurve. Die zwei Mädchen mußten sich schnell festhalten, dann aber wollten sie weitergehen, doch Christie hatte ihnen den Weg verstellt. Mit geübtem Griff schob sie die beiden herum; niemand außer den Kindern merkte, was vor sich ging. »Ihr bleibt hier!« sagte sie leise und so entschieden,

daß die Mädchen erschraken und gehorsam im Wagen Platz nahmen, ohne sich noch einmal umzusehen. Christie zog entschlossen den Polizeiausweis aus der Umhängetasche; die Bücher steckte sie unter den Arm, den Ausweis in die linke Hand, so daß sie die rechte noch frei hatte. So ging sie in den Zwischengang hinaus und stellte sich dicht vor den Mann.
»Polizei«, sagte sie ruhig und streckte ihm die linke Hand hin. »Sie sind verhaftet.« Dann faßte sie mit der rechten seinen Gürtel. »Machen Sie Ihre Hose zu. Wir steigen bei der nächsten Station aus.« Jetzt, wo sie nah bei ihm stand, merkte sie erst, wie groß er war. Ihre Stimme schwankte; sie sagte leise: »Ich habe eine Pistole. Es liegt ganz an Ihnen, ob ich davon Gebrauch mache.«
Der Mann zog den Reißverschluß seiner Hose zu. Er schien sie zu mustern. Christie fühlte seinen Blick nur; sein Gesicht war von der Schirmmütze und der merkwürdigen Schutzbrille ganz verdeckt. Das Bewußtsein seines mächtigen Körperbaus verursachte ihr Übelkeit. Sie schluckte trocken. Der Zug hielt. Dann zog sie an seinem Gürtel, und er stieg mit ihr aus.
»Immer hübsch brav!« sagte sie gepreßt. Es war eher ein Gebet als ein Befehl, aber der Mann, der vor ihr her stolperte, gehorchte. Niemand außer ihnen war ausgestiegen; der Bahnhof schien menschenleer. Mit einem flauen Gefühl im Magen hörte sie die Wagentür hinter sich zugehen und spürte das Rattern des anfahrenden Zuges. Sie wich einen Schritt zurück – vom Bahnsteig und von der sehr realen Möglichkeit, in den fahrenden Zug gestoßen zu werden. Ihn immer noch am Gürtel haltend, ging sie auf die Mauer zu. Am anderen Ende der Station erschien eine große Gestalt in blauer Uniform. Ein Bahnpolizist! Er streckte neugierig den Kopf vor, während er jetzt näher kam; dann reckte er fragend das Kinn hoch.
Christie befahl ihrem Gefangenen, die erhobenen Arme gegen die Ziegelmauer zu stützen. Mit gespreizten Beinen, das Gesicht zur Wand, stand er so weit von der Mauer entfernt, daß er gezwungen war, sein ganzes Gewicht auf die Hände zu legen.
»Was hat das zu bedeuten?« fragte der Polizist mißtrauisch. Er war groß, aber nicht ganz so kräftig wie der Verhaftete.

Christie öffnete die linke Hand und ließ ihre Kennmarke aufblitzen. Der erstaunte Blick, der daraufhin ihre Jeans und Turnschuhe streifte, entging ihr nicht.
»Detective Opara aus der Abteilung des District Attorney. Ich habe den Mann aus dem Zug heraus verhaftet. Exhibitionist.«
Der Polizist war sehr jung; sein Gesicht war rosig und glatt wie die Gesichter der beiden Schulmädchen. Er pfiff leise, voll Bewunderung und Staunen. »Ein mächtiger Brocken!« Er stellte sich zum Vergleich vor den Gefangenen, um ihn gleich darauf blitzschnell von oben bis unten abzutasten. Dann schüttelte er den Kopf. »Stubenrein. Dreh dich um, Freundchen, und laß dich mal anschauen!«
Gehorsam wandte Rogoff sein Gesicht den beiden Polizisten zu; seine Arme hingen jetzt schlaff herunter. Der junge Bahnpolizist blinzelte ihn angestrengt an, dann erkundigte er sich bei Christie: »Hatten Sie Schwierigkeiten mit ihm?«
Christie warf einen Blick auf ihre Armbanduhr und trat ein paar Schritte beiseite. Sie winkte den Polizisten zu sich. Seine Augen blieben auf den Gefangenen geheftet, während er Christie zuhörte, die leise und hastig auf ihn einredete: »Bis jetzt noch nicht, aber ich werde sie bald haben. Ich bin unterwegs zu einem Einsatz. In fünfzehn Minuten muß ich vor dem City-College sein – und zwar unbedingt.« Sie sah in das unbeschriebene junge Gesicht vor sich und biß die Zähne aufeinander.
»Officer, der Mann ist abartig veranlagt. Hatten Sie schon einmal so einen Fall?«
»Nein, Ma'am«, erwiderte er, ohne Rogoff aus den Augen zu lassen. »Um ganz ehrlich zu sein, das ist überhaupt mein erster Fall – ich meine, der erste, bei dem ich beteiligt bin. Verstehen Sie mich bitte nicht falsch!«
Christie holte tief Luft und sagte dann schnell: »Also wie wär's? Wollen Sie den Fall übernehmen? Ihre erste Verhaftung – sozusagen geschenkt. *Ihr* Fall.«
Der junge Bahnpolizist wandte einen Moment lang seine Augen von Rogoff. Sein Gesicht wurde förmlich. »Wie soll ich das verstehen?«
Christie versuchte, seine Miene zu deuten. »Ich muß dringend

weg. In einer Viertelstunde erwarten mich vier Leute. Wir arbeiten schon fast einen Monat an dieser Sache, *heute* soll sie abgeschlossen werden.« Sie merkte, daß ihre Stimme vor Aufregung zitterte. Gespannt seine Reaktionen verfolgend, fuhr sie fort: »Er entblößte sich, beim Aussteigen – das sahen Sie, als Sie näher kamen... kapiert?«
Seine Augen stachen wie zwei Eiskristalle, während er den Blick fest auf sie richtete. »Das sah ich nicht. Ich kann den Fall nicht übernehmen, weil ich nichts gegen ihn vorzubringen habe. *Sie* haben ihn verhaftet. *Ich* kann Sie dabei nur unterstützen.«
Christie stieß ärgerlich die Luft durch die geschlossenen Zähne. Sie hörte ihren Zug einfahren und hatte nur den Wunsch einsteigen zu können und eine Station weiterzufahren, zu ihrem Bestimmungsort, wo ihre vier Kollegen auf sie warteten.
»Gut, gut. Aber ich brauche Ihre Unterstützung nicht, Sie sehen ja, der Mann verhält sich ganz ruhig, und ich sagte Ihnen schon, daß er keine Schwierigkeiten macht. Sie können unbesorgt Ihre Strecke abgehen. Sie machen Ihren Dienst, und ich kümmere mich weiter um diesen Fall, okay?«
»Nein«, erwiderte er mit einer ihr wohlbekannten Stimme: der Stimme eines Polizisten, der merkt, daß man ihn hereinlegen will. »Der Mann muß vorgeführt werden, das wissen Sie besser als ich, und wenn er Sie auf dem Weg zum nächsten Polizeirevier niederschlägt, sitze *ich* in der Tinte.«
Verzweifelt sah Christie einen Zug einfahren, die Türen gingen auf und zu, er setzte sich wieder in Bewegung – Richtung 23. Straße, ohne sie.
Der junge Bahnpolizist ergriff Rogoffs Arm, dann hellte sich seine Miene in einem plötzlichen Lächeln auf. »Hey, Sarge!« rief er einem untersetzten Mann in blauer Uniform zu, der eben ausgestiegen war. Und zu Christie hin sagte er: »Das ist ein feiner Kerl. Er kommt jede Stunde mal nachsehen.«
»Sehen Sie, Sergeant, was wir da für einen Fang haben!«
Der Bahnpolizist, ein gedrungener Mann um die Fünfzig,

sportlich trainiert, kniff die Augen halb zu und ließ seinen Blick zwischen Rogoff und Christie schweifen. »Was denn? Halbstarke?« fragte er dann und reckte das Kinn gegen Christie.

Der junge Polizist grinste. »Das ist ein weiblicher Kollege. D.A.-Abteilung. Hat diesen Burschen ganz allein aus dem Zug befördert. Exhibitionist«, fügte er noch hinzu.

»So?« brummte der Sergeant unüberzeugt.

Christie wies ihre Erkennungsmarke vor und beobachtete sein kluges, erfahrenes Gesicht mit einem Schimmer von Hoffnung.

»Sergeant, kann ich Sie einen Augenblick sprechen?« Sie traten beiseite, und Christie sah mit einem Seufzer auf ihre Uhr. »Du guter Gott, die bringen mich um!« Der Sergeant blickte sie forschend an. »In diesem Augenblick sollte ich am City-College sein. Eine große Sache. Im Vertrauen gesagt, es handelt sich um einen LSD-Fall; Studenten. Die Geschichte wird von ein paar hohen Tieren bearbeitet, heute soll alles auffliegen. Mein Chef, Casey Reardon...«

Die Miene des Sergeanten verwandelte sich schlagartig zu freundschaftlicher Sympathie. »Casey Reardon?« Sein Lächeln verriet persönliche Erinnerungen. »Ist er immer noch so ein Bullenbeißer? Jesus, von dem könnte ich Ihnen Sachen erzählen!«

Christies Stimme überschlug sich fast. Sie klammerte sich an diese plötzliche, unerwartete Hoffnung. »Er ist es, und mich wird er nicht nur beißen, sondern verschlingen, wenn ich nicht schleunigst komme. Das ist nicht irgendein Allerweltsfall, verstehen Sie?« Er nickte mitfühlend, und ihr wurde schon leichter ums Herz. »Irgendein hohes Tier hat an dem Fall persönliches Interesse und setzt uns alle unter Druck.«

Der Sergeant kehrte wieder seine dienstliche Miene hervor. »Und warum dann das?« Er wies mit dem Daumen über die Schulter auf Rogoff und den jungen Polizisten.

Christie setzte ihm die Geschichte mit den Schulmädchen auseinander und bemerkte, wie sich sein Gesicht aufhellte. »Sonst hätte ich den doch nicht mit der Zange angerührt! Ich hätte in Ihrem Büro angerufen – und früher oder später wäre er von Ihren Streifenleuten erwischt worden. Aber ich hatte Angst, daß er es vor den Kindern macht...« Und ohne einen Hehl aus ihrer Verbitterung zu machen, setzte sie hinzu: »Ich hatte ja keine Ahnung, daß ich Ihrem so tüchtigen und hilfreichen Polizisten in die Hände laufen würde. Jetzt habe ich den Salat.«

Der Sergeant kratzte sich nachdenklich am Nacken. Sein Gesicht verriet Anteilnahme. »Casey Reardon! Ich verstehe Ihre Lage. Diese Jungs haben wir frisch ausgebildet. Zwei Wochen machen die jetzt Streife und sind wachsam wie junge Hunde. Und gerade der, aus dem wird ein guter Polizist. Er ist anständig und gescheit.«

Christie fühlte, wir ihr der Boden unter den Füßen weggezogen wurde.

»Wäre ich allein hier – tja, dann hätte eben *ich* ihn bei der Schweinerei erwischt, verstehen Sie? Aber für die Jungs geht da eine Welt unter, das sind ja noch halbe Kinder. Das ist nun sein erster Fall, und der wird ein guter, tüchtiger Mann – verstehen Sie mich?«

Christie nickte resigniert. »Ich verstehe es, Sarge. Und schönen Dank auch.« Und mehr für sich murmelte sie: »Dann versetzt mich Reardon eben zurück in die Frauenabteilung.«

»Ach, das muß nicht gleich so schlimm werden, Mädchen!« versuchte der Sergeant sie wenig überzeugend zu trösten. »Was hätten Sie denn unter den Umständen schon tun sollen?«

Der Mann an der Sperre, ein dünner Kerl mit Ledergesicht, schwenkte das Telefon heraus, das auf einem Scherengitter montiert war, damit der Bahnpolizist seine Behörde anrufen konnte. Während er seine Einnahmen zählte, entging ihm kein Wort von dem, was gesprochen wurde:

»Ja, ganz richtig, Lieutenant, ein Exhibitionist. Auf der Südstrecke zwischen 33. und 28. Straße. Verhaftet von Detective Opara. Polizeimarke 4754, Ermittlungsabteilung des District Attorney.« Er schwieg ein paar Sekunden, dann sprudelte er hervor: »Selbstverständlich, ich wußte nicht, daß Sie seine Personalien gleich brauchen. Moment, bitte!« Er klemmte sich den Hörer zwischen Kopf und Schulter und blätterte in seinem

Notizbuch: »Murray Rogoff, männlich, weiß, 56 Jahre – US-Staatsangehöriger – 2 m – etwa 90 kg –« und dann an Rogoff gewandt: »Welche Augenfarbe haben Sie?«
»Nehmen Sie die Mütze ab, Mister!« sagte der Sergeant.
Rogoff zog die Mütze herunter. Der Sergeant pfiff unwillkürlich vor Verwunderung über den kahlen bleichen Schädel.
»Und die Spezialbrille? Eine Augenkrankheit?«
Unaufgefordert nahm Rogoff auch die Brille ab. Die nun ungeschützten wimpernlosen Lider blinzelten heftig. Auch die Augenbrauen fehlten; nicht das geringste Anzeichen von Bartwuchs in diesem Gesicht; es war glatt und kahl wie der Schädel.
»Augen hellbraun«, rief der Sergeant dem jungen Polizisten zu. »Schnell, Rogoff, setzen Sie Ihre Brille wieder auf, wenn Ihnen die Augen weh tun.« Er wandte sich an Christie, die ganz wider ihren Willen die letzten Minuten interessiert verfolgt hatte: »Das ist eine Spezialbrille; ich kenne sie von einem Bekannten. Zur Erhaltung der Feuchtigkeit. Es sind doch Feuchtigkeitsgläser, nicht wahr, Rogoff?« Rogoff schwieg. Der Sergeant flüsterte Christie zu: »Der Kerl ist nicht ganz richtig. Benimmt sich wie ein Roboter. Da muß man aufpassen, bei so einem.«
Christies Augen suchten vergeblich nach einem zweiten Telefon. Der Sergeant, der ihre Unruhe bemerkte, scheuchte den jungen Polizisten vom Apparat. »Los, los! Den Rest können Sie denen dann mündlich erzählen, meinetwegen auch die Farbe seiner Unterhosen, wenn Sie Lust haben.«
Christie holte tief Luft und nahm den Hörer ab. Sie wählte die Nummer ihres Büros.
»Ermittlungsabteilung des District Attorney – Detective Martin.«
»Stoney? Hier ist Christie.«
Es dauerte zwei Sekunden, bis es vom anderen Ende kam: »Ja wirklich?«
»Hör zu, Stoney ...«
»Zum Kuckuck, Christie, wo steckst du denn? Es ist schon nach zehn! Marty hat schon zweimal angerufen, Ferranti einmal, O'Hanlon ruft ununterbrochen an, und von Mr. Rear-

don zu sagen, er sei nervös, wäre nicht ganz das richtige Wort...«

»Mir ist was Komisches passiert auf der Fahrt zum City-College.« Als er nichts darauf erwiderte, sagte sie kleinlaut: »Ich bin an der U-Bahn-Haltestelle der 28. Straße...«

»Und was, zum Teufel, tun Sie an der U-Bahn-Haltestelle der 28. Straße?« brüllte jetzt eine andere Stimme durch die Leitung.

Christie stockte der Atem. Sollte sie lieber den Sergeanten mit Reardon sprechen lassen? Unwillkürlich schüttelte sie den Kopf. »Das ist eine lange Geschichte, Sir«, sagte sie.

Gereizt forderte er sie auf, sie kurz zu erzählen. »Ich habe einen Exhibitionisten verhaftet...« Christie hoffte, daß der Sergeant nicht verstand, was Reardon ihr daraufhin ins Ohr schrie. Aber anscheinend hatte er doch etwas gehört, denn er schlenderte nun diskret zu Rogoff und dem jungen Polizisten hinüber. Sie formte ihre Worte nur noch mit dem Mund, ihr Verstand war gänzlich lahmgelegt. Und dabei war es fraglich, ob Reardon überhaupt etwas verstehen konnte, denn er schimpfte unentwegt auf sie ein, während sie ihm den Hergang des Vorfalls zu schildern versuchte. »Und dann leistete mir der Bahnpolizist Amtshilfe...« Das löste einen neuen Wortschwall aus. Schließlich wurde die ärgerliche Stimme undeutlich, und dann meldete sich Stoney wieder.

»Christie«, fing er vorsichtig an, »Mr. Reardon läßt dir sagen, du sollst gleich ins Büro kommen, wenn du den Fall beim Untersuchungsrichter durchgeschleust hast. Und – warte, noch was...« Sie hörte die beiden Männer beratschlagen, dann kam Stoney wieder: »Sieh zu, daß du Tommy Kalman erwischst, den Blonden. Er soll den Fall schnell erledigen. Richte ihm aus: Befehl von Mr. Reardon. Und dann kommst du gleich, okay?«

»Okay. Und was ist mit den anderen?«

»Was wird schon sein?« fragte Stoney zurück. »Höchstwahrscheinlich lassen die bald wieder von sich hören; dann pfeife ich sie zurück.« Sie hörte, wie sich Reardons Stimme entfernte, wie eine Tür zugeschlagen wurde. Stoney seufzte.

»Christie, am besten, du wirfst dich in eine Rüstung«, sagte er nun erheblich milder. »Mr. Reardon ist sozusagen unglücklich...«
»Danke!« Christie legte auf und gab dem Apparat einen Schubs, daß er in seine ursprüngliche Befestigung zurückschnellte.
Traurig winkte sie dem Sergeanten nach, der aus dem Abteilfenster schaute, während sich der Zug in Bewegung setzte und in Richtung 23. Straße preschte.

»Du guter Gott!« sagte der diensttuende Beamte auf dem Revier. »Sieh mal, was uns die heute von der Bahnpolizei schicken! Einen zwölfjährigen Streifenmann und eine halbstarke Polizistin. Und der Gefangene, der ist wohl aus dem Zirkus? Mensch, guck dir bloß den Schrankmann an!«
Sein Kollege vom Schreibtisch gegenüber hob den Kopf, nickte stumm und fuhr fort in seiner Arbeit.
Christie zeigte ihre Polizeimarke vor. »Ich bin Detective in der Abteilung des District Attorney. Der Gefangene ist ein Exhibitionist. Ich habe ihn in der U-Bahn verhaftet; dieser Beamte von der Bahnpolizei hat mir geholfen.«
»Ein Exhibitionist? U-Bahn? Und Sie gehören zum D. A.?«
»Ja, Sir«, bekräftigte Christie kurzangebunden. »Ich war auf dem Weg zu einem Einsatz und ertappte dabei zufällig diesen Mann auf frischer Tat. Können wir ihn jetzt vorführen?«
Der Lieutenant deutete mit einer Kopfbewegung in Richtung der Eisentreppe. Christie gab dem jungen Polizisten einen Wink, ihr mit dem Gefangenen zu folgen.
Der junge Polizist sah ein bißchen aufgeregt aus. Er erlebte zum erstenmal die Übersetzung der knappen Polizeisprache in die ausführliche Wirklichkeit, und das machte ihn unsicher.
»Jetzt werden die Fingerabdrücke genommen, nicht wahr?« fragte er Christie.
Sie nickte und sah ihn an. »Kennen Sie noch den Paragraphen 552?«
Der junge Streifenbeamte dachte krampfhaft nach. »§ 552 – kleinere Delikte und strafbare Handlungen...«
Christie bemühte sich, ihre Ungeduld nicht merken zu lassen.

»Der Paragraph 552 ist wahrscheinlich einer der wichtigsten, mit denen Sie es zu tun haben werden. Er umfaßt sämtliche Delikte und Vergehen, bei denen von den Gefangenen Fingerabdrücke abgenommen und Fotos gemacht werden müssen.« Sein Gesicht erhellte sich. »Ja, einschließlich Anrempeln von Passanten, unsittlichen Verhaltens, Besitz von Drogen, die nicht unter das Rauschgiftgesetz fallen, Exhibitionismus und –«

»*Ich* kenn den Paragraphen«, unterbrach ihn Christie. »Der springende Punkt ist, daß *Sie* sich daran erinnern: Exhibitionismus fällt unter die Vergehen, die dem Verfahren bei Schwerverbrechern unterworfen sind – Fingerabdrücke, Lichtbild, Untersuchungsrichter.«

Der junge Polizist nickte; nun war ihm wieder alles klar.

Während Rogoff die Fingerabdrücke abgenommen wurden, füllte Christie auf einer Schreibmaschine das vorgedruckte Formular aus: Name, Personenbeschreibung, Anschrift, Narben und sonstige besondere Merkmale. Sie war konzentriert beschäftigt und merkte nichts von dem Staunen, das Rogoff erregte. Als sie das Blatt aus der Maschine nahm, blickte sie auf und sah zum erstenmal den Gefangenen richtig an. Er rieb sich gerade die feuchten Finger an seiner Hose trocken.

Sein großflächiges Gesicht war ausdruckslos; der grobe Knochenbau zeichnete sich deutlich unter der gespannten, gelben Haut ab. Die Augen hinter der merkwürdigen Brille blinzelten unaufhörlich, schienen aber nichts wahrzunehmen außer den schmutzverschmierten Gläsern selbst. Er leistete allen Anordnungen der Beamten gehorsam Folge, sprach aber kein Wort und schien überhaupt von seiner Umgebung keinerlei Notiz zu nehmen. Christie fiel das Hervortreten eines Knochens über dem Nacken auf. Als aus einer anderen Richtung sein Name gerufen wurde, wandte er sofort den Kopf, und sie bemerkte, daß er überhaupt keinen Hinterkopf hatte, was diesen Schädel wie den Rohentwurf einer Skulptur erscheinen ließ.

»Jesus, kein einziges Härchen an dem Menschen!« rief einer der Kriminalbeamten. »Haben Sie am ganzen Körper keine Haare?«

Der kahle Schädel machte eine verneinende Bewegung.
Rogoff nahm die Brille ab und ließ sie seine wimpernlosen Lider sehen. Dann setzte er sie schnell wieder auf. Danach preßte er sich die Mütze wieder auf den Schädel.
»Sie dürfen jemanden anrufen, Mister. Wen wollen Sie verständigen? Sie brauchen es nur zu sagen; ich mach das schon für Sie.«
Rogoff zuckte die Achseln. Der Detective redete geduldig auf ihn ein, wobei er sich mehr und mehr unterstreichender Handbewegungen bediente. »Hier, da haben Sie ein Blatt und einen Bleistift; schreiben Sie auf, wen wir benachrichtigen sollen, Name und Telefonnummer.« Er schaute Rogoff zu, wie dieser schrieb. »David Rogoff? Ihr Vater? Nein? Bruder? Okay, Murray, ich werde ihn anrufen und ihm sagen, was los ist.«
Der Detective stand auf und ging zu Christie hinüber. »Ein wahres Prachtexemplar! Hatten Sie Schwierigkeiten mit ihm?«
»Nicht die geringsten.«
Er warf einen kurzen Blick auf Rogoff und sagte: »Da hatten Sie aber mächtig Glück, Kindchen. Der hat Bärenkräfte.« Und dann leiser, daß nur Christie es verstehen konnte: »Das war Wahnsinn, den allein zu verhaften!«
»Allerdings! Nur noch mehr, als Sie ahnen!« entgegnete Christie. Es waren nicht die gewiß kräftigen Muskeln und der mächtige Körperbau, sondern vielmehr das Fehlen jeglicher Behaarung, was ihn so gefährlich aussehen ließ.
Über eine Stunde mußten sie warten. Dann kam der Polizeiwagen. »Setzen Sie sich mit ihm nach hinten; ich gehe vor zum Fahrer«, befahl Christie ihrem jungen Kollegen. »Zunächst müssen wir zur Lichtbildstelle. Wenn Rogoff schon eine gelbe Karte hat, liegt sie ja inzwischen hoffentlich vor.«
Bahnpolizist Alexander nickte ernst. Es war eine sichtliche Veränderung mit ihm vorgegangen: Jetzt fühlte *er* sich für Rogoff verantwortlich.
In der Lichtbildabteilung wimmelte es von Gefangenen, die aus der ganzen Stadt hier zusammenkamen und von den jeweiligen Polizisten mit unterschiedlicher Intensität bewacht wurden. Der Fotograf winkte Alexander weg.

»Los, los!« schrie er ihn an. »Oder wollen Sie auch ins Verbrecheralbum?«
»Mensch, schauen Sie sich den Kahlschädel an! Möchten Sie dem in der Dunkelheit übern Weg laufen?« rempelte ein dürrer kleiner Kerl mit Rattenaugen seinen Bewacher an.
Christie verglich die Zeit auf ihrer Armbanduhr mit der der Wanduhr. Schon fast elf Uhr dreißig. Plötzlich wurde sie am Handgelenk gepackt; der Arm wurde ihr hochgerissen.
»He, zu wem gehört denn die? Wer ist mit dem Mädchen gekommen?«
Christie entwand sich dem Griff und funkelte den Detective zornig an. »*Ich* bin mit einem *Gefangenen* hergekommen, wenn Sie nichts dagegen haben!«
Der Beamte lächelte gutmütig. »Tut mir leid, hier ist immer die Hölle los«, entschuldigte er sich.
Nach weiteren zwanzig Minuten brachte sie der Gefangenenwagen zum Gerichtsgebäude. Beim Aussteigen bemerkte Christie den hilflosen Gesichtsausdruck ihres jungen Kollegen. »Sie brauchen nur den anderen nachzugehen«, sagte sie ungeduldig. »Lassen Sie ihn unten eintragen, dann läuft die Strafsache. Und dann fragen Sie jemanden oder gehen Sie einfach den anderen Polizisten nach. Sie treffen mich oben im Gerichtssaal. Ich lasse inzwischen die Anklageschrift abfassen.«
Vor dem Gerichtssaal stand eine lange Schlange Wartender. Christie spähte fieberhaft nach einem bekannten Gesicht und entdeckte schließlich auch eins unter all den fremden Polizisten in Uniform und Zivil und den verängstigten Angeklagten. Sie boxte sich durch das Gedränge.
»Entschuldigen Sie, Mister! Könnten Sie wohl einem armen Mädchen helfen?«
Der große Mann wandte sich zu ihr um; er hatte ein mißtrauisches Stirnrunzeln auf dem offenen Gesicht. »Ja, zum Teufel! Christie Opara!« Sein Gesicht verzog sich freundlich. Er musterte sie von oben bis unten. »Mein Gott, geht's denn so armselig bei euch zu?«
»In dem Aufzug käme ich vermutlich bei euch nicht beim Appell durch, was?«

»Nein, Mädchen, aber wir hätten dich auch nicht so herunterkommen lassen. Unser Boss ließe dich in der Kluft nicht mal zur Tür rein.« Er beugte sich zu ihr herunter und sah sie ernst an. »Ist was, Christie?«
Christie schnitt eine Grimasse. »Ich habe einen Exhibitionisten hier.«
Jack Maxwell verzog erstaunt das Gesicht. »Machst du einen Witz? Du vom D. A. und hinter Exhibitionisten her?«
»Ich war nicht hinter ihm her; ich bin zufällig auf ihn gestoßen. Hör mal, Jack, das ist eine ganz dumme Geschichte, ich habe überhaupt keine Zeit – ob du mir wohl deinen Platz überlassen könntest, alter Freund?«
Detective Maxwell ließ sie vor, wodurch die hinter ihm Stehenden noch enger zusammengedrückt wurden. Er ignorierte die bösen Blicke und sagte laut: »Kollegen, es ist euch doch sicher recht, wenn wir der jungen Dame hier helfen.« Und dann wieder leiser an Christie gewandt: »Wie geht es dir denn dort? Wie ich höre, arbeitet Reardon immer noch mit Volldampf. Wie ist er als Chef?«
Christie quälte sich ein Lächeln ab. »Ganz ordentlich. Im Augenblick hab ich direkt Heimweh nach ihm. Ich muß mich ein bißchen um den jungen Bahnpolizisten kümmern, der mir bei der Sache assistiert hat. Für den ist es der erste Fall.«
»Bahnpolizist? Lernst du jetzt Bahnpolizisten an? Jetzt sag bloß mal, was machen die eigentlich mit dir?« Er drehte sich um und entdeckte ganz hinten am Ende der Schlange einen großen, piekfein gekleideten jungen Polizisten. »Heiliger Strohsack, der sieht ja wie ein Zwölfjähriger aus!«
»Ist aber schon dreizehn«, sagte Christie und winkte Patrolman Alexander. »Hallo, George, kommen Sie her!«
Jetzt, wo er seinen Gefangenen los hatte, sah er sich voll Interesse um. »Puh, da ist aber viel Betrieb! Geht's hier jeden Tag so zu?«
»Tag und Nacht, Sonn- und Feiertage eingeschlossen. Darf ich vorstellen: Bahnpolizist Alexander – Detective Maxwell vom Special Service.«
Der junge Polizist schüttelte dem älteren in kindlich unverhohlener Begeisterung die Hand. »Huh! Special Service!«

Jack nickte traurig. »Da merkt man, wie man in die Jahre kommt, wenn man so ein Kind in Uniform sieht!« meinte er. »Wie alt sind Sie denn, mein Sohn?«
Bahnpolizist Alexander bekam schmale Lippen. »Jedenfalls alt genug«, sagte er kurz.
»So war's doch nicht gemeint«, sagte Maxwell begütigend; er hatte gerade an sich selbst vor einigen Jahren gedacht.
»Kommen Sie her, George, daß Sie sehen, wie das vor sich geht!« rief Christie und trat an den Schalter, wo sie von einem unfreundlichen Beamten mehrere Formblätter ausgehändigt bekam. Auch die gelbe Karte war darunter. »Keine Vorstrafen!« murmelte Christie und verabschiedete sich dann von Maxwell: »Wir sehen uns ja wieder einmal, Jack! Und nochmals vielen Dank!«
»Laß es dir gutgehen, Christie! Und Sie sich auch, junger Mann!«
»Jetzt laufen Sie mit dem Papierkram runter«, instruierte Christie ihren jungen Kollegen, »nehmen Rogoff wieder in Empfang und kommen mit ihm rauf zum kleinen Gerichtssaal. Folgen Sie einfach den Hinweisschildern oder fragen Sie jemanden! Ich warte oben vor dem Gerichtssaal auf Sie.«
Sie ging in die Damentoilette, ließ sich kaltes Wasser über die Handgelenke laufen, erfrischte sich das Gesicht damit und trank einen Schluck aus der hohlen Hand. Dann tupfte sie sich das Gesicht mit Papiertaschentüchern ab und rümpfte bei ihrem Anblick im Spiegel die Nase. Das Haar mußte in Ordnung gebracht werden; der helle Lidschatten sah scheußlich aus. Christie wühlte in ihrer Umhängetasche und fand einen türkisfarbenen Stift, von dem sie mit den Fingerspitzen etwas Farbe abnahm und sich sanft auf die Lider strich. So war es schon besser. Leider hatte sie nur einen mittelrosa Lippenstift dabei, aber damit war sie immer noch hübscher als mit diesen farblosen Lippen. Dann zupfte sie an ihrem Rollkragen und hängte sich die Tasche wieder über die Schulter – verdammt, wo hatte sie denn die Bücher gelassen? Sie mußte sie zusammen mit dem Spiralblock irgendwo auf dem Weg verloren haben.
Christie ging durch den hohen Flur, dessen Wände mit

Marmorplatten ausgelegt waren, bis zu der schweren Eichentür, die in den Gerichtssaal führte. Sie schlich sich leise auf den Gummisohlen ihrer Turnschuhe hinein und dabei empfand sie wieder das gleiche Gefühl, das sie jedesmal beim Betreten dieses Saales überkam. Es war wie in einem Dom oder in einem Museum oder in einer alten Gruft. Der Raum war zwei Stockwerke hoch; durch die schmalen Fenster, die von der Mitte der einen Wand bis fast hinauf zur Decke reichten, drang gedämpftes Tageslicht. Die Kronleuchter, in regelmäßigen Abständen über die Decke verteilt, spendeten ein trübes Licht, von dem das Halbdunkel des Raumes nur schwach erhellt wurde. In den Bankreihen, dunkel poliertes Holz, Flüstern hinter vorgehaltenen Händen, gesenkte Köpfe, auf denen die Stille des Raumes schwer lastete.
Sie benützte den rechten Seitengang, um möglichst nicht aufzufallen, aber es kümmerte sich ohnehin niemand um sie; hier war jeder mit sich selbst beschäftigt. Der Gerichtsaufseher Tommy Kalman entdeckte Christie im gleichen Augenblick wie sie ihn. Er winkte sie nach vorne in den abgetrennten Bezirk für Polizei- und Gerichtsbeamte und Gefangene. Gleich dahinter war das langgestreckte, hohe Pult, hinter dem der Richter in schwarzer Robe thronte.
»Christie, ich habe dich vorn in die Prozeßliste gesetzt.« Als er ihr überraschtes Gesicht sah, setzte er hinzu: »Stoner Martin rief mich an. Anscheinend will dich Reardon schnellstens wieder zurückhaben.«
»Danke, Tommy. Mein Gefangener ist bei einem jungen Bahnpolizisten in ...« Sie machte eine Kopfbewegung zur Tür hin und sah dabei Patrolman Alexander, der Rogoff mit festem Griff am Arm umklammert hielt. »Da ist er ja schon!«
Kalman führte den Bahnpolizisten und Rogoff in den abgegrenzten Teil des Saales und schloß die Gittertür hinter ihnen. Alexander warf einen Blick auf die durch einen eisernen Draht gesicherten Gefängniszellen, die in den Saal hereinragten. Die Gefangenen standen da und warteten darauf, vor Gericht aufgerufen zu werden; sie reckten die Hälse, um jemanden im Gerichtssaal ausfindig zu machen – Frau, Freunde oder den Rechtsanwalt.

»Nehmen Sie die Mütze ab, Mister. Wenn der Richter die sieht, wischt er sie Ihnen vom Kopf.« Kalmans Gesichtsausdruck veränderte sich nicht, als er Rogoffs kahlen Schädel sah. Es gab nichts, was Kalman nicht schon gesehen hätte. Weder Menschen noch Taten, Verbrechen, Unglück, Schönheit oder Häßlichkeit – nichts konnte seine gelassene Miene je verändern.
Christie folgte Kalman, der jetzt vor den Richtertisch trat und mit einem Beamten flüsterte. Er winkte ihr, nachdem er die Schriftstücke vorgelegt hatte, und sie erklärte ihrem jungen Kollegen leise: »Gehen Sie vor! Bleiben Sie links von Rogoff, einen halben Schritt hinter ihm.«
Der junge Gerichtsbeamte hob seinen Kopf, nachdem er die Schriftstücke überflogen hatte. »Haben Sie ihn festgenommen?« Christie nickte. Er sah fragend auf Alexander. »Er assistierte bei der Verhaftung«, sagte sie.
Er verlas die Anklageschrift, und Christie hob die rechte Hand und sagte: »Ich schwöre«, obwohl er so undeutlich und monoton nuschelte, daß sie kein Wort verstand.
Rogoff hielt den Kopf gesenkt und schien gar nicht zu merken, daß jemand das Wort an ihn gerichtet hatte. Der District Attorney wiederholte: »Mister, das Gericht will wissen, ob Sie einen Pflichtverteidiger beanspruchen?« Rogoff stierte ihn verständnislos an. »Können Sie sich einen Verteidiger leisten? Wenn nicht, bestellt Ihnen das Gericht einen Pflichtanwalt.« Rogoff blinzelte heftig und schwieg. Der District Attorney wandte sich ungeduldig an Christie: »Was ist denn los mit ihm? Nicht ganz normal oder was?«
»Er hat den Mund nicht aufgemacht, seit wir ihn verhafteten.«
Der Richter beugte sich vor; er hatte die Hornbrille auf die Stirn geschoben. »Hatte er einen Ausweis bei sich, Detective? Wurde schon jemand von seiner Verhaftung verständigt?«
»Ja, Sir, er hatte einen Ausweis bei sich, und sein Bruder wurde telefonisch verständigt, Euer Ehren.«
Der Richter setzte die Brille wieder auf und wandte sich an den District Attorney: »Was meinen Sie, Mr. Martinelli?«
Der Gefragte sah auf seinen Kalender. »Tausend Dollar Kau-

tion, Euer Ehren, und Vertagung der Verhandlung auf den zehnten Mai – einverstanden, Detective?«
Christie nickte. »Warten Sie einen Augenblick«, flüsterte sie dem Bahnpolizisten zu. »Bleiben Sie da drüben stehen!«
Sie nahm den Haftbefehl entgegen, den der Richter unterzeichnet hatte; sie bedankte sich bei Tommy Kalman, daß er ihr einige Stunden Wartezeit erspart hatte. »Hier, George, bringen Sie das runter und liefern Sie ihn unten wieder ab; tragen Sie ihn in die Liste ein. Dann können Sie gehen.«
Alexander schien wieder etwas aufgeregt. »Nun hören Sie mal«, beruhigte ihn Christie und warf einen verzweifelten Blick auf die Wanduhr, »damit ist die Geschichte für Sie abgeschlossen. Sie werden zu dem Fall nicht mehr vernommen. Die Verhandlung ist auf den Zehnten vertagt; wahrscheinlich wird sich heute noch im Laufe des Tages sein Bruder melden und ihn durch die Kaution auslösen. Nach der Hauptverhandlung rufe ich Ihre Dienststelle an und berichte Ihnen weiter, okay?«
»Okay.« Und dann gewann seine jugendliche Erregtheit die Oberhand über die berufliche Zurückhaltung. Er beugte sich vor und flüsterte Christie zu: »Wissen Sie, wen die da unten haben, Detective Opara? Den Kerl, von dem die *Daily News* heute ganz groß berichtet hat, der, der seine Frau umgebracht hat und seine vier Kinder ertränkt! *Der* ist unten!« Patrolman Alexander erzählte das in einem Ton, als sei das Untersuchungsgefängnis der letzte Ort, wo er so einen Mann vermutet hätte. »Wahrscheinlich drücken sich deshalb so viele Fotografen hier rum! Menschenskind – wissen Sie was? Der sieht aus wie *jeder andere!* Erstach seine Frau und ertränkte seine vier Kinder – und dann machte er sich Rühreier! Hat mir der Detective unten erzählt. Und er sieht so aus wie jeder andere«, wiederholte er ungläubig.
»Hm, das glaube ich gern«, sagte Christie. »Jeder Mensch sieht wie jeder andere aus. Ja, jetzt muß ich wirklich gehen. Danke für Ihre Hilfe, Officer.« Er sah so ernst aus, kaum faßbar, daß er nur fünf Jahre jünger als sie war. »Viel Glück und Erfolg!« sagte sie. »Sie bringen es bestimmt zu etwas!«
Er lächelte und gab ihr die rechte Hand, während er mit der

linken seinen Gefangenen festhielt. »Ich danke Ihnen vielmals, Detective Opara. Es war sehr interessant. Oh – und Ihnen auch viel Glück bei Ihrem Chef!«
Der einundzwanzigjährige Bahnpolizist George Alexander verschwand mit seinem Gefangenen. Detective Opara schaute auf die Wanduhr und hätte etwas darum gegeben, wenn auch sie schon hätte verschwinden können.

4

Es war ein Uhr mittags, als Christie in das schäbige Büro mit seinen grüngetünchten Wänden zurückkam, und sie war auf den Empfang wohlvorbereitet, denn sie arbeitete lange genug mit ihren Kollegen zusammen, um sie zu kennen.
Detective Marty Ginsburg saß an seinem abgewetzten alten Schreibtisch, der am anderen Ende des Zimmers stand. Dieses Büromöbel war ein uraltes Relikt, das Marty bei seinem Eintritt in die Abteilung sofort für sich beansprucht hatte. In den Schubladen war ein unbeschreibliches Sammelsurium von Dingen, an denen Martys Herz hing. Im Augenblick bot die Schreibtischplatte den Anblick eines wüsten Schlachtfeldes von Münzen, Salzkörnern und Brotkrumen. Marty sah unter einer dicken schwarzen Haarsträhne, die ihm ins Gesicht hing, hervor und raunzte: »He, bist du der Lieferjunge? Wo bleibt denn der Kaffee? Warum dauert das so lange?«
Christie schwenkte ihre lederne Umhängetasche. »Irrtum, Mister! Ich komme von der Post.«
Peter O'Hanlon, ein großer Mann mit einem weichen, blassen Gesicht und heller Stimme, wies mit dem Zeigefinger auf Christie und fragte: *»Was iss das?«*
Stoner Martin, der Rang- und Dienstälteste der Abteilung, schrieb auf der ihm zustehenden besten Schreibmaschine – einer fünf Jahre alten Royal – den angefangenen Satz zu Ende, dann stand er auf und erklärte O'Hanlon: »Das ist ein second-grade Detective, Pat. Ein weiblicher Detective; ich glaube, Opara heißt sie, wenn mich nicht alles täuscht.«

Stoners schwarze Augen glänzten in dem dunklen Gesicht. Er war ein sehr gutaussehender und sehr dunkelhäutiger Neger – der einzige Mann in der Abteilung, der es sich leisten konnte, gürtellose Hosen zu tragen: Er hatte weder Bauch noch Hüften.
Christie schwang sich auf einen Tisch, stützte die Handflächen auf und ließ ihre Füße in der Luft baumeln. »In der Abteilung gab's doch auch mal einen weiblichen second-grade Detective, erinnerst du dich, Stoner?«
Stoner schnalzte mit den Fingern. »Stimmt! Das war eine Nummer! Wir nannten sie Kittchen-Engel.«
O'Hanlon nickte ernsthaft. »Die hat aber das Leistungsniveau unserer Abteilung enorm angehoben!«
»Ja, ja, sogar bei den Brezelverkäufern!« stimmte Marty mit ein.
Stoner fixierte Ginsburg. »Marty, wenn du glaubst, du kannst dich so überfressen, daß du frei kriegst, dann bist du auf dem Holzweg. Mr. Reardon ist im Augenblick nicht in allerbester Laune.«
Marty schnappte nach Luft. »Ich fühle mich gar nicht gut; und immer, wenn ich mich gar nicht gut fühle, muß ich essen. Ich kann nichts dafür, ich habe einen Essenszwang.«
»Also Essenszwang, das kenne ich«, sagte O'Hanlon. »Aber hast du schon mal von Verhaftungszwang gehört, Stoner? Es soll weibliche Detectives geben, die haben einen Verhaftungszwang.«
Christie seufzte. »Okay. Wollt ihr die Geschichte hören?«
O'Hanlon sah Ginsburg an. »Wollen wir die Geschichte hören?«
Marty schüttelte den Kopf. »Ich nicht. Willst du sie hören, Stoner?«
Stoner drängte Christie zur Schreibmaschine. »Nein, ich möchte die Geschichte auch nicht hören, aber Mr. Reardon interessiert sich dafür. Er möchte die Geschichte zuerst *lesen*.«
Christie richtete sich das Papier her. Ein Original, zwei Durchschläge. Der einzige Trost war, daß sie jetzt auf Stoner Martins Maschine schreiben konnte und sich nicht mit ihrer uralten Underwood abzuärgern hatte. Sie tippte den Kopf:

»Detective Christie Opara, Kennummer 4754 – Für Mr. Casey Reardon, Chef der Ermittlungsabteilung des District Attorney.« Dann sah sie auf und bewegte ihre Finger, als müsse sie sie nach langem Schreiben entspannen. »Stoney, Pat, Marthy, es tut mir leid, daß die Sache meinetwegen geplatzt ist.«

Stoner sah von seiner Arbeit auf, dann löste er zwei Buchstaben, die sich beim Anschlagen ineinander verfangen hatten. O'Hanlon blätterte weiter im Adreßbuch und summte vor sich hin: »Sei mir bitte nicht so bös, ach, bitte, nicht so bös...«

Marty kam, mit einer Brezel in der Hand, zu Christie herüber. »Was mich betrifft, Christie, mir macht es wirklich nichts aus. Ich habe mir Frühstück und Mittagessen von zu Hause mitgenommen.« Er beugte sich zu ihr hinunter und flüsterte vernehmlich: »Aber mit Bill wirst du Schwierigkeiten kriegen.«

»Ferranti? Wieso?« Sie sah im Geist den gutmütigen, immer gepflegten Partner von Marty Ginsburg vor sich.

»Ja, Bill sieht so nett aus – so wie ein Vertreter oder ein Techniker von IBM oder so. Er hat so umwerfend feine Manieren. Aber, Junge, Junge, der ist ganz schön scheinheilig!« Marty sah sich um und flüsterte dann noch lauter: »Sieh mal, ich arbeite jetzt fünf Jahre mit ihm zusammen, da muß ich es wissen. Es ist nämlich folgendes passiert: Ferranti mit seinen weißen Haaren konnte man einfach nicht für einen College-Studenten halten. Und er saß doch im Erfrischungsraum – und das fiel eben auf.«

Christie fragte voller Hoffnung: »Du machst doch Witze, nicht wahr, Marty?«

Aber Marty schüttelte bekümmert den Kopf. »Ich sage dir die reine Wahrheit, damit du ihn in Ruhe läßt, bis sein Zorn verraucht ist. Er hatte ja wirklich einige Schwierigkeiten: älterer Herr mit weißen Schläfen im Erfrischungsraum eines College unter lauter jungen Mädchen... Mr. Reardon hat ihn jetzt weggeschickt wegen irgendeiner Information. Also kümmere dich einfach nicht um ihn, wenn er zurückkommt!« Er klopfte ihr auf die Schulter und ging wieder an seinen Schreibtisch zurück.

»Pat, stimmt das, was Marty eben sagte?«

O'Hanlon blickte zur Decke und verzog das Gesicht. »Geh ihm

einfach aus dem Weg, Christie. Er kommt schon wieder zu sich.« Und mehr für sich: »Zumindest nach 'ner gewissen Zeit.«
Eine scharfe Stimme übertönte das Schreibmaschinengeklapper: »Hallo, Stoney! Ist die Dingsda schon hier?«
Christie hörte auf zu schreiben. Stoner sprang rasch auf und drückte den Knopf der Sprechanlage auf seinem Schreibtisch herunter. »Ja, Sir, sie tippt gerade den Bericht für Sie.«
»Sagen Sie ihr, sie soll sich ein bißchen beeilen!«
»Jawohl, Sir.« Stoner ließ den Knopf los und drehte sich zu Christie um: »Du sollst dich ein bißchen beeilen.«
Christie tippte ihren Bericht herunter, nahm die Blätter aus der Maschine und las das Geschriebene durch. Sie radierte einen Tippfehler aus und verbesserte ihn, dann unterschrieb sie den Bericht und gab ihn Stoney.
Der hielt den ersten Durchschlag gegen das Licht und sagte sorgenvoll: »Da hast du fast ein Loch radiert. Mr. Reardon hat es nicht gern, wenn in seinen Blättern fast Löcher sind. Na ja, ich geb's ihm trotzdem lieber so schnell wie möglich rein.« Und damit verschwand er in Richtung Chefbüro.
Christie ging zu Marty hinüber und nahm gedankenverloren einige Salzkörner zwischen die Fingerspitzen. »Was hältst du von der Geschichte, Marty?« fragte sie mit erzwungenem Gleichmut.
»Tja, nach meinem Dafürhalten sind zweiundzwanzig Brezeln doch nicht das Gesündeste.«
»Jetzt hör doch mit den Witzen auf!« Sie ärgerte sich, daß es so aufgebracht geklungen hatte.
Marty legte seine Hand auf den Magen und senkte den Kopf. Dann sah er zu ihr auf und sagte mit veränderter Stimme: »Okay, Mädchen. Sagen wir mal so. Du bist erst dann wirklich ein Mitglied unserer Abteilung, wenn du deine Feuerprobe hinter dir hast. Da mußten wir alle durch, und jetzt bist eben du dran.« Er stand auf und legte ihr seine schwere Hand auf die Schulter. »Er ist grob, aber er ist ein guter Boss. Fair. Du darfst bloß nicht versuchen, ihn hinters Licht zu führen. Sag ihm frankweg, wie es war; keine Entschuldigungen.«
»Danke, Marty.«

Stoney kam mit dem geschmeidigen, elastischen Gang eines Athleten herein. »Okay, Kleines«, sagte er leise zu Christie. »Du sollst reinkommen.«

Christie schluckte. Sie warf einen Blick auf ihre Kollegen. Sie waren alle beschäftigt. Zu beschäftigt, um zu ihr aufzusehen.

Christie klopfte das zweite Mal an. Sie hatte nicht gemerkt, daß sie laut geklopft hatte, bis eine Stimme schrie: »Schlagen Sie die Tür nicht ein, kommen Sie lieber rein!«

Sie betrat den großen Raum, der so ganz anders als ihr altes Büro drüben war. An den beigen Wänden hingen gerahmte Fotografien, Urkunden und Zeugnisse von Reardons Jura-Studium, Diplome und Zeitungsausschnitte. Auf seinem großen, modernen Nußbaumschreibtisch häuften sich Akten und Ordner, Bücher und Papiere. Zwischen zwei Bleistiftschalen stand ein Foto in ledernem Faltrahmen; vermutlich das Bild seiner Familie. An der Wand gegenüber dem Schreibtisch war eine dunkelgrüne Ledercouch; auch die beiden Stühle vor dem Schreibtisch waren mit diesem Leder bezogen.

Reardon lehnte bequem in seinem Drehstuhl, seine Beine ruhten auf der anscheinend eigens zu diesem Zweck herausgezogenen obersten Schublade. Er überflog Christies Bericht und schaute nur kurz auf: »Setzen Sie sich!« Aber dann schob er sich seine Hornbrille ins Haar und sagte: »Warten Sie – bleiben Sie stehen.« Er stand auf und stemmte die Hände in die Hüften. »Mein Gott! Gehen Sie ein paar Schritte!«

Widerwillig folgte Christie seinen Handbewegungen, die sie von einem Ende des Zimmers zum anderen dirigierten. »Drehen Sie sich um, so und jetzt kommen Sie wieder her.« Sie blieb verlegen stehen und klemmte die Daumen in die Taschen ihrer Jeans.

»Bitte, drehen Sie das Radio ab!« Christie ging an das Gerät und drehte den Knopf, aber in die verkehrte Richtung. Die Musik dröhnte durch den Raum. Sie schaltete sofort ab und murmelte: »Entschuldigung!«

»Setzen Sie sich und entspannen Sie sich!« Reardon lehnte sich wieder zurück und las weiter schweigend ihren Bericht.

Christie löste den Blick von der Schreibtischkante und studierte sein Gesicht. Er gehörte zu den Leuten, die mit dem

Alter anziehender werden. Die typische Blässe der Rothaarigen war einer leichten Bräune der Haut gewichen, die Sommersprossen auf dem Rücken seiner kurzen, spitzen Nase waren auch schon nachgedunkelt. Das Haar, dunkelrot wie Jod, stand ihm dicht und widerspenstig vom Kopf. Die Augen unter den dichten, kurzen rötlichen Wimpern waren bernsteinfarben, aber wenn er zornig war, konnten sie fast feuerrot funkeln. Eigentlich sah er trotz seiner vierzig Jahre immer noch jungenhaft aus, wenn sich auch an der Stirn und um die Augenwinkel bereits Falten eingruben.
Wahrscheinlich hatte er als junger Mann mit diesem kantigen, kräftigen Kinn noch energischer ausgesehen. Aber wenn sich auch sein Gesichtsausdruck im Laufe der Jahre gemildert hatte, von seinem Akzent und seiner Sprache ließ sich das keineswegs sagen. Da hörte man immer noch den Sohn eines Hafenarbeiters von der Westküste, der außerdem auch noch vier Jahre lang bei der Marine gedient hatte. Und mehr als einmal hatte er sich im Laufe seiner Karriere bei Gericht sagen lassen müssen, er solle doch wenigstens seine Ausdrucksweise ändern, wenn er schon seine Manieren beibehalten wolle.
Reardon schob die Brille wieder auf die Stirn und klopfte mit dem Packen Blätter gegen die Schreibtischkante. »Sehr klar und einfach. Sie schreiben gute Berichte, Opara.«
Christie atmete flach. »Danke, Mr. Reardon.«
Er musterte sie kurz, dann sah er wieder auf das Blatt. »Ein mächtiger Knabe, dieser Rogoff. Zwei Meter groß und neunzig Kilogramm schwer. Ganz schön kräftig!«
Seine Stimme verriet nichts von dem Zorn, den Christie nach dem Telefonat mit ihm erwartet hatte. Vielleicht hatte er es sich anders überlegt.
»Ja, Sir, er ist sehr groß.«
»Mhm. Ich würde jetzt gern noch etwas anderes erfahren, was nicht in Ihrem Bericht steht – was mich aber interessieren würde, aus reiner Neugier.«
Es schien verständlich, daß er zu dem knappen Sachverhalt, den der Bericht gab, noch ein paar Einzelheiten wissen wollte.
»Ja, Sie gingen also rechtzeitig von zu Hause weg, um an den Einsatzort zu fahren, hm?« Er registrierte ihr Kopfnicken.

»Ihrer Kleidung nach zu schließen, waren Sie nur auf Ihren Auftrag vorbereitet. Haben Sie von Ihren Kontaktpersonen erfahren, daß man sich so salopp kleidet, wenn man zu einer solchen Party erscheint?«
»Selbstverständlich, Mr. Reardon, sonst hätte ich mich nicht so angezogen.«
»Muß nicht sehr angenehm gewesen sein, in diesem Aufzug vor Gericht zu erscheinen – aber damit hatten Sie ja auch nicht gerechnet, daß Sie einen Exhibitionisten verhaften würden. Die werden sich gewundert haben, daß jemand aus unserer Abteilung so einen Fall vorbringt.«
Seine Stimme hatte sich verändert. Er sprach jedes Wort betont aus und setzte bewußt Pausen dazwischen. Christies Finger umspannten die Sessellehne fester. Er stand auf und trat ans Fenster. Einen Augenblick starrte er hinaus, dann wandte er sich um und rieb sein Kinn am Brillengestell. »Zu welchem Zeitpunkt – bitte genau! – entschieden Sie, daß die Festnahme eines Exhibitionisten wichtiger sei als Ihr Erscheinen am Einsatzort?«
»Mr. Reardon, wenn die beiden kleinen Mädchen nicht in der U-Bahn gewesen wären, hätte ich mich nicht um ihn gekümmert.«
»Ja, aber sie *waren* da, nicht wahr?« Er ließ sie nicht aus den Augen. »Beschreiben Sie mir die beiden!« Seine Stimme klang interessiert.
Sie war sich nicht klar, worauf er hinauswollte. Vorsichtig fing sie an: »Etwa acht bis neun Jahre alt, etwa so groß« – sie deutete es mit einer Handbewegung an – »die eine blond, die andere brünett. Beide hatten Schulbücher unterm Arm und...« Unter seinem festen Blick geriet sie ins Stottern.
»Fahren Sie fort! Was hatten sie an? Bitte alle Einzelheiten!«
Wenn er nur ihre Beobachtungsgabe prüfen wollte, da konnte sie ihn zufriedenstellen. »Dunkelblaue Pullover, weiße Blusen, dunkelblaue Krawatten und dunkelblaue Baskenmützen.«
»Schulabzeichen?«
Sie nickte. »Ja, auf den Mützen und an den Pullovern, goldene Abzeichen.«

»Welche Schule?«
Sie schloß die Augen und versuchte, die Antwort auf diese Frage aus ihrer Erinnerung hervorzukramen. Dann sah sie zu ihm auf und sagte: *»Akademie zum Heiligen Grab.«*
»Aha. Und wo ist das? Wollen Sie vielleicht einmal im Telefonbuch nachsehen?«
Sie kniete sich vor das kleine Bücherregal und zog unter einem Stoß von Zeitschriften das Telefonbuch heraus. »Soll ich die Straße herausschreiben?« fragte sie töricht. Dabei war ihr sonnenklar, daß er sie längst wußte.
Reardon schüttelte langsam den Kopf. Er ging an seinen Schreibtisch und nahm einen kleinen Zettel zur Hand. »Nein. Legen Sie das Telefonbuch weg und setzen Sie sich wieder. Wissen Sie, wo die *Akademie zum Heiligen Grab* ist? An der Lexington Avenue, zwischen der 22. und 21. Straße! Und was folgern Sie daraus, Opara?«
Sie schlug sich mit der Hand an die Stirn. »Daß sie an der 23. Straße ausgestiegen wären«, erwiderte sie resigniert.
»Ausgezeichnet«, meinte er freundlich und fuhr gleich darauf gereizt fort: *»Wenn Sie also nur eine Haltestelle weiter gefahren wären,* statt sich so prompt dem öffentlichen Wohl verpflichtet zu fühlen, dann hätten Sie festgestellt, daß die beiden kleinen Mädchen, die Ihnen so am Herzen lagen, genau dort ausstiegen, wo *Sie auch* aussteigen sollten, nämlich an der 23. Straße. Und dieser Rogoff hätte seiner Wege gehen können, stimmt's?«
»Wahrscheinlich.«
»Wahrscheinlich?«
Er neigte sich weit zurück und drehte ihren Bericht zu einer Rolle. »Und Sie hätten sich die Mühe, diesen Bericht zu schreiben, sparen können – und ich mir die Mühe, ihn zu lesen.« Seine Backenmuskeln zuckten; es sah aus, als zermahle er etwas zwischen den Zähnen. »Und Ihre Kollegen wären nicht von einer sinnlosen Aktion zurückgekommen, und die ganze Untersuchung wäre nicht dort, wo sie jetzt ist, nämlich am *Nullpunkt!«*
Er merkte, wie sie sich nur mühsam beherrschte und sich die Worte sorgfältig überlegte. »Mr. Reardon, Tatsache ist, *daß* mir

dieser Perverse in den Weg gelaufen ist und *daß* ich getan habe, was man von einem anständigen Polizisten erwarten muß.«
Reardon lächelte ironisch. »Sie haben getan, was Sie zu dem Zeitpunkt für richtig hielten. Überprüfen Sie Ihr Vorgehen jetzt, unter diesem neuen Gesichtspunkt!«
»Ich habe richtig gehandelt«, wiederholte sie.
»Nun gut. Aber jetzt bedenken Sie doch mal, daß vier Ihrer Kollegen fast einen Monat lang an dem Fall arbeiteten, der heute abgeschlossen werden sollte; ferner, daß der Auftrag zu diesem Fall von oben kam. Wie sehen Sie dann Ihre Handlungsweise?«
»Ich konnte nicht wissen, daß die Kinder an der 23. Straße aussteigen würden. In der Situation mußte ich so handeln. *Unter Berücksichtigung aller Umstände.*«
Reardon legte die Papierrolle auf den Schreibtisch, so daß sie auseinanderfiel. Er streckte sich aus und verschränkte die Hände im Nacken. »Rogoff stand an der Tür. Und diese Tür ging bei der nächsten Haltestelle auf.« Sie nickte. »Kam Ihnen da nicht der Gedanke, ihn einfach rauszuschmeißen und weiterzufahren?«
Das klang wie eine kalkulierte Lösung des Problems. Unbedacht vertraute sie ihm. »Mr. Reardon, ich wollte diesen Rogoff gar nicht verhaften, ich wollte nur, daß er aus dem Zug rauskam. Als ich den Bahnpolizisten sah, bin ich fast gestorben.«
»Das kann ich mir vorstellen«, sagte er leise.
Ermutigt von diesem Sympathiebeweis fuhr sie fort: »Ich wollte ihn ja loswerden. Eigentlich hatte ich damit gerechnet, daß er sich losreißen würde. Ein Schrank von einem Mann, allein wäre ich mit dem gar nicht fertig geworden. Und wenn der Bahnpolizist nicht aufgetaucht wäre, wäre ich in den nächsten Zug gestiegen und rechtzeitig zu unserem Treffpunkt gekommen.«
»Wenn der Bahnpolizist nicht gewesen wäre«, sagte Casey wie zu sich selbst.
»Ja, Sir«, bekräftigte Christie.
Casey stützte sich mit beiden Handflächen auf die Schreib-

tischplatte und beugte sich zu ihr vor. »Dann hat also die Bahnpolizei an allem schuld?«
Er merkte, wie sie sich plötzlich ihrer Worte bewußt wurde. »Und Sie wollten ihn laufenlassen, nachdem Sie ihn *verhaftet* hatten – das sagten Sie doch, nicht wahr? Betrachten Sie das als eine Handlungsweise, die man von einem anständigen Polizisten erwarten kann?«
In Christie stieg der kalte Zorn auf: Sie hatte ihm eine Waffe in die Hand gespielt. Aber auch er hatte sich bloßgestellt, und das würde sie nun genauso gegen ihn verwenden, wie er ihre Worte gegen sie kehrte. »Vor einer Minute noch fragten Sie mich, warum ich ihn nicht aus dem Zug gestoßen habe. Wäre das denn die richtige Handlungsweise eines Polizisten?«
Reardon schüttelte den Kopf. »Das habe ich nicht gefragt. Ich fragte, ob es Ihnen nicht *in den Sinn gekommen sei,* das zu tun. *Keine Spur* davon, daß das richtig gewesen wäre.«
Sie hielt an sich. Er überlegte, ob sie wohl die Sekunden zählte. Diesen Schutzwall von Ruhe, den sie um sich zu errichten verstand, hatte er schon bei Gerichtsverhandlungen an ihr bemerkt – wenn sie sich in Feuer geredet hatte und auf schwierige Fragen vorbereitete.
»Nun, es sieht so aus, als hätte ich in jedem Fall nur falsch handeln können, ganz gleich, *was* ich tat.« Ihr Gesicht war gerötet, aber ihr Blick begegnete seinem ohne Unsicherheit.
»Und es sieht so aus, als hätten Sie Ihre Haltung gewaltig verändert, seit Sie mein Büro betreten haben. Sie kamen herein mit dem Gefühl, mir und Ihren Kollegen eine Erklärung schuldig zu sein. Inzwischen sind Sie anscheinend der Ansicht, daß das nicht nötig ist.«
Nun konnte sie ihre Aufgebrachtheit nicht mehr verbergen. »In diesem Punkt haben Sie recht, Mr. Reardon. Ich fühlte mich irgendwie schuldig, aber ich bin nicht schuldig, und ich stehe außerdem hier nicht vor Gericht.«
»Darüber bin ich, weiß Gott, froh! Denn Sie haben verschiedene belastende Aussagen über gesetzwidriges polizeiliches Verhalten gemacht. Und ich kann nur bei allen Heiligen hoffen, daß Sie derartige Aussagen vor Gericht nicht machen würden.«

Das warnende Gefühl ignorierend, das sich in ihr regte, parierte sie: »Vor Gericht stünde mir auch hoffentlich jemand zur Seite. Zum Beispiel der District Attorney, wenn mich der Anwalt des Klägers zur Schuldigen stempeln wollte.«
Reardon stand auf. »Es ist ein bißchen schwierig, einen Zeugen zu beschützen, der nicht weiß, wann er den Mund halten muß.« Er trat ans Fenster und starrte auf zwei gelbe Taxis hinunter. Dann drehte er sich um und machte das Radio an. Er stellte es leise und hörte einen Moment lang zu, bis er die Melodie erkannte. Als er einen Blick auf Christie warf, stellte er amüsiert und ärgerlich fest, daß sie wütend war. Sie saß auf der äußersten Stuhlkante und kaute geistesabwesend an ihrem kleinen Finger. Ihre vorhin grau erscheinenden Augen blitzten jetzt in der Sonne eisig-grün, als sie den Kopf hob und ihn anfunkelte.
»Mein Gott! Setzen Sie sich ordentlich auf den Stuhl und nehmen Sie den Finger aus dem Mund!« Er hatte das Gefühl, einen seiner sechzehnjährigen Zwillinge vor sich zu haben. Und sie reagierte jetzt auch noch genauso. Sie setzte sich steif in den Sessel, und ihre Miene spiegelte den Triumph, ihn geärgert zu haben.
»Wann kommt der Kerl wieder zur Verhandlung?«
»Am zehnten Mai«, erwiderte sie. »Dienstag, den Zehnten.«
»Glauben Sie, daß er sich herauswinden kann?«
»Das ist wohl seine Sache.«
Casey Reardon sah sie an. »Opara, werden Sie jetzt nicht zu frech, ja?« Sie senkte den Blick. Wenigstens war ihr klar, daß sie sich jetzt nicht noch einmal auf einen Streit mit ihm einlassen durfte. Das wollte er ihr auch geraten haben. Er nahm einen Kalender zur Hand. »Sie können am Montag wieder mit der Ermittlung anfangen und ...« Der plötzliche Wechsel ihres Gesichtsausdrucks ließ ihn verstummen: Sie hatte jede Maske abgeworfen. »Was ist denn jetzt wieder los?« Sie schüttelte den Kopf. »Nichts.« Aber ihre Augen glänzten feucht. Sie war blaß geworden.
Er ging um den Schreibtisch herum und stellte sich vor sie hin. »Opara, dachten Sie, ich würde Sie rauswerfen? Schauen Sie mich an!« Sie gab sich große Mühe, gleichmütig zu erschei-

nen. Das nervöse Blinzeln, die Art, wie sie sich mit der Zunge über die Lippen fuhr, berührte ihn seltsam. »Dachten Sie wirklich, ich würde Sie wegen dieses Vorfalls feuern?«
Wieder schüttelte sie den Kopf, zuckte mit den Achseln und flüsterte: »Ich weiß es nicht. Ich glaube, ich hatte den Gedanken.«
Er lächelte auf sie herunter. Sie hielt den Kopf gesenkt, und er dachte: Deshalb hat sie also so wütend gestritten, weil sie glaubte, es mache nichts mehr aus. Als er merkte, daß sie mit den Tränen kämpfte, sagte er mit veränderter Stimme: »Oje, Opara! Ich fürchte, ich muß mich bei Ihnen entschuldigen.«
Sie hob den Kopf und sah ihn wachsam aus schmalen Augen an. »Wissen Sie, woran das alles liegt?« Er schlug mit der Hand auf die Tischplatte und wanderte dann erregt auf und ab. »Verdammt noch mal, ich bin es eben gewöhnt, mit *Männern* zu reden, wenn ich mit Ihnen rede, dann sind Sie eine aus der Abteilung, ein second-grade Detective – und ich vergesse, daß Sie eine Frau sind.« Er sah, wie ihre grünen Augen einen harten, kalten Ausdruck bekamen. »Wissen Sie, ich glaube, wir alle vergessen das. Zum Teufel, wenn Sie so wie ein Junge angezogen sind, ist das ja auch kein Wunder.« Er setzte sich wieder und beugte sich zu ihr vor. »Sie müssen uns einfach noch einmal eine Chance geben, daß wir uns an Sie gewöhnen, daß wir kapieren: Sie sind ein Mädchen – und darauf müssen wir Rücksicht nehmen. Man denkt so leicht, Polizist ist Polizist.«
Ihre Stimme war leise, aber unverkennbar wütend. »Ich bin second-grade Detective, Mr. Reardon, und ich bin es geworden wegen meiner Fähigkeit als Polizist.«
Zu ihrem Erstaunen brach er in Gelächter aus. »Opara, spielen Sie niemals Poker! Sie können nichts verbergen. Ich höre es klar und deutlich aus Ihrem Gesicht: Reardon, du Hund!« Er drohte ihr mit dem Finger. »Sprechen Sie es nur nicht aus, Kindchen, und wenn Sie es denken, zeigen Sie's nicht so deutlich!« Er sah auf die Uhr. »Herrgott, ich muß ja gehen. Zeigen Sie mal Ihre Handgelenke her!«
Er schob ihr unwirsch die Pulloverärmel hoch. »Haben Sie sich schon einmal ein Handgelenk gebrochen?« Seine Finger

umspannten ihre Gelenke fest. »Warten Sie mal – ja, das linke?«
Sie nickte und versuchte, sich seinem Griff zu entziehen, aber er hielt sie fest. »Okay, das brechen Sie sich noch mal. He, sehen Sie mich nicht so wild an, ich brech es Ihnen schon nicht. Ich würde mich verdammt hüten, mich mit Ihnen auf ein Handgemenge einzulassen, Sie sind womöglich Karatemeisterin.«
Dann ließ er sie los und betrachtete sie von oben bis unten. »Sie sollten Vitamine nehmen, oder Eisen oder so was, Opara.«
»Wie soll ich mir denn das Handgelenk brechen, Mr. Reardon? Und warum?«
»Sie gehen am Montag wieder ins City-College und haben den linken Arm in Gips. Deshalb konnten Sie heute nicht erscheinen. Und jetzt gehen Sie zu Ihren lieben Kollegen zurück.«
Als sie die Hand auf die Türklinke legte, sagte er: »Ach, Detective Opara, noch einen Augenblick!« Er hielt ihren Bericht gegen das Licht. »Hier« – er reichte ihr das Blatt hin – »da ist fast ein Loch radiert. Ich schätze Berichte mit Löchern nicht; schreiben Sie ihn noch mal.« Als sie ihm das Blatt aus der Hand nehmen wollte, hielt er es fest. »Ruhig Blut! Sie kommen noch gut dabei weg! Und denken Sie an Ihren Gesichtsausdruck, Mädchen! Ich kann Ihre Gedanken daran ablesen wie an einem Radarschirm.«
»Jawohl. Noch etwas?«
»Im Augenblick nichts. Sagen Sie Stoney, er soll... er soll reinkommen. Sofort.«
Stoner klopfte an und trat ein. Er gab Reardon einen Pack Papiere. »Das sind die Unterlagen zu der Spielbank-Affäre an der East Side.«
Reardon stopfte sie sich in die Aktentasche zusammen mit einem Stapel anderer Papiere von seinem Schreibtisch. Dann setzte er den Hut auf. »Frecher kleiner Bankert. Richtig frech.« Dann, aufschauend: »Was meinen Sie?«
Stoner grinste. »Ja – die hat Sie wohl angesprungen.«
»Wie ein Tiger.« Reardon preßte nachdenklich die Lippen aufeinander. »Nein, eher wie ein Boxer aus der Fliegenge-

wichtklasse, der sich bei den Schwergewichtlern eingeschlichen hat.« Er lachte in der Erinnerung an ihr zorniges Gesicht. »Aber sie hat Mut. Und Köpfchen. Wie kommt sie mit den Kollegen zurecht?«
Stoner dachte einen Moment nach. »Oh, ich würde sagen, die kann mit Männern arbeiten. Sie kann sich durchsetzen.«
»Keine Weibertricks?«
»Sie hat schon ihre eigene Art – aber, Weibertricks möchte ich das nicht nennen. Sie ist so ganz umgänglich, netter Kerl – na ja, halt eine von uns.«
Reardon nickte und plagte sich, seine Aktenmappe zuzukriegen. »Ja, ich glaube, die wird noch. Sehen Sie zu, daß Ginsburg sie zu seinem Vetter bringt; der ist Arzt oder was. Soll ihre linke Hand eingipsen. Also, gehen wir!«
Stoner Martin folgte Reardon ins Hauptbüro. Niemand beugte sich da plötzlich über seine Arbeit, niemand veränderte seine Haltung, aber alle wußten, daß Reardon da war und genau sah, was getan wurde.
»He, Mr. Reardon, wollen Sie ein paar Brezeln kaufen?«
»Was nehmen Sie denn dafür, Marty?«
»Zwei für 25, drei für 50, aber für Sie, Chef: 25 Cent pro Stück – Sonderpreis.«
»Alter Gauner!« rief Reardon und ließ sich von Ferranti, der eben eingetreten war, das Blatt mit den Informationen geben. Er überflog es, nickte zufrieden und steckte es in die Tasche. Dann sah er wieder auf. »Stoney, Sie sind hier der Dienstälteste. Die Leute sehen ziemlich schlampig aus, finden Sie nicht? Bringen Sie die mal ein bißchen auf Vordermann! Ginsburg soll die Schürze ausziehen, schließlich ist er kein Spelunkenkoch. Und ihr beide« – er blickte auf Ferranti und Stoner – »keinen Schlips, kein Jackett, wie stellt ihr euch denn das vor? Opara soll sich ein Kleid anziehen, vielleicht hilft das.« Sein Blick heftete sich auf Christie, aber sie schrieb, ohne einzuhalten weiter. »Und wenn Ginsburg wieder versucht, hier im Büro was zu verkaufen, soll Opara eine Vorladung ausstellen oder ihn gleich verhaften, wenn sie's für nötig hält.« Christie hörte auf zu tippen und starrte ihn an. »Wir wollen die Verhaftungsliste unserer Abteilung etwas aufbessern. Viel-

leicht stehen wir dann mal besser da.« Reardon verließ das Büro, ohne sich umzusehen.
Christie starrte auf das Blatt in ihrer Maschine; dann schraubte sie es entschlossen heraus und zerknüllte es zu einem Ball, den sie wütend in den Papierkorb warf. Der Papierball fiel daneben, sie bückte sich, brummte etwas vor sich hin und zog ein neues Blatt aus der obersten Schublade.
»Ich kann mir schon vorstellen, daß du wütend bist auf unseren Meister, Christie. Aber ich will dir mal was sagen ...«
Es lag etwas in Stoners melodiöser Stimme, das sie aufhorchen ließ. »Casey Reardon hat ungefähr eine Dreiviertelstunde da oben verbracht; dabei ist ihm auch ganz schön eingeheizt worden.« Stoney deutete mit dem Daumen zur Decke. Er meinte den obersten Stock, wo der District Attorney in New York residierte. »Weil er dich verteidigte. Ja, er verteidigte die Christie Opara unserer Abteilung. Unseren allerhöchsten Herrn da oben interessierte nämlich überhaupt nichts anderes als die Tatsache, daß der Fall heute nicht abgeschlossen werden konnte. Er wollte wissen, *warum* nicht und durch *wessen* Schuld. Und wieso dieser Jemand nicht gleich an die Luft gesetzt wird.« Stoner reckte sich in den Schultern. »Nun, Mr. Reardon hat einen Stoß Ausreden, deshalb bleibt uns der Fall, bloß daß der Schlußpunkt eben ein bißchen hinausgezögert ist. Vielleicht kannst du dir jetzt vorstellen, daß sein Gewitter nicht ganz so unberechtigt war.«
Christie nickte Stoner stumm zu, und er ging befriedigt wieder an seinen Schreibtisch zurück. Ein paar Minuten später erschien Christie bei ihm. »Stoney, kann ich auf deiner Maschine den Bericht tippen? Die Royal ist doch besser, und ich möchte Mr. Reardon eine tadellose Arbeit ohne Löcher abliefern.«
Er brummte: »Immer wird alles, was ich sage, gleich gegen mich verwendet. Mach schnell, ich will nicht das Ende meiner Tage damit zubringen, daß ich meine Schreibmaschine verleihe.«
Sie war mit dem Bericht schon fast fertig, als Bill Ferranti neben ihr auftauchte. Aus den Augenwinkeln bemerkte sie Martys wildes Gestikulieren.

Ferranti war ein schlanker, immer gutgekleideter Mann, dem die dunkle Hornbrille einen etwas eulenhaften Ausdruck verlieh. Das schlohweiße Haar, das schon schütter wurde, trug viel zu dem Eindruck tadelloser Gepflegtheit bei, der für Ferranti so typisch war. »Christie, hattest du heute deine erste Auseinandersetzung mit Reardon?« Seine Stimme klang freundlich besorgt.

»Ja, aber es war nicht so schlimm. Bill, entschuldige wegen heute morgen, ich hoffe...«

Ferranti winkte ab. »Ach, haben wir eben eine Weile umsonst gewartet. War ja ein nettes Café, haben gute Sachen da. Hauptsache, du hast dich von Mr. Reardon nicht unterkriegen lassen. Er kann sehr grob werden, aber er ist fair.«

Christie grinste und sagte betont laut: »Also dein Partner da hinten« – sie drehte sich um, aber Marty war verschwunden. »Anscheinend hat er sich jetzt unterm Schreibtisch versteckt! Ich würde mir den mal vorknöpfen, Bill. Er verbreitet üble Gerüchte über dich.«

Ginsburg brummte, dann sah man seine Hand, die auf die Schreibtischplatte griff und eine Brezel nach unten zog. Es war der Auftakt zu einem erlösenden Geblödel. Schließlich mahnte Stoney: »Nehmt euch zusammen. Schließlich sind wir eine besondere Abteilung und haben einen Ruf zu verlieren, wenn man es uns auch heute nicht ansieht, wie der Meister so richtig bemerkte.«

Als Christie ihren wie gestochen geschriebenen Bericht bei Stoner ablieferte, hatte sie zum erstenmal, seit sie in dieser Abteilung war, das Gefühl, wirklich dazuzugehören.

5

David Rogoff, ein blasser Mann von etwa vierzig Jahren, preßte die Stirn gegen das Steuerrad seines Wagens. Der Schweiß lief ihm in Strömen herunter, sein Hemd klebte wie eine dünne Gipsschicht am Körper.

In dem riesigen Parkhaus, zwei Stockwerke unter der Straße,

herrschte vollkommene Stille. Die Fahrt von Manhasset hierher lag unwirklich wie ein Traum hinter ihm. Er war, ohne es zu merken, fast 140 auf der Schnellstraße gefahren, und als er dann bremste, wäre er beinahe auf einen anderen Wagen aufgefahren. Und dann das plötzliche Verkehrsgewimmel in Manhattan, das sich eigentlich gar nicht plötzlich, sondern vielmehr stetig steigernd entwickelte – David hatte das alles nur so unvermittelt wahrgenommen, als sei er aus dem kühlen, dunklen Einrichtungshaus *Tastefully Yours* urplötzlich in das unbeschreibliche Gewühl und die unerträgliche Hitze der Canal Street versetzt worden. Schließlich hatte er dieses Parkhaus gefunden und es auch fertiggebracht, in endlosen Kreisen ein freies, weiß umrandetes Rechteck zu finden, wo er seinen Wagen abstellen konnte. Nun hatte er den Zündschlüssel abgezogen und saß allein in der tödlichen Stille. Er versuchte, sich wieder zu fassen.
Er rieb sich die Stirn. *Murray ist verhaftet.*
Er atmete tief und langsam durch und rief sich die hart errungenen Erkenntnisse wieder ins Bewußtsein, um sich nach so vielen Jahren noch einmal wie an einen Rettungsring an sie zu klammern:
Ich bin nicht schuld an Murray. Ich bin nicht schuld an dem, was ihm passiert ist. Murray ist das, was er ist, *weil* er so ist, es steckte in ihm, es war schon vor dem Unfall in ihm und dann dies, daß er damit nicht fertig werden konnte. Es gab nicht einmal einen medizinischen Anhaltspunkt dafür, daß Murrays fortschreitende und schließlich völlige Haarlosigkeit eine Unfallfolge war. Oder doch? Murray ist selbst für sich verantwortlich. Das Groteske war nur, daß er, David, sich jahrelang in therapeutische Behandlung begeben mußte, wo es doch für Murray viel wichtiger gewesen wäre zu lernen, mit sich zu Rande zu kommen.
David biß sich in den Zeigefinger, um sich mit dem kleinen Schmerz in die Gegenwart zu zwingen. Aber die Szene, die er vor sich sah, ließ sich dadurch nicht verdrängen. Die Erinnerung überfiel ihn, wie so oft in den vergangenen siebzehn Jahren, und wie sie zeit seines Lebens immer wiederkehren würde.

Der sechzehnjährige Murray, groß und kräftig, dabei biegsam; die breite, mächtige Brust betont durch das schmalgeschnittene Hemd, das in den engen Hosen steckte. Wie er da gestanden hatte, damals, an dem heißen Juliabend, vor dem Kino, umgeben von seinen gleichaltrigen Bewunderern. Murray, der Goldjunge, wie er sich mit der mächtigen Pranke über den blonden Haarschopf strich. So hatte Mama ihn immer genannt. Mein großer Goldjunge. Und der goldene Schein hatte Murray vor jeder Verantwortung bewahrt und vor allen Anforderungen, denen er, David, der klein und schmal wie sein Vater war, sich stellen mußte. Murray, der Prachtskerl, dieses Bild von einem Mann, angestarrt von den Fremden, bewundert von der Familie. Murray – das Naturwunder. Er brauchte sich keine Sorgen zu machen, wie er es schaffen sollte, tagsüber als Buchhalter zu arbeiten, abends die Universität zu besuchen, um das Wirtschaftsprüferexamen ablegen zu können. Murray mußte sich nicht den Kopf zerbrechen, wie er das Geld für ein eigenes Geschäft zusammenkratzen könnte. Murray bekümmerte nichts und niemand – außer Murray.
Der hatte keine Edna, die ihm die Hölle heiß machte mit ihren Tricks. Wenn das damals mit Edna nicht gewesen wäre! David Rogoff ließ das Steuer los und lehnte sich zurück. Es hatte keinen Sinn, sich dagegen zu sperren. Die Erinnerung war übermächtig.
An jenem Abend hatte Edna ihn wieder einmal wie üblich hingehalten und gequält. Sie reizte ihn mit ihren Küssen, um sich gleich darauf schockiert zu zeigen, wenn sie seine Erregung fühlte. Sie hatten sich gezankt, er hatte Zerknirschung geheuchelt, sie war in Tränen zurückgeblieben, und er war von der Bronx im Zug hereingefahren, ausgeliefert dem wachsenden Hunger und Verlangen. Zwei Stationen vor Delancey Street war er ausgestiegen, weil er sich bewegen wollte, um die unerträgliche Spannung loszuwerden. Er wußte genau, sie würde sich ihm erst nach der Hochzeit im September hingeben.
Aber der Bummel durch die abendlichen Straßen an der East Side hatte ihm nicht helfen können. Überall waren nur Liebespaare, die sich ungeniert küßten und befummelten. Auf den

Stufen vor den Häusern die Puertoricaner mit ihren Mädchen, auf den Gehsteigen die Italiener und ihre Frauen. Und dann traf er Murray mit seinen Freunden. Der Junge sprühte nur so vor Kraft und glänzte geschniegelt; die Finger im Ausschnitt des offenen Hemds spielten mit den blonden Brusthaaren und glitten herausfordernd selbstbewußt über den Schlitz seiner engen Hose. Und dann erzählte er, ja, er erzählte es wirklich vor allen, wie er die beiden Schwestern Maria und Dolores Gonzales zweimal innerhalb von zwei Stunden aufs Kreuz gelegt hatte. Und seine Korona lauschte ihm begierig und lachte obszön, als Murray berichtete, er habe die beiden gefragt, ob sie ihn bezahlen würden, und die hatten den Scherz ernst genommen – ja, gern hätten sie es getan, weil Murray so ein großer, goldener Gott sei, ein Geschenk an diesem heißen, langweiligen Juliabend. David hatte sich losreißen wollen aus dem harten Griff seines Bruders, fort von dem Schmutz. Er hatte ihn gewarnt, aber Murray wollte seinen pickeligen Freunden, denen das lüsterne Interesse aus den Augen leuchtete, ein Schauspiel geben.
Er hatte ihn angefaßt, spielerisch an ihm herumgetastet, seine Wut, seine Warnungen waren untergegangen in Murrays widerlichem Hohngelächter, seinen gemeinen, abfälligen Bemerkungen über das, was seine frechen Finger entdeckten. Murray erwähnte Edna und stellte seine Vermutungen an und... Dann hatte David ihn niedergeschlagen.
Das war es, was er getan hatte. Mit seinen 60 kg geballter Wut hatte er ihm gegen die mächtige Brust geschlagen, und Murray war auf dem glatten Steinboden, der wie Marmor aussah, ausgeglitten und auf den Hinterkopf gefallen. Er war sofort ohnmächtig geworden. Er war es noch, als er reglos auf dem glatten, weißen Bett im Krankenhaus lag, drei Tage und drei Nächte lang wie leblos.
David Rogoff starrte durch die Windschutzscheibe, ohne die graue Betonwand vor sich zu sehen. Er sah wieder seinen Bruder Murray vor sich, den riesenhaften Körper unter den weißen Laken, die Flaschen um sein Bett herum, die Röhren, aus denen es in seinen Körper tropfte und floß. Sein stoßweiser Atem.

David hatte geredet, geredet und geredet bei Dr. Aronowitz: Viereinhalb Jahre lang alle verborgenen Gedanken ausgegraben, alle unbewußten Gefühle eines elfjährigen Jungen mit spitzen Ellbogen und dünnen Beinen, dem man ständig sagte: »Er ist wie ein kleiner Gott, David, dein süßer kleiner Bruder! Wie der Urvater Moses aus dem geheiligten Land!« Der bläßliche David, der den Legenden lauschte, die die Mutter vom großen, mächtigen Vater Moses wußte und dabei auf das schnell wachsende, kräftige Kind starrte, das ihn dann mit sieben Jahren leicht niederwerfen konnte.
Er hatte nicht zugegeben, was Dr. Aronowitz hören wollte: daß er Murray gehaßt habe. *Er hatte ihn nicht gehaßt.* Mein Gott, hatte er ihn nicht immer mitgeschleppt? Hatte er nicht immer und immer wieder für ihn gelogen, wenn er wilde Schlägereien mit den Rowdys aus der Nachbarschaft gehabt hatte? Wenn er im Süßwarengeschäft etwas geklaut hatte oder gar Geld aus Papas Kasse im Fischladen? Hatte er nicht aus seiner Tasche die Münzen zurückgelegt, nur damit Mama nicht merkte, daß die Reinkarnation des alten Mose ein schäbiger, kleiner Lump war? Und er hatte Murray ermahnt: »Du bestiehlst *deine eigenen Eltern,* Murray!« Und die hellbraunen Augen unter den goldenen Wimpern hatten ihn unschuldsvoll angeblickt, der Mund war bereit zu einem bittenden Lächeln gewesen.
Natürlich liebte ich Murray. Jeder liebte ihn.
Aber jetzt, jetzt nicht mehr. David zog sich die leichte Sommerjacke an. Die Ärmel wollten nicht rutschen; sie klebten an dem durchnäßten Hemdstoff fest. Murray war selbst schuld an seinem Zustand. Er war weder blind noch ein Krüppel. Die dunkelblonde Perücke, die David ihm vor Jahren gekauft hatte, hatte er nie getragen. Er lief von jeder Arbeit weg, die ihm David mit viel Bitten und Betteln verschafft hatte. Er war gegen jeden Arzt, zu dem ihn David bringen wollte. Er ging seine eigenen Wege. Ich werde ihn gegen Kaution freibekommen; dann habe ich nichts mehr mit ihm zu schaffen. *Jetzt ist endgültig Schluß.*
David prüfte sorgfältig die Türen, ob sie verschlossen waren. Dann sah er auf die Uhr. Es war drei Uhr nachmittags; Murray

war gegen Viertel nach neun verhaftet worden. Nun, er hätte nicht früher kommen können. Zuerst hatte er nachdenken müssen. An wen konnte man sich da wenden? Bis ihm endlich eingefallen war, daß Frankie Santino, dieser mickrige Italiener, der halbtags in der Pizzeria seines Vaters gearbeitet hatte, Anwalt geworden war. Niemals hätte er den Firmenanwalt anrufen können, allein schon wegen seines Partners nicht.
Frankie hatte am Telefon gesagt: Treffpunkt Gericht – als müsse das jedem so bekannt sein wie die Freiheitsstatue.
Unbeweglich stand David mitten in der Halle des Untersuchungsgerichts. Um ihn herum wimmelte es mit der Geschäftigkeit von Ameisen. Er suchte nach einem Anhaltspunkt. Sein Atem kam pfeifend. Das fehlte gerade noch: ein Asthmaanfall! Als ihm jemand auf die Schulter klopfte, schrie er leise auf. Er drehte sich um und sah einen Mann vor sich, den er nicht kannte. Schwarze Augen maßen ihn blitzschnell von oben bis unten. Der Mann war klein und gedrungen; ein weißes Hemd leuchtete unter dem glänzenden schwarzen Stoff des Anzuges. Die silbergraue Krawatte erdrückte das breite, stumpfe Gesicht beinahe. Er streckte David die Hand hin, an der ein Saphirring funkelte.
»Davey Rogoff! Du hast dich überhaupt nicht verändert!« tönte die fremd gewordene Stimme. Der dürre kleine Kerl mit den öligen Locken hatte eine schrille Stimme gehabt. »Vielleicht ein bißchen rundlicher – aber das sind wir doch alle, nicht wahr?« Er lachte unsympathisch.
»Mr. Santino?« fragte er unsicher.
»Ich bin immer noch Frankie«, schrie er. »Phantastisch siehst du aus, einfach phantastisch, Davey!« Er trat zurück und musterte ihn fachmännisch: dunkelgrauer Anzug, dunkle, korrekte Krawatte, Hornbrille, das dunkelbraune Haar im Rasiermesserschnitt – der Hundesohn legte viel Wert auf sein Äußeres. Sah auch guterhalten aus. Wahrscheinlich trieb er Gymnastik und ging in die Sauna.
»Davey, Junge, du siehst wirklich gut aus! Hast du ein eigenes Geschäft?«
Vorsichtig erwiderte David: »Es gehört mir nicht allein; ich

habe noch einen Partner. Wir führen einen kleinen Ausstellungsraum in Manhasset. Ich wohne in Great Neck.«
Santino winkte ab. »Millionärsviertel Manhasset!«
David beeilte sich, das zu korrigieren. »Nicht ganz. Wir haben unser Geschäft am Rande; ein ganz kleiner Ausstellungsraum. Die Fabrik ist in Jersey. Das ist steuerlich günstiger.« Er konnte es Santinos zusammengekniffenen Augen ablesen, daß er den Umsatz seines Geschäftes ausrechnete. »Wir machen nur kleine Sachen; mal ein Büro einrichten, aber meistens nur Lokale und Spielsäle.«
»Hm, hm.« Santino nickte und führte David an der Schulter zu dem breiten Treppenaufgang. Er senkte die Stimme: »Ganz schön beschissen, diese Sache mit Murray, was? Der Junge hat es wohl nie richtig überstanden, wie? Heilige Maria, ich erinnere mich gut an Murray. Hab ihn lange nicht gesehen.«
David hielt sich am Rand der Treppe und versuchte, sich Santinos Zudringlichkeit zu entziehen. Laß mich nur das noch überstehen, nur diese Minuten, diese Stunde, diesen einen Tag noch! betete er. Und dann laß mich nach Hause, zurück in mein Leben. Er folgte Santino, der ihn sicher durch die Räumlichkeiten und Gänge in einen kleinen Raum mit Wartebänken führte. Dort gab er ihm die bankneuen Fünfzig-Dollar-Scheine, die er vorhin abgehoben hatte, und Santino verschwand, um die Kaution zu hinterlegen.
Eine gute halbe Stunde später kam er wieder und flüsterte ebenso vertraulich wie vorher: »Der Junge kommt in ungefähr zwanzig Minuten raus.« Er kniff das rechte Auge zu und stieß ihm einen Ellbogen in die Rippen: »Der alte Frankie hat Beziehungen! Am nächsten Dienstag, zehnten Mai, ist die Verhandlung.« David starrte ihn fassungslos an. »Keine Aufregung! Das ist eine reine Formalität – an einem Tag überstanden.« Sein Gesichtsausdruck veränderte sich; eine Mischung aus Mitleid und Ekel zeigte sich jetzt. »Der Junge ist aber übel dran! Lebt er noch immer bei den Eltern?«
David zuckte zusammen. »Ja.«
»Ziemlich scheußlich für sie, aber du brauchst es ihnen ja nicht zu sagen. Kannst ja was von einer Verkehrsübertretung oder so erzählen. Noch was, Dave – sorge dafür, daß er am

Zehnten anständig angezogen ist. Er soll sich duschen und einen Anzug und Hemd und Krawatte anlegen. Ist ja fürchterlich verwahrlost. Aber großartig sieht er eigentlich immer noch aus.«
»Was passiert am zehnten Mai, Frankie?«
»Da erfolgt die formelle Anklage. Wir erscheinen und beantragen eine Sondersitzung; dann wird die Sache noch einmal eine Woche vertagt und dann vor Gericht verhandelt.«
David spürte einen Druck im Magen und auf der Brust. Nächste Woche, übernächste Woche ...
Frankie hielt eine Hand schützend vor den Mund und sagte geheimnisvoll: »Ich kenne den Polizisten, der ihn verhaftete. Es ist eine Polizistin, scharfe Kleine, hatte öfter schon mit ihr vor Gericht zu tun. Aber absolut sauber – wenn die ihn aus dem Zug heraus verhaftete, dann hat er zweifellos mit seinen Kostbarkeiten gewinkt. Er muß sich schuldig bekennen, das ist seine einzige Chance. Zum Glück hat er keine Vorstrafen, da wird das Urteil wahrscheinlich auf Bewährung ausgesetzt.« Er zwinkerte David zu. »Eigentlich bin ich sogar ziemlich sicher, daß ich ihn so herauspauken kann.« Er machte eine unmißverständliche Handbewegung. »Ich habe da ein paar gute Beziehungen.«
David legte die Hand vor die Augen, um sich gegen die gleißende Sonne zu schützen. Und gegen die Blicke der anderen, die verlegen vor dem Tor standen und auf Gefangene warteten, die gegen Kaution freigesetzt wurden. Ein schmächtiger, jungenhafter Mann kam heraus und drückte eine Puertoricanerin so fest an sich, daß das Baby, das sie auf dem Arm trug, schreiend erwachte. Die beiden lachten glücklich und gingen engumschlungen auf die sonnenüberflutete Straße hinaus.
»Hierher, Junge! Murray, hier!« rief Frankie aufgeregt und warf einen Blick auf seine Armbanduhr, während er eifrig winkte. Er hatte schließlich noch was anderes zu tun.
David Rogoff bereitete sich innerlich auf den Anblick seines Bruders vor. Langsam hob er den Blick und schluckte schwer. Murray blinzelte heftig; er war von der Sonne geblendet. Schlurfend kam er auf David zu. Es war grotesk, wie der kleine

Santino an ihm hing, ihn beinahe umarmend hergeleitete. Murray sah blicklos auf ihn herunter. Als David seine Hand ergriff, fühlte sie sich schlaff und kalt an.
Über ein Jahr hatte er seinen Bruder nicht mehr gesehen. Und jetzt glaubte er nur eines zu sehen: den breiten, wulstigen Knochen auf dem Hinterkopf. Seine Augen glitten über die verdreckte Kleidung. Er blickte nervös zur Seite und murmelte irgendeine Antwort. Santino verabschiedete sich und gab ihm noch ein paar Anweisungen.
Als er weg war, sagte David und erkannte seine eigene Stimme nicht mehr: »Mein Wagen steht um die Ecke, in einem Parkhaus.« Er sah Murray nicht an. »Ich fahre dich nach Haus.«
Murray folgte ihm stumm. Aber David hörte das stolpernde Schlurfen der schweren, großen Füße hinter sich. Und er hörte, wie Murray tief die stickige Luft unten in der Parkgarage einsog.
Er schloß den Wagen auf und setzte sich ans Steuer, griff hinüber, öffnete die andere Wagentür und winkte Murray, sich zu setzen. Er würde ihn nach Hause fahren und an der Straße absetzen; dann brauchte er die Eltern nicht zu sehen. Er konnte ihnen jetzt nicht in die Augen schauen, und er würde nur das tun, was er konnte, nicht mehr und nicht weniger. Murray setzte sich neben ihm im Beifahrersitz zurecht. David zuckte zusammen, als die Wagentür krachend ins Schloß fiel. Dann hörte er die Stimme seines Bruders. Unwillkürlich wandte er ihm das Gesicht zu.
»Puh, Davey, ich habe fürchterliche Kopfschmerzen«, sagte Murray und rieb sich mit seiner riesigen Hand wild die Stirn. Er riß seine Brille herunter und bohrte mit beiden Fäusten in den Augen, um den Schmerz zu vertreiben. Seine Stimme klang David wie aus einer längst vergangenen, begrabenen Zeit. Murray blickte ihn verzerrt und verwirrt an; er fragte: »Wo war ich denn da, Davey? Ah, dieser gräßliche Kopfschmerz!«
David antwortete nicht. Es war eine Flut von Worten, die sich ihm aufdrängte, aber er brachte keines davon heraus. Murrays Hände streichelten sein Gesicht, seinen Kopf; sie legten sich

auf seinen Nacken. Plötzlich veränderte sich sein Ausdruck. Ein seliges Lächeln ging über sein Gesicht. »He, Davey, weißt du was? Ich hab wieder das *Gefühl*, weißt du, das Gefühl, daß ich heute noch was *richtig Gutes* erleben werde.«
Alles stürzte in sich zusammen. David spürte, wie in seinem Inneren alles zusammenbrach. All die Jahre mit ihren Mittwochabenden, die er bei Dr. Aronowitz verbracht hatte, seine ganzen Entschlüsse, seine Festigkeit. Alles zerbrach.
Das riesige, gelbliche Gesicht vor ihm mit den wild zwinkernden Augen, dem lächelnden Mund eines verklärten Kindes, dieses arglose Gesicht und die kräftigen Arme, die kräftigen, abgewinkelten Beine, all das drang auf ihn ein, stürzte sich auf ihn und ergriff ihn so plötzlich, daß er sich die Brille herunterriß und beide Hände vor die Augen preßte, ohne den Versuch zu machen, seine Tränen zu unterdrücken.
»He, Davey«, rief Murray erschrocken und besorgt. »Laß das doch! Was hast du denn?«
David streckte eine Hand aus und berührte schluchzend Wange und Nacken seines jüngeren Bruders. Er weinte hemmungslos. »Warum nur, Murray, warum?«

6

Christie Opara stand vor dem großen Spiegel, der in eine Tür ihres Schlafzimmerschrankes eingelassen war. Sie hatte nur ein Badetuch umgeschlungen. Normalerweise hatte sie kaum Zeit, sich nach dem Duschen ordentlich abzutrocknen, aber jetzt eilte es nicht. Sie war für acht Uhr mit Dan Biers verabredet, und Nora würde nicht vor halb sechs mit Mickey vom Zahnarzt zurück sein.
Eine Verabredung mit Dan bedeutete immer Entspannung für sie. Man saß bei gutem Essen beisammen und unterhielt sich interessant und unverfänglich. Nie schlug er nachher vor, bei sich zu Hause noch Kaffee zu trinken – und wenn er einmal kurzfristig einen Abend absagte, empfand sie keine

Bitternis. Nur eine winzige Enttäuschung. Dan, der von seiner Frau und seinem Sohn getrennt lebte, war ein guter Freund. Nicht mehr.
Wenn sie mit dem zweiunddreißigjährigen, gutaussehenden Mann ausging, fühlte sie sich als eine anziehende junge Frau, deren Persönlichkeit respektiert wurde, aber nicht als ein begehrenswertes Mädchen. Und gerade das gefiel ihr so an dieser Beziehung. Da war keine Verletzung zu erwarten, und sie hatte in den fünf Jahren, seit sie Witwe war, gelernt, Verletzungen aus dem Wege zu gehen.
In der Stille des Hauses, allein in ihrem Zimmer, vergaß Christie völlig, daß sie pudelnaß war und das Wasser an ihr heruntertropfte. Sie prüfte sich kritisch im Spiegel, zog das Badetuch eng um die Taille, so daß sich ihre Hüften in einer scharfen Linie abzeichneten. Dann ließ sie das Tuch fallen und streckte die Arme wohlig über dem Kopf aus. Sie war sich der Geschmeidigkeit ihrer Bewegungen und ihrer Körperbeherrschung bewußt und freute sich daran, wie straff ihr Bauch und ihre Hüften waren. Sie beugte sich nach unten und legte die Handflächen an die Knie. Nun sah sie nicht mehr wie ein Junge aus; jetzt hatte sie Busen. Aber sie konnte ja nicht ständig so stehen. Als sie sich wieder aufrichtete, kreiste sie mit den Schultern. Es war angeblich eine wirksame Übung, aber ihrer Erfahrung nach war das einzige, was dabei herauskam, schmerzende Schultern.
Sie nahm mit den Zehen das Badetuch auf und schwenkte es geschickt über sich, so daß es auf ihrem Kopf landete. Dann rubbelte sie sich ab und bürstete das feuchte Haar. Es war zwar etwas kurz, aber deshalb konnte sie doch weiblich aussehen. Sie drehte sich ein paar Lockenwickler ein, damit der Pony weich über die Stirn fiel, zog ein paar Strähnen ins Gesicht, formte sie zu Sechsern und klebte sie mit Tesafilm fest.
Dann machte sie die Wäscheschublade auf und sog den sauberen, frischen Geruch ihres Parfums ein. Sie nahm den feuerroten Büstenhalter, den dazu passenden Strumpfgürtel und besprühte sich mit Parfum. Sie rieb sich den Duft in die Haut. Geistesabwesend faßte sie sich an das linke Handgelenk

und befühlte die leichte Erhebung, die nach dem Knochenbruch zurückgeblieben war: Sie hatte mit ihren älteren Brüdern Fußball gespielt und war dabei gestürzt.
Christie stieg in den winzigen Schlüpfer und zog ihn über die Hüften. »Das sieht jetzt aber wirklich sexy aus!« murmelte sie bei ihrem Anblick im Spiegel. Dann nahm sie das helle, orangerote Jerseykleid aus dem Schrank, das ihr besonders gut stand. Es betonte ihre kleine Brust und überspielte die spitzen Hüftknochen: nicht schlecht. Als sie sich das Haar ausgebürstet hatte, lag es so, wie sie es gewollt hatte, weich und natürlich.
»Du liebe Zeit!« rief Nora und ließ sich in den Schaukelstuhl fallen, »ich dachte, du gehst heute abend mit Dan Biers aus?«
»Tu ich ja auch, warum?«
Nora blickte ihre Schwiegertochter prüfend an. »Ich weiß nicht, es sieht nur so aus, als dächtest du dabei gar nicht an unseren guten alten Dan, sondern an jemand anderen.«
Christie überhörte die vertraute Ermahnung und fragte: »Mußte der Zahnarzt bohren?«
»Bei mir nicht, und von unserem kleinen Helden läßt es sich nicht feststellen. Er brüllte von dem Augenblick an, als Dr. Endleman sagte: ›Na, junger Mann, jetzt wollen wir mal nachsehen!‹ Ehrlich gesagt, ich finde, wir sollten seine Zähne einfach ausfallen lassen oder ihm diese Zauber-Zahnpasta gegen Karies verordnen.«
»Ach, Nora, es wäre doch besser gewesen, wenn *ich* mitgegangen wäre!«
»Ach was! Wir versuchen es im nächsten Monat noch mal. Er ist eben eine kleine Persönlichkeit!« Nora lächelte in der Erinnerung an ihren rebellierenden Enkel. Ihr lebendiges Gesicht war immer in Bewegung und spiegelte jede Märchenfigur, die sie für ihren Enkel erfand. Man sah ihr das Alter nicht an – sie hielt es übrigens geheim, aber sie mußte an die Fünfzig sein. Immer und überall sah Nora die humorvolle und freundliche Seite des Lebens und zeigte sich verständnisvoll. In diesem klaren Gesicht verriet keine Linie das Schwere, das sie mitgemacht hatte. Den Tod ihres Mannes, der vor sechzehn Jahren als Polizist erschossen wurde, den Tod ihres einzigen

Sohnes, der vor fünf Jahren auf die gleiche Weise ums Leben gekommen war. *In treuer Pflichterfüllung als Angehöriger der New Yorker Polizei.* In den gespenstischen Tagen nach Mikes Tod war die zierliche kleine Frau Christies einzige Stütze gewesen.

Nora schleuderte ihre Schuhe von den Füßen und streckte die Zehen aus. Sie sah Christie nachdenklich an. »Deine Gedanken beschäftigen sich aber nicht mit den Zähnen deines Sohnes. Was ist denn los, Christie?«

»Nora, ich möchte dich was ganz Albernes fragen.«

»Meine Antwort wird bestimmt nicht weniger albern sein, schieß los!«

Christie zupfte nervös an ihren Haaren. »Nora, als Mike dir zuerst von mir erzählte, was hat er da gesagt?«

Das war eines der starken Bande zwischen ihnen. Ihr Entschluß, immer ungezwungen über Mike zu sprechen. Nora hatte aus ihrer Erfahrung Christies ersten wilden Schmerz nach dem Tod ihres Mannes gelindert, als sie ihr erklärte, *daß man über ihn sprechen konnte.* Aber jetzt war es nicht die Trauer um Mike, die Nora an Christie kannte, es mußte etwas anderes sein, was sie bedrückte.

»Nun, er kam eines Tages nach Hause und redete ununterbrochen von ›diesem Mädchen Christie Choriopoulos‹, und ich fragte natürlich: Christie Wasiopoulos? Aber dann war ich still, weil ich sah, daß es ihm ernst war.«

Ungeduldig schüttelte Christie den Kopf. »Nein, das meine ich nicht. Sagte Mike – na ja, das sagt ein Mann wahrscheinlich nicht zu seiner Mutter.« Sie schnalzte ärgerlich mit der Zunge. Dann brach es aus ihr heraus: »Nannte er mich einmal sexy?«

Noras spontanes Lachen tat nicht weh. »Lieber Gott! Nein! Er sagte: ›Mutter, sie ist ein verdammt hübsches Mädchen, ein richtiger kleiner Junge‹.« Nora biß sich auf die Lippen. »Oh – das war jetzt genau das Falsche, nicht?«

»Nein«, sagte Christie kurz. »Es war genau die Wahrheit. Sehe ich jetzt auch noch so aus?«

Sie warf sich in Positur; Nora betrachtete sie ernsthaft.

»Nicht unbedingt. Aber machen wir uns doch nichts vor, Liebes! Du wirst nie viel Busen kriegen und wirst nichts gegen dein flaches Hinterteil tun können. Aber das ist doch gar nicht wichtig!« Sie stand auf und faßte Christie an beiden Armen. »Wenigstens wirst du später nicht wabbelig! Du bist und bleibst ein schlanker Typ. Ich will dir ein Geheimnis verraten: ich glaube, ich hätte dich nicht gemocht, wenn du eine Sexbiene gewesen wärst, eins von diesen üppigen Pullovermädchen.«

»Toll, *deinem* Geschmack hab ich also entsprochen!«

»Liebes, es war gar nicht so leicht, mich damit abzufinden, daß ich Schwiegermutter und vielleicht bald Großmutter werden würde. Ich weiß, was dir fehlt. Du kommst einfach zu wenig heraus.« Sie hielt ihr scherzhaft den Mund zu, um jeden Protest zu ersticken. »O ja! Der gute alte Dan geht regelmäßig mit dir aus. Aber du weißt so gut wie ich, daß er ungefährlich ist. Er ist gebunden, und er ist ein so perfekter Gentleman.«

»Nora, allmählich kommst du mir wie eine Kuppelmutter vor! Ich erinnere mich noch sehr gut an den blondlockigen Sohn deiner Freundin. Und an seine Ansichten. Er hatte mehr Ansichten, als es Dinge gibt. Besonders über die New Yorker Polizei.« Sie umarmte ihre Schwiegermutter liebevoll. »Spiel nicht die besorgte Mutter, die ihr Mädchen unbedingt unter die Haube bringen möchte!«

»Okay, okay – aber dann sag mir mal: wann triffst du dich endlich mit einem Mann? Komm mir jetzt nicht damit, daß du den ganzen Tag unter Männern bist! Das sind entweder verheiratete Polizisten oder Kriminelle. Und was soll aus Mickey werden? Du weißt doch auch ...«

»Nora, predige nichts, was du selbst nicht getan hast! Du wurdest Witwe, als Mike vierzehn war. Da warst du noch jung und hast trotzdem nicht mehr geheiratet.«

Dieses Argument wischte Nora mit einer Bemerkung vom Tisch: »Mike sollte keinen Ödipuskomplex bekommen. Er war gerade in der Pubertät.« Sie lachte. »Ich habe damals einfach zuviel gelesen. Aber wenn ich auch nicht mehr geheiratet habe, deshalb bin ich doch nicht versauert. Erinnere mich mal daran, daß ich dir ein bißchen was erzähle.«

Christie lächelte. »Nora O'Malley Opara, du bist eine irische Scheinheilige!«

Nora zwinkerte ihr zu. Dann drehte sie sich an der Tür noch einmal um und sagte ernst: »Bleib du selbst – bleib *Christie!* Die Christie, die Mike verrückt machte, und Mike hatte einen sehr guten Geschmack. Das muß ich am besten wissen, ich habe ihn schließlich erzogen. Und es wird noch einmal einen Mann geben – einen freien Mann –, der denselben Geschmack hat.«
Christie tupfte mit einem Kleenextuch den überschüssigen Lippenstift ab und dachte, wer immer die Geschichte mit der bösen Schwiegermutter erfunden hatte, er konnte Nora nicht gekannt haben.
Auf der Treppe kam ihr Mickey entgegen, der vor Schmutz starrte. »Prr, Mammi, wieso bist du denn so aufgetakelt?« fragte er mißmutig.
»Prrr, ich dachte, du fändest deine Mammi vielleicht hübsch.«
Doch Mickey hatte seine eigenen Sorgen. »Mr. Silverman wollte unseren Torwart machen, aber dann mußte er für seine Frau was besorgen, und da sagte ich zu den Jungs, daß du es auch kannst. Weißt du, Mammi, die sind alle schon acht oder neun, und die lassen mich nur mitspielen, wenn du unser Torwart bist. Kannst du nicht lange Hosen anziehen oder so was?«
»Tut mir leid, mein Junge. Du mußt versuchen, den Vater von einem der Jungen zu überreden. Ich bin eine Mutter, verstehst du?«
Mickey rieb sich mit seinen schmutzigen Händen die Stirn, so daß schwarze Streifen zurückblieben. Er ließ sich von Christie aus der Tür schieben, aber dann wand er sich aus ihrer Hand und rannte in die Küche. »He, Nora, kannst du nicht Mammi bitten, daß sie mit uns Fußball spielt?«
Nora legte ihm die Hand auf die Schulter und rief: »He, Mammi! Kannst du nicht rauskommen und mit den Jungs Fußball spielen? Sie brauchen einen guten Torwart!«
Christie sah die beiden an. Nora lächelte amüsiert; Mickey strahlte voller Hoffnung. Sie warf einen Blick auf die Uhr. »Eine halbe Stunde, keine Minute länger! Punkt halb sieben höre ich auf. Dann muß ich mich *noch mal* duschen und *noch*

mal umziehen.« Und damit lief sie schon die Treppe hoch. »Geh schon vor, ich bin in einer Minute fertig, Mick.«
Sie warf das Jerseykleid nur über den Stuhl, schlüpfte in die schmutzigen Jeans und zog sich ein sauberes Hemd über den feuerroten, duftenden Büstenhalter. Als sie ihr Spiegelbild sah, lachte sie über sich selbst: »Was kann ich dafür, wenn ich zufällig der beste Torwart in der Straße bin?«

7

Murray Rogoff lehnte an der Glaswand in der Telefonzelle. Es war ein angenehmes Gefühl, in diesem kleinen Raum eingeschlossen zu sein, die Vorübergehenden zu sehen und selbst nicht gesehen zu werden. Er ließ das Geldstück in den Schlitz rutschen und wählte langsam und mit geschlossenen Augen. Beim zweiten Läuten nahm sie immer ab.
»Hallo?« fragte die kleine, leise Stimme. Dieses eine Wort genügte ihm, um sich ein Bild von ihr zu machen. Sie war ein natürliches, heiteres Mädchen, kaum geschminkt, mit schönen, dunklen Haaren. Und am meisten liebte Murray an ihr die strahlende Sauberkeit, diese süße Frische. Schlank war sie und zierlich, kein Gramm zuviel, schmale Taille, die nicht, wie bei den billigen Mädchen, durch breite Gürtel zusammengezurrt war. Und schlanke Hüften hatte sie und lange Beine. Ihre Brüste waren gerade so groß, um in die Hand eines Mannes zu passen.
»Hallo?« sagte die Stimme noch einmal, ein wenig zitternd.
»Hallo, Carol Logan!« Murrays Stimme klang voll und weich. Seine Hände umschlossen die Sprechmuschel, er hatte die Augen geschlossen. *»Ich liebe dich, Carol Logan.«*
Murray hörte ein Klicken. Dann nichts mehr. Seine Zungenspitze schnellte hervor und berührte ganz leicht die Hörmuschel, aus der ihre Stimme gekommen war, dann legte er den Hörer auf. Er verstand es. Sie konnte jetzt nicht mit ihm sprechen, weil sie um acht Tanzunterricht hatte. Er hatte noch viel Zeit. Draußen spazierten die Homos vorbei. Am liebsten

hätte er sie sich wie Säcke über den Rücken geworfen. Gott, fühlte er sich stark. *Er fühlte sich wohl.*
Murray schlenderte über den Broadway. An der Ecke der 51. Straße blieb er stehen und zählte die vier Stockwerke des Gebäudes, wo ihr Tanzkurs war. Sie ließ nie eine Stunde ausfallen: dreimal in der Woche, Montag, Mittwoch und Freitag – heute abend. Das mußte sie den größten Teil ihres Gehalts kosten. Wieviel würde man schon bei einer Werbeagentur verdienen? Aber sie war ein tüchtiges Mädchen; wahrscheinlich hoffte sie, daß sie einmal bei einem Werbespot mitwirken durfte.
Nach diesem Tanzunterricht blieb sie immer viel zu lange aus, besonders am Freitag. Murray ballte die Fäuste. Sie durfte nicht mit diesen Jungen von der Tanzschule ausgehen, das waren alle Homos. Merkte sie das nicht? Ein Mädchen wie Carol wußte vielleicht gar nichts von diesen Dingen. Aber wunderte sie sich denn nicht, daß sie keiner nach Hause brachte? Diesen Ratten, die alle aus demselben Nest kamen, aus diesem grundverdorbenen Greenwich Village, war wohl der Weg zu weit nach der Bronx.
Sie konnte von Glück reden, daß er sie seit einem Monat jeden Freitag nach Hause gebracht hatte.
Murray schaute auf die Uhr inmitten der flackernden Leuchtreklame: Zeit genug, um noch Kaffee im Automatenlokal zu trinken. Es wurde noch nicht einmal dunkel. Murray haßte die Sommerzeit. Die Straßen waren so hell wie am Nachmittag, wenn auch etwas kühler. Er öffnete sich den gestärkten Hemdkragen; immer noch fühlte er sich so sauber wie vor einer Stunde, als er aus der Badewanne stieg und sich die frischen Sachen anzog. Er fühlte sich phantastisch!
Ohne die Passanten zu beachten, die ihn anstarrten und ihm erschrocken auswichen, steuerte er auf sein Ziel zu. Er rauschte durch die Drehtür ins Automatenlokal und wirbelte dabei zwei Frauen auf die Straße, daß ihnen die Pakete und Taschen auf den Gehsteig fielen. Sie schimpften empört, und er lachte laut. Als er die beiden Geldstücke in den Automaten geworfen hatte, schaute er zu, wie der Kaffee in den Pappbecher sprudelte. Carol trank zuviel Kaffee. Sie sollte mehr Milch

trinken, das gibt Kraft. Eine Tänzerin braucht viel Kraft. Am besten sollte sie solche Sachen essen, in denen viele Vitamine waren – wie Sportler. Wenn man seinen Körper stark beansprucht, muß man ihm Brennstoff geben. Wie er. Da konnte Mamma sagen, was sie wollte, er würde den Fraß nie essen, mit dem sie ihn vollstopfte. Er fegte diese Teigwaren und all das Zeug einfach vom Tisch und verlangte Fleisch und Huhn und Milch. Milch trank er flaschenweise. Wie andere Bier. Verrückt waren die, Bier zu trinken. Dickwanste die. Junge Burschen, die noch im Wachsen sind, sollten auf ihren Körper achten. Ihren Körper trainieren, Kniebeugen, Streckübungen, Expander. Dann fühlte man sich großartig, wie wenn man ein Mädchen nahm.

Murray Rogoff setzte sich an einen Tisch in der Nähe des Fensters. Es erschien ihm nicht seltsam, daß die Familie, die dort gesessen hatte, mit ihren Tabletts aufstand und weglief. Er hatte gern einen Tisch für sich, das war so wie am Broadway eine eigene Loge. Der Kaffee war heiß. Er mochte Kaffee nicht, aber er fühlte sich müde, und er mußte wach bleiben. Freitag, da dauerte es lange. Er saß da und stierte auf die Straße hinaus. Hin und wieder sah er auf die Uhr. Und schließlich war es Zeit, daß er zur 51. Straße ging. Er mußte dafür sorgen, daß Carol in ihre Tanzstunde kam.

Jetzt fing Murray Rogoffs Zeitrechnung an. Leben, das hieß für ihn: über den Broadway gehen, jetzt, zur 51. Straße, und auf Carol Logan warten. Es hatte diese schreckliche, verwirrende Angst heute morgen nicht gegeben, da unten in der U-Bahnstation, wo sein Gehirn von dem unheimlichen Brodeln in seinem Körper verschlungen wurde. Und nicht diese Leute, die ihn in fremde Räume schoben und dies befahlen und das, Finger auf ein Kissen legen und rollen, hinsetzen, in eine Kamera schauen, zur Seite drehen, aufschauen. Und nicht den engen, kleinen Raum mit dem harten, flachen Bett und der schmutzigen, offenen Toilette, kein Blechgeklapper, lange, vergitterte Korridore und dann den großen Raum, wie ein Betsaal voller Männer.

Ausgelöscht war der weißglühende Nachmittag, es hatte keinen Frankie Santino gegeben, der ihm ins Ohr flüsterte und

ihn berührte, und keinen David, der sich an ihn drückte. Es war nicht gewesen, das Gekreische oben in der stickigen Mansarde, wo seine Mutter gerade die Kerzen zum Sabbath anzündete und den Leuchter vor Schreck fallen ließ, als sie David nach einem Jahr wiedersah. Dies alles war für Murray ausradiert. Es war ein Tag gewesen wie jeder andere: Aushalten im Fischgeschäft seines Vaters, bis die Sonne sank und auf den Straßen die Lichter aufblitzten, bis er sich jung und stark und großartig fühlte, als könnte er die Schleier zerreißen, die ihn umgaben. Murray der Große. Und wieder dieses *Gefühl* haben, dieses besondere Gefühl, das ihn jetzt durchströmte; da war er selbst und mußte sich nicht mehr verstecken unter den vielen Gesichtern und Geräuschen.
Murray drückte sich an die Kotflügel eines hellen Buick und beobachtete die Straße. Das Blinzeln seiner Augen wischte all die unwichtigen Leute fort, die in sein Blickfeld traten. *Da.* Murray richtete starr die Augen auf sie. Schon von weitem erkannte er sie. Es war Carol. Zuerst sah er nur ihren Kopf, der in der Menge gesichtsloser Körper auftauchte, allein, wie im Rampenlicht. Und einen halben Häuserblock weiter sah er sie ganz. Sie hatte ein blaues Kleid an, das beim Gehen gegen die schlanken Beine stieß. Sie hatte einen damenhaften Gang. Mit hocherhobenem Kopf schritt sie an den anderen vorbei, Landstreichern, Tagedieben, Gammlern. Sie konnte durch den Schlamm waten und blieb sauber.
Murray ging leicht in die Knie. Als sie an ihm vorbeikam, neigte er den Kopf, so daß es aussah, als döste er vor sich hin. Aber seine Augen, versteckt hinter der Brille und halb unter dem Schirm der Mütze, folgten ihr. Ihre halbhohen Absätze klapperten auf dem Pflaster. Das Kleid berührte ihren Körper immer wieder beim Gehen; man sah, daß sie einen leichten Strumpfgürtel trug, der ihre Hüften zu dieser wunderbaren Linie modellierte.
Murray lächelte erlöst, als sie unbehelligt in dem vierstöckigen Haus verschwand. Er löste sich von dem Wagen und atmete tief durch, daß sich seine Lungen mit der rußigen Luft füllten. Und dann schlenderte er ziellos umher.
Die Stunde verging schnell. Eine Stunde ist kurz. Für diese

Stunde hatte Murray Rogoff unendliche Geduld. Aber dann dehnte sich die Zeit, und er fühlte, wie sich die Spannung allmählich in ihm verdichtete. Sie brauchte nicht so lange auszubleiben. Und schon gar nicht in so einem Imbißlokal. Alle diese Stehausschänke waren gleich. Er mochte die Rothaarige nicht. Sie hatte gefärbte Haare und sah billig aus. Wenn Carol mit so einer zusammen war, konnte einer von diesen geilen Broadway-Typen leicht auf falsche Gedanken kommen. Und dieses billige Essen, das fett und schwer war, wie sollte ihr das bekommen?
Er lehnte an einem geschlossenen Zeitungsstand und wischte sich die feuchten Hände an der Drillichhose ab. Dann schloß er die Augen und legte die Hand über die Brille, um für einen Moment auszuruhen. Als er die Augen wieder öffnete, sah er sie aus der Imbißstube kommen. Mein Gott, er hätte sie fast versäumt.
Murray Rogoff ging langsam durch die Menge und merkte gar nicht, wenn ihm eine Aktentasche ans Bein schlug, wenn ihn die anderen streiften oder anrempelten. Er wagte nicht, den Blick von ihrem Kopf zu lassen, er konnte nur ihren Kopf sehen, der sich manchmal seitwärts neigte. Sie hörte dem schwarzhaarigen Jungen zu. Jetzt gingen sie die Treppe zur U-Bahn hinunter. Murray drängte sich an zwei älteren Ehepaaren vorbei, die ihm mit offenem Mund nachstarrten; er warf dem Schalterbeamten das Geld hin. Dann steckte er die Fahrkarte in den Entwerter und schob sich durch die Sperre, ging an Carol vorbei, die sich noch mit dem Schwarzhaarigen unterhielt. Er hatte seine Hände durch die Eisenstäbe des Bahnsteiggitters gestreckt und streichelte Carols nackten Arm.
Als der Zug einfuhr, hörte Murray ihre schnellen Schritte hinter sich. Murray stieg an der Mitteltür ein und stürmte gleich auf einen der wenigen freien Sitzplätze zu. Eine Frau, die vor ihm eingestiegen war, lief mit ihm um die Wette.
Aber er erreichte den Platz zuerst. Er drehte sich mit dem Gesicht zum vorderen Ende des Wagens, so daß die Frau nicht einmal einen Haltegurt fassen konnte. Carol hielt sich an einem Metallstab fest; sie stand ganz vorn und studierte eine U-Bahnkarte, die an der Zugwand hing. Seine Augen ver-

schlangen die Linien ihres Körpers. Ihr erhobener Arm hatte die zarte Brust fortgezaubert, aber das hochgerutschte Kleid spannte sich nun noch enger um die Hüften, und darunter zeigte sich ein winziges Stückchen eines blauen Höschens. Er fühlte, wie es sich in seinen Lenden zusammenkrampfte. Er schloß die Augen. Es würde eine lange Fahrt werden bis zur Bronx.

An der Kingsbridge Road war der Zug schon fast leer. Außer Murray und Carol stiegen noch drei Leute aus. Carol hielt ihre Tasche fest an sich und sah starr geradeaus. Kurze Zeit verlor er sie aus den Augen, weil die anderen drei, ältere Männer, so langsam gingen. Aber er kannte Carols Weg.

Die Nachtluft wehte ihm kühl gegen die Brust und an den Nacken. Jetzt war der Himmel tiefdunkel mit kleinen Lichtlöchern. Carols Schritte klangen gleichmäßig und ein wenig schnell, aber nicht so panisch wie bei manchen Mädchen, die nachts allein auf der Straße gingen. Sie war noch drei Häuser von ihrer Wohnung entfernt. Sie ging in die Mitte des Gehsteigs, nicht auf der Seite, wo ein Wagen am anderen parkte. Das war klug von ihr, denn man konnte nie wissen, ob nicht in einem dieser Autos jemand saß und auf ein Mädchen wartete.

Murray lief jetzt schneller, so daß er sie überholte und bald weit hinter sich ließ. Er war auf der Straßenseite, an der ihr Haus stand. Es war merkwürdig, daß sie immer auf der anderen Straßenseite ging und erst auf der Höhe ihres Hauses die Fahrbahn überquerte – aber aus Gewohnheit tut man die seltsamsten Dinge. Als er vor dem roten Backsteinhaus stand, drehte er sich um und sah, wie sie in der Dunkelheit auf ihn zukam. Dann schob er die Eingangstür auf und glitt in den Hausflur. Das Licht brannte. Das war gut, sonst hätte sich jeder Landstreicher so wie er hier verstecken können. Ein paar Stufen führten zu der Tür, hinter der die Wohnungen des Erdgeschosses lagen. Er drückte nicht auf den Messingknauf, sondern stieß mit der Schulter gegen das Türblatt. Aber die Tür gab nur zögernd nach. Sie hätte abgeschlossen sein müssen. Murray fühlte Ärger in sich aufsteigen. Da müßte sich jemand beim Hausmeister beschweren, aber denen war es ja vollkommen gleichgültig, wenn ein hübsches Mädchen allein in so eine Falle zurückkam.

Murrays Füße tappten so leicht über den gefliesten Boden, daß er sich selbst nicht hören konnte. Das verdammte Licht über den dreckigen Briefkästen flackerte. Murray zog ein Taschentuch heraus und faßte damit die Birne an. Aber die Hitze der glühenden Birne fühlte er auch durch den Stoff hindurch. Vorsichtig drehte er sie aus. Dann zog er die Mütze vom Kopf und nahm die Brille ab. In der Dunkelheit tat das seinen Augen gut. Die Brille legte er in die Mütze und beides zusammen neben sich auf den Boden. Es roch modrig hier und säuerlich, nach alten, feuchten Putzlumpen. Die mußten ja wirklich einen großartigen Hausmeister hier haben.

Murray zog den Atem ein und hielt ihn an; er spürte ihn in den Lungen. Dann zog er den Magen ein, so daß er hart und flach wurde. Er hörte die Türe aufgehen, zwei zögernde Schritte, dann blieb sie stehen. O Gott, sie fürchtete sich vor der Dunkelheit. Er wollte nicht, daß sie sich fürchtete. *Er war doch da.* Sie brauchte keine Angst zu haben.

Er hörte ihren Atem. Jetzt ging sie über die Stufen und kam auf ihn zu. Murray spürte schon ihren Geruch, der den widerlichen Gestank überdeckte, der nach ihm griff, wie er nach ihr griff, seine Arme, sanft, fest und sicher um sie legte. Die Hand, die er über ihren Mund gelegt hatte, rutschte hinunter, und er drückte seinen Mund auf den ihren, atmete in sie hinein und saugte ihre Süße in sich. Sie war so leicht. Mein Gott, er hätte nie gedacht, daß ihr schöner, biegsamer Körper so leicht sein würde. Er brauchte kaum Kraft, um sie an sich zu ziehen, bis sie ein Teil von ihm und er ein Teil von ihr war. Er drückte sie leicht auf den Boden hinunter und bettete ihren Kopf umsichtig in seine Hand und auf seinen Unterarm. Ihre Hände, die seine Brust nicht erreichten, bohrten sich in seinen Rücken. Ihr Körper bewegte sich unter ihm auf dem harten Boden auf und ab, leidenschaftlich und lautlos unter der unnachgiebigen Kraft seines Mundes, der ihren nie losließ, obwohl sie den Kopf von einer Seite zur anderen schlug. Er half ihr mit einer Hand, denn der Mann mußte die Frau entkleiden, nur Prostituierte zogen sich die Kleider selbst aus. Aber wenn ein Mann ein Mädchen liebt, muß er es tun. Nein, Carol sollte keine Mühe haben, sie sollte nur ihn fühlen: seine Liebe, seine Freude an ihr. Wie er ihre Lust genoß und ihren Körper, den er so liebte, wie er nicht nur nahm, sondern *gab*. Sie war so klein unter ihm. Er spürte ihr Herz unter den zarten Rippen; es war, als hätten sie zusammen nur ein Herz. Seine Finger spürten den Laut des Entzückens in ihrer Kehle, und er unterdrückte ihn liebevoll, drückte ihn in sie zurück, damit sie ihn tief in sich genießen konnte, so wie er seine wunderbare, volle, endlich erfüllte Lust.

Er hob seinen Mund von ihrem und atmete träge seufzend die warme Luft ein, und auch sie war erfüllt von Carol. Seine Zungenspitze glitt über ihre Unterlippe. Ihr Mund war still und entspannt; sie war friedlich in den tiefen, schönen Schlaf seiner Liebe gefallen.

Murray preßte sein Gesicht in ihr Haar, fuhr leicht mit der Zunge über ihr Ohrläppchen hinunter zur Wange, an den offenstehenden Lippen entlang über die Zähne. Er barg seinen Kopf in der kleinen warmen Höhle ihrer Achseln, und er wünschte, er könnte ihr Gesicht in der Dunkelheit sehen. Er wußte, daß sie lächelte in dem herrlichen Glücksgefühl, das sie beide erfüllte. Und das löschte all die anderen Stunden aus, die kalten, mechanisch benützten Körper, auf denen er nur animalische Lust ausgegossen hatte, mit einem Gefühl von Wut und Verzweiflung, weil der Saft seines Körpers in einem schmutzigen, bezahlten Bett ausgesogen wurde.

Seine Stimme war so leise an ihrem Ohr, als ob er nur dächte; aber er dachte nicht, er flüsterte es ihr zu, und sie lauschte ihm. Sie lag still da. Und lauschte.

»Carol, Carol! Ich liebe dich so sehr. Ich denke so viel an dich. Du bist so besonders, so besonders! Nicht wie diese Huren, die immer nur etwas von mir wollen, die mich auspressen und mir nichts geben.« Murray blinzelte heftig. Er wollte nicht mehr daran denken. »Oh, Carol! Du bist so sauber, so rein und so gut.« Er küßte sie und biß sie dabei zärtlich. Seine Fingerspitzen liebkosten ihren Mund; er kniete sich auf. »Es ist schon spät. Schlaf nur ein bißchen.

Mir ist so wohl. Ich kann mich nicht erinnern, wann ich mich einmal so wohl gefühlt hätte.«
Und dann holte Murray ein Klappmesser aus der Hosentasche und schwenkte mit einer kräftigen Abwärtsbewegung die Klinge heraus. Vorsichtig, um ihren Schlaf nicht zu stören, hob er Carols Kopf. Seine Hand ergriff behutsam und liebevoll eine süße, dicke Locke ihres weichen Haars. Er schnitt die Locke ab; dann klickte er das Messer wieder zu, steckte es in die Tasche und legte das Haar in ein sauberes Taschentuch. Sorgfältig gefaltet steckte er den kleinen Schatz in die Hemdtasche und drückte ihn an seine Brust.
Er strich ihr das Haar aus der Stirn, küßte sie noch einmal zart auf Brauen und Lippen und flüsterte: »Ruh dich aus, Carol, und träume von mir!«
Er tappte auf dem Boden nach seiner Mütze und stieß dabei auf ihre Tasche. Dann setzte er sich die Brille auf. Er sah nicht, daß ihre Augen starr und aufgerissen waren; er wünschte ihr süße Träume und schlich sich geräuschlos aus dem Haus auf die kühle, dunkle Straße.
Murray Rogoff ging an drei Mietshäusern vorbei bis zum Eingang zur U-Bahn. Die Mütze noch immer in der Hand, reckte er den Kopf. Es war eine wunderbare Nacht; die Luft war kühl und sauber, und er fühlte sich sehr wohl. Er drehte sich um und beschloß, noch ein paar Kilometer zu laufen. Er konnte auch später in die U-Bahn steigen.

8

Bill Ferrantis Stimme klang freundlich und etwas verwundert, weil Christie so ärgerlich war: »Ich weiß auch nicht warum, Christie. Stoney rief heute früh um sechs an und teilte mir mit, daß die LSD-Aktion abgeblasen ist.«
»Abgeblasen oder verschoben?« Christie bemühte sich vergeblich, mit dem Zeigefinger unter den Gipsverband zu kommen, um sich zu kratzen.
»Nach dem, was Stoner sagte, endgültig abgeblasen. Wir

müssen heute morgen vollzählig zum Appell erscheinen. Offenbar ist etwas im Gange. Vor allem auf dich legt Mr. Reardon Wert. Du möchtest besonders früh kommen. Stoney sagte, alles Weitere würde er uns im Büro erklären.«
»Bedeutet das, daß ich meinen Gipsverband nicht mehr brauche?«
»Ich glaube nicht. Den kannst du ruhig abnehmen und zu Hause lassen. Also, bis bald, Christie!«
Der Verband war nicht abnehmbar angelegt, der mußte schon abgeschlagen werden. Aber Reardon erwartete sie besonders früh.
So viele Mitglieder der Abteilung wie heute hatte Christie noch nie auf einmal gesehen. Anscheinend hatte die Falschspielkommission jemanden geschnappt, denn diese sechs Kollegen, die sonst nie im Büro auftauchten, waren jetzt sämtlich versammelt und unterhielten sich aufgeregt. Casey Reardon und Stoner Martin erschienen kurz und verschwanden gleich darauf wieder.
Detective Sam Farrell war von Geburt an ungeschickt und hatte seitdem mit jedem Jahr an Ungeschicklichkeit zugenommen.
Man sah es Sam auf den ersten Blick an, daß er zu den Menschen gehörte, denen es gelingt, auf einem glatten Gehsteig den einzigen Stein zu finden, über den man stolpern kann. Sein Körper besaß eine magische Anziehungskraft für Möbelecken. Seinem Kopf entging keine tiefhängende Lampe.
Bill und Christie sahen ihm zu, wie er mit zwei Fingern die alte Underwood bearbeitete. Christie grinste schon, als er in der obersten Schublade verzweifelt nach einem Radiergummi suchte, dann wütend radierte, schließlich ein Loch im Blatt hatte und resigniert seufzte.
Aber von Sam Farrell konnte man vertrauliche Informationen bekommen. »Ihr habt es ja heute mächtig wichtig, Sam.«
Er schaute auf; sein Gesicht verzog sich zu einem breiten Grinsen. »He, und ihr habt ja am Freitag ganz schön gepfuscht, was?«

Christie zuckte die Achseln. »Das läßt sich wieder ausbügeln.«
»Was? Hat dir noch niemand was erzählt? Also das ist doch die Höhe!«
»Wieso, was denn erzählt?« schaltete sich Bill ein.
Sam Farrell warf sich in die Brust. »Freitag abend ging die LSD-Aktion hops und das Mädchen auch. Ihr wißt schon, das Mädchen, wegen der die ganze Geschichte bei uns lief.«
Christie hatte plötzlich das Gefühl, als würde der Gipsverband ein paar Pfund schwerer. »Welches Mädchen, Sam?«
»Also hat euch wirklich niemand was gesagt? Ich weiß auch nicht, wer das Mädchen war, ihr Onkel soll der Senator von New York sein. Soviel ich hörte, hat die Familie sie in ein Sanatorium in einen anderen Staat verfrachtet.« Sam schnippte mit den Fingern. »Stimmt, ihr wart ja Samstag nicht hier. Junge, Junge, das hat eingeschlagen! Reardon mußte zum Alten rauf. Als er wiederkam – na ja, gut, daß ihr nicht da wart. Wir waren wegen der Razzia im Büro, *ich* habe ihn gehört!« Farrell lachte gutmütig. »Wundert mich eigentlich, daß du ihn da draußen, wo du wohnst, nicht gehört hast, Christie.«
Christie fragte so ruhig wie möglich: »Was ist hier los? Was macht ihr denn, Sam?«
»Geheim!« erwiderte Sam Farrell. »Es geht um eine kleine Hausfrau, wie findest du das?«
Eine weibliche Untersuchungsgefangene, deshalb brauchte man sie! Sie mußte Sam gar nicht weiter fragen, er erzählte von selbst.
»Ganz im Vertrauen: Das ist ein ganzer Ring. Und sie ist eine von denen. Hat ihr Telefon für Wetten benützt. Auf so eine Anzeige hin, du weißt schon: ›Verdienen Sie sich zusätzlich Geld zu Hause‹ oder so ähnlich. Muß eine ausgedehnte Sache sein; wir arbeiten mit der Polizei von Nassau und Suffolk zusammen, sogar mit Westchester County.«
Christie beugte sich über die Schreibmaschine und hob die eingespannten Blätter hoch. »Du hast das Kohlepapier falsch herum.«
Sam preßte die Lippen aufeinander und murmelte: »Junge, Junge, diese Schreibmaschinen sind eine Sache für sich. Ich hasse die Underwood, die ist nie in Ordnung.«

Reardon rief nach ihr, und trotz der allgemeinen Unterhaltung und dem Schreibmaschinengeklapper hörten es alle.
Christie stand vor Reardon und wartete. Die Ungeduld, mit der er nickte, während Stoney ihm den Bericht vorlas, fiel ihr sofort auf. Es ging geradezu Elektrizität von ihm aus.
Ganz plötzlich sprach er sie an. »Wir haben da drin eine Frau; eine gewisse Mrs. Lydia Ogden. Sie nahm Anrufe für einen Buchmacherring entgegen, kleiner Extraverdienst für eine Hausfrau.« Jetzt blickte er sie an, seine Augen waren klar wie Bernstein. Er sprach weiter und musterte sie dabei von unten bis oben. Der Ausdruck seiner Augen war ganz anders als der geschäftsmäßige Ton seiner Stimme. »Wir hatten mit dieser Dame bisher nicht viel Glück. Ich dachte, sie braucht vielleicht eine Frau, um sich auszusprechen. Sie verstehen – ein Gespräch unter zwei Frauen.« Und nun paßte sich seine Stimme seinem Blick an. »Sie sehen heute eher wie ein weibliches Wesen aus.«
»Was ist meine Aufgabe?«
»Was ich brauche, sind Namen. Je mehr – desto besser. Wir haben sie mit Glacéhandschuhen angefaßt, das muß man bei der. Sie ist wichtig für diesen Fall und für den Fortgang der Ermittlungen. *Sehr wichtig.* Glauben Sie, daß Sie das schaffen?«
»Ja.«
Reardons Augen verengten sich. Plötzlich, als bemerke er ihn jetzt erst, klopfte er mit den Fingerknöcheln gegen ihren Gipsverband. »Das verdammte Ding nehmen Sie besser ab.« Seine Stimme klang unvermittelt scharf.
»Ich habe gehört, was Freitag abend passiert ist...«
»Wollen Sie noch mal davon anfangen?« sagte er wütend.
»Nein, aber...«
»Dann nehmen Sie diesen verdammten Verband ab!«
Sie ließ sich nicht abschrecken. »Mr. Reardon, ich kenne die Leute vom College; ich weiß, wer in den Fall verwickelt ist. Können wir nicht die Kontakte noch eine Zeitlang aufrechterhalten und dann...«
Reardon machte eine zornige Kopfbewegung. Er wollte schon reden, besann sich dann aber eines andern und fixierte sie

einen Moment lang. »Man kann nie wissen«, sagte er knapp und ging zur Tür. »Kommen Sie, Opara, beeilen Sie sich!«
Unter der Tür drehte er sich so unvermittelt um, daß Christie, die ihm folgte, gegen ihn prallte. »Immer mit der Ruhe, Opara, sonst werfen Sie Ihren Boss um.«
Christie fuhr erschrocken zurück. »Entschuldigung. Und wegen des Verbands – ich kann ihn jetzt nicht abnehmen, der muß heruntergeschlagen werden.«
»Ich wäre Ihnen gern behilflich, aber ich habe meinen Vorschlaghammer zu Hause gelassen.« Seine Stimme klang plötzlich nicht mehr ärgerlich. Er informierte sie kurz über die Zusammenhänge von Mrs. Ogdens Verhaftung. »Ich lasse Sie allein mit ihr, okay? Haben Sie schon irgendeine Idee für das Verhör?«
»Ich muß sie zuerst sehen.«
Reardons Blick ruhte nachdenklich auf ihr, dann öffnete er die Tür zu seinem Büro und forderte sie mit einer Kopfbewegung auf, ihm zu folgen. Er stellte Christie mit wenigen Worten vor, ohne dabei die Türklinke aus der Hand zu lassen, dann ging er und ließ die beiden Frauen allein.
Mrs. Ogden war eine kleine Frau; sie war rundlich, ohne dick zu sein. Etwa zweiundvierzig oder dreiundvierzig Jahre alt. Die rabenschwarzen Haare, die sie streng aus dem Gesicht gekämmt trug, machten sie blaß. Sie war wenig geschminkt: etwas Lidschatten unordentlich um die hellbraunen Augen verteilt, den nach unten gezogenen Mund mit einem hellen Perlstift betont. Als Christie ins Zimmer trat, fuhr sich Mrs. Ogden mit der rechten Hand an den Hals; Christie bemerkte den für die dicken, kurzen Finger viel zu großen Ring mit trüben Rubinen und Diamantsplittern. An der linken Hand glänzte der breite, ebenfalls mit Diamanten besetzte Ehering.
Christie ging ans Fenster und öffnete es mit einiger Mühe.
»Scheußlich warm hier, nicht?« Sie legte den gegipsten Arm in die rechte Hand. »Dieser Verband juckt wie verrückt!«
Die ganze Zeit über starrte Mrs. Odgen sie wie ein kleiner, sprungbereiter Hund an, der aufmerksam seinen potentiellen Gegner mustert.
»Ich habe mir beim Baseball-Spielen das Handgelenk gebro-

chen«, sagte Christie und setzte sich auf Reardons Stuhl an den Schreibtisch. Eine Sekunde lang überlegte sie, wie er das wohl aufnehmen würde. Dann lächelte sie Mrs. Ogden an. »Dämlich, nicht wahr? Ich spielte mit meinem kleinen Sohn und seinen Freunden, dabei rutschte ich aus und schon war's passiert!«
Vielleicht kam es Christie nur so vor, daß sie jetzt kriegerisch ihren Kopf hob. »Sie haben einen kleinen Jungen?«
»Ja, er ist gerade fünf geworden.«
Mrs. Ogden verschränkte die Arme. Ihre unsympathische Stimme klang rechthaberisch. »Also *ich* bin zu Hause bei meinen Kindern. Ich habe drei Kinder, und *ich* bin da, wenn sie mich brauchen. Die Polizei sollte sich lieber etwas mehr um die Kinder von berufstätigen Müttern kümmern, die sind es, die später Schwierigkeiten machen. Nicht die Kinder von solchen Frauen wie mir, die zu Hause bleiben, wo sie hingehören.«
Nur so zu, großartige, tugendhafte Hausfrau und Mutter! Sagen Sie mir ruhig Ihre abfällige Meinung über mich, ich werde mich hüten, Ihnen jemals zu sagen, was *ich* von *Ihnen* halte. »Erzählen Sie mir von Ihrer Tätigkeit, Mrs. Ogden. Mr. Reardon drückte sich so unklar aus. Was machen Sie?«
»Das kann ich Ihnen ganz einfach erklären«, erwiderte Mrs. Ogden kühl. »Ich bin eine anständige Frau, die ihren Mann ein bißchen unterstützen will, ohne die Familie zu vernachlässigen.« Sie zog die herabhängenden Mundwinkel noch weiter nach unten, und Christie empfand allmählich leises Mitleid mit dem Mann, der diesen Mund jeden Tag sehen mußte. »Ich habe auf eine Anzeige im *Journal* hin geantwortet und deshalb soll ich jetzt kriminell sein, wie irgendeine –«
»Was stand in dieser Anzeige?« unterbrach Christie ihren ärgerlichen Tonfall geduldig.
»Mein Gott, es war eine Anzeige. Wie sie war, weiß ich auch nicht mehr so genau. ›Gelegenheit für Hausfrauen, die sich etwas dazuverdienen wollen! Keine Arbeit außer Haus!‹ Oder so ähnlich.«
»Aha. Und stand eine Telefonnummer dabei, an die Sie sich wenden sollten?«

Sie fingerte an ihrer Frisur herum. »Ja, aber ich weiß nicht mehr, welche. Ich rief dort an, und da meldete sich ein Herr Sowieso – irgendein italienischer Name.«
Christie nickte ihr zu.
»Und der sagte mir, ich hätte weiter nichts zu tun, als mindestens fünf oder sechs Leute anzurufen und denen eine Auswahl von Zeitschriften zum Abonnement anzubieten. Sie hatten eine Menge Zeitschriften, und er schickte mir alles Wissenswerte über die Verkaufsbedingungen zu. Etwa, wenn man *Ladies Home Journal* für fünf Jahre bestellt und *Saturday Evening Post* für drei, und zwei andere aus der Liste für ein Jahr, dann war eine Ausgabe um dreizehn Cent billiger als normal.«
»Und was dann?«
Sie senkte die Augen, so daß Christie nur noch die blau gepuderten Lider sah. Schließlich schaute Mrs. Ogden wieder zu ihr auf. Sie fingerte an ihrem großen Ring herum. »Nun ja, dann rief ich eben alle möglichen Leute aus dem Telefonbuch an. Aber ich konnte nur ein Blockabonnement in einer ganzen Woche abschlagen. An irgendein Schwein in der Bronx! Hm, Sie wissen ja, einem Handel können die Jidden nie widerstehen!« Sie lachte häßlich.
Christies Blick verriet nichts von ihren Gedanken, und auch ihre Stimme klang ruhig und beinahe monoton. »Und dann riefen Sie die Nummer aus der Anzeige noch mal an?«
»Ja, und da sagte mir dieser Spaghettifresser oder was er schon war, viele Hausfrauen machten damit Geld, manche aber auch nicht. Es gäbe noch einen Job; einen Telefonantwortdienst für Leute, die nicht immer in ihrem Büro sein können. Und er meinte, ich wäre doch eine intelligente Frau«, sie richtete sich stolz auf, »und da könnte ich das vielleicht machen. Ich müßte jeden Tag zehn oder zwölf Anrufe für Mr. Stowe entgegennehmen. Immer um halb eins würde mich Mr. Stowe anrufen, und ich hätte ihm dann alles auszurichten. Das ist alles, was ich verbrochen habe!« Sie rollte mit den Augen. »Das ist alles! Und jetzt werde ich behandelt wie eine Kriminelle!«
»Kennen Sie noch andere Frauen, die solche Anrufe entgegennahmen?«

Ihr eben noch Unschuld beteuernder Gesichtsausdruck wurde wachsam und aggressiv. »Ich sagte es diesem rothaarigen Brüllaffen schon, und ich sage es Ihnen wieder: Das ist alles, was ich getan habe! Mehr weiß ich nicht.«
»Kamen Ihnen diese Anrufe nicht seltsam vor? Pferdenamen und Rennummern? Wurden Sie da nicht stutzig?«
»Die Anrufe kamen immer, wenn die Kinder in der Schule waren. Da hatte ich andere Sachen im Kopf – Essenkochen, Saubermachen, Einkaufen. Ich schrieb mir das alles auf und gab es Mr. Stowe durch, wenn er anrief. Ich habe mich da um gar nichts weiter gekümmert; war mir auch egal. Ich habe mich um meine Familie zu kümmern.«
»Herein«, sagte Christie.
Stoney kam an den Schreibtisch und grinste sie an. »Entschuldige bitte, Mr. Reardon braucht den Akt – ja, den!«
Christie nickte ihm zu und beobachtete dabei aus den Augenwinkeln Mrs. Ogden. Der Haß entstellte ihr Gesicht.
»Dieser Nigger da – ist das ein Polizist?« fragte sie, nachdem Stoney gegangen war.
Christie fuhr mit dem Zeigefinger der rechten Hand spielerisch über den Gipsverband. Dann stand sie auf und setzte sich neben Mrs. Ogden. Sie schüttelte ernst den Kopf. »Nein, Mrs. Ogden, der ist nicht bei der Polizei.« Und ehe sie recht den Gedanken fassen konnte, sagte ihr Mund schon: »Er ist vom FBI.«
»FBI?« fragte Mrs. Ogden bestürzt.
»Ja, anscheinend hat man vergessen, Ihnen das zu sagen.«
Mrs. Ogden wetzte unruhig auf ihrem Platz. »Ich will versuchen, es Ihnen zu erklären – sehen Sie, die Agentur, für die Sie arbeiteten, für die Sie Wetten annahmen, ist ein großes Syndikat in New York, New Jersey und Connecticut. Sie wohnen in Manhattan, in der 175. Straße, nicht wahr? Das heißt, daß Sie zur Manhattan-Organisation gehören.«
»*Manhattan-Organisation?* Was soll denn das heißen?« Mrs. Ogdens Stimme klang nicht so wütend, wie sie klingen sollte, eher ein wenig unsicher.
Jetzt kamen Christies Worte fast automatisch, und sie ließ dabei das Gesicht der anderen nicht aus den Augen: »An

diesem Fall arbeiten auch FBI und die Beamten des Finanzamts. FBI, weil das Syndikat ein Netz über mehrere Staaten gezogen hat, und das Finanzamt wegen der Einkommenssteuer.«

Mrs. Ogden sprang auf, als hätte sie einen elektrischen Draht berührt. Dabei sah Christie erst, was sie für hochhackige Schuhe trug. »Einkommenssteuer? Was soll das bedeuten? Ich zahle meine Steuern wie jeder anständige Bürger...«

»Mrs. Ogden, setzen Sie sich doch wieder; lassen Sie mich Ihnen die Sache etwas genauer erläutern.« Christie überlegte auch jetzt nicht. Sie ließ sich einfach von der Nervosität der kleinen Frau inspirieren. »Sehen Sie, alle diese Organisationen arbeiten gleich: So eine Wettorganisation wie die von Manhattan macht durchschnittlich hunderttausend Dollar pro Woche; die Kosten für die Verbindungsleute – das sind die Anrufbeantworter – werden mit einem Pauschalpreis von 5 % pro Gebiet angesetzt.« Sie wußte selbst nicht, woher sie das nahm, aber Mrs. Ogden schien nichts anzuzweifeln. Christie lief schon der Schweiß über den Rücken. »Es geht also um etwa fünftausend Dollar pro Woche.«

»Aber ich habe im höchsten Fall fünfzig oder sechzig Dollar verdient!« rief Mrs. Ogden schrill.

Christie nickte. »Das glaube ich Ihnen gern. Und die vom FBI und vom Finanzamt wissen natürlich auch genau, wie solche Wettringe aussehen; sie wissen genau, wieviel einzelne Leute dabei verdienen. Die sind deshalb im Grunde auch nicht an Ihnen interessiert. Sie wollen einfach wissen, wie viele da beteiligt sind und wer wieviel Geld kriegte, damit die Regierung den ihr zustehenden Steueranteil einheben kann.«

Christie ging wieder zum Schreibtisch zurück und setzte sich in Reardons Drehstuhl. Sie beobachtete, wie sich in Mrs. Ogdens Gesicht Panik ausbreitete; wie die vorher ruhigen Hände plötzlich nervös flatterten. »Verstehen Sie, Mrs. Ogden – wenn man nicht mehr Leute ausfindig macht, dann...«

»Aber ich habe doch wirklich nur fünfundsiebzig Dollar in der Woche bekommen! Das ist wirklich wahr, mehr habe ich nicht bekommen!« Die Stimme klang plötzlich hohl. Und als ihr Mrs. Ogdens Blick nun begegnete, bemerkte Christie die

Angst der Frau. Klar und unverhüllt. »Können denn die das mit mir machen? Für fünftausend Dollar Steuern verlangen? Ich meine, Fräulein, Sie sind Detective, Sie müssen das doch wissen! Können die das wirklich machen?«

»Ja«, antwortete Christie sachlich. »Ja, das können sie.«

Mrs. Ogden stand auf und ging ans Fenster. Christie sah an ihrem Profil, wie sie rechnete und dann plötzlich zu einem Ergebnis kam. Sie wandte sich ihr zu. »Meine Schwester, die übernahm auch Anrufe. Und zwei meiner Kusinen. Und einige Nachbarinnen – und noch ein paar Freundinnen.« Dann, um den Verrat zu mildern: »Die wußten so wenig wie ich, worum es dabei ging. Sie verstehen mich; ich will nicht, daß die jetzt Schwierigkeiten bekommen. Wir hatten ja alle wirklich keine Ahnung, daß . . .«

Christie öffnete die oberste Schreibtischschublade und spielte mit den kaputten Füllhaltern, abgebrochenen Bleistiften und losen Büroklammern. Mitten in diesem kunterbunten Durcheinander fand sich sogar ein Kugelschreiber. Sie kritzelte damit etwas auf einem Papier. Dann reichte sie Mrs. Ogden den Kugelschreiber samt einem Blatt. »Hier, Mrs. Ogden. Schreiben Sie da bitte alle Namen der Leute auf, von denen Sie wissen, daß sie auch solche Anrufe entgegennahmen. Mit Adresse und Telefonnummer.«

Christie empfand eine kalte Freude, als sie die Frau eifrig schreiben sah. Nun war ihre glatte Maske zerstört; darunter war etwas ganz anderes zum Vorschein gekommen. Sie lehnte sich zurück und nahm den ledernen Faltrahmen zur Hand.

Mrs. Casey Reardon sah anders aus, als sie erwartet hatte, obgleich sie gar nicht hätte formulieren können, was sie sich eigentlich unter ihr vorgestellt hatte. Sie sah erstaunlich jung und recht hübsch aus, aber sie lächelte etwas zu gekonnt in die Kamera. In dem blassen Gesicht und bei den schwarzen Haaren fielen die kornblumenblauen Augen auf. Bei näherem Hinsehen hatte sie schon ein paar Silberfäden im Haar. Das hellblaue Kleid, von dem man nur den Kragen sah, hatte sicher ihre Lieblingsfarbe, denn es betonte die auffallenden Augen. Christie studierte diese Augen. Es

stand ein Anflug von Traurigkeit in ihnen, ganz im Gegensatz zu dem mechanischen Lächeln des Mundes.
Sie wandte ihre Aufmerksamkeit den beiden jungen Gesichtern auf der anderen Seite zu. Die Mädchen hatten Augen und Haare der Mutter, auch ihr kleines Gesicht mit dem spitzen Kinn. Und obwohl sich die beiden Zwillinge ähnelten wie ein Ei dem anderen, war die eine ganz wie ihre Mutter, während in dem Gesicht der anderen irgend etwas von ihrem Vater war.
Christie war so vertieft in den Anblick der Fotos, daß sie Casey Reardon nicht hereinkommen hörte. Jetzt stand er vor ihr, und sie hatte den Bildrahmen in der Hand und kam sich ertappt vor. Langsam, mit gesenktem Blick stellte sie den Rahmen zurück. Aber er achtete gar nicht darauf, sondern schickte einen fragenden Blick in Richtung Mrs. Ogden. »Mrs. Ogden sind eben einige andere Frauen eingefallen, die auch Anrufdienst machten«, sagte Christie ruhig.
Sein Blick richtete sich überrascht auf Christie. *Wieso wunderte er sich immer, wenn ihr etwas gelang, was man ihr aufgetragen hatte?* Er gab ihr einen Wink und sagte laut: »Sie entschuldigen uns einen Augenblick, Mrs. Ogden?« Mrs. Ogden nickte.
Draußen auf dem Flur sah Reardon Christie mit einer Art Bewunderung an. »Wie zum Teufel, haben Sie das geschafft?«
Christie erzählte ihm die Geschichte, die sie sich ausgedacht hatte. Er legte die Hand über die Augen und schüttelte den Kopf. »Wo haben Sie das nur her? Haben Sie schon einmal so etwas gehört oder gelesen?«
Christie war sich nicht sicher, ob sie sich jetzt verteidigen mußte; und sie erwiderte deshalb zögernd: »Ich glaube, ich habe das von dem prozentualen Anteil einmal gehört.« Als sie sein unverhohlen bewunderndes Lächeln bemerkte, meinte sie achselzuckend: »Vielleicht hab ich es mir auch nur ausgedacht. Es kam einfach so über mich.«
»Stoney!« rief Reardon, »Stoney! Kommen Sie doch mal eine Minute her. Erzählen Sie ihm, Opara, was Sie mir gerade erzählten.«
Christie wiederholte die Geschichte vor Stoner, der mit offenem Mund zuhörte. »Großer Gott! Daß du nie einen Spezialkurs für Wetten und Falschspiele mitgemacht hast, merkt

man! Casey, ich glaube, bei der könnten wir in die Schule gehen!«
»Ja, diesmal hat es geklappt, weil die da drin ziemlich dämlich ist. Aber versuchen Sie das mal mit einer gewiefteren Person! Die lacht Sie einfach aus! Erinnern Sie mich daran, Stoney, daß ich Opara in so einen Kurs schicke.« Er sagte das in seinem harten Befehlston, aber seine Augen redeten eine andere Sprache.
»Aber geklappt hat es doch, nicht wahr?« fragte sie triumphierend.
»Anfängerglück!« bemerkte Reardon kurz und wandte sich dann an Stoney: »Also, Sie sind unser FBI-Mann – machen wir Sam Farrell zu unserem Finanzbeamten.«
»Der gäbe einen feinen Finanzbeamten, Chef. Plötzlich hätte ein Teil der Bevölkerung gar keine und ein anderer doppelte Steuern zu zahlen.«
Reardon tippte Stoney mit einem Finger an. »Lassen Sie Sam in Frieden, der schlägt sich mit seinem Bericht herum – und wenn er bis heute abend braucht.«
Christie ärgerte sich nicht über Reardons Stichelei. Sie wußte, daß sie etwas geleistet hatte, wovon man in der Abteilung noch lange sprechen würde. Solche Vertrauensaufgaben gab es nur einmal unter Millionen anderen, da konnte man nichts planen und vorherberechnen, das konnte einem auch niemand in einem Kursus beibringen: das intuitive Ausnutzen einer Chance.
Es wurde noch bis spät in die Nacht gearbeitet. Die lange Namensliste mußte in einzelne Gruppen aufgeteilt werden, denn jede der Frauen, die am nächsten Tag vernommen werden sollten, würde sich ihrerseits schützen und eine weitere Reihe von Namen preisgeben. Es wurden noch mehr Beamte angerufen, die in den Fall einsteigen mußten, die County-Polizei wurde über den neuesten Stand der Ermittlungen informiert und über ihre Ermittlungsergebnisse befragt.
Casey las Christies Bericht durch. »Gut. Sie und Ferranti fahren morgen ganz früh in die Bronx und suchen die Schwester von Mrs. Ogden auf, diese Mrs. Phyllis Lynn.« Christie

versuchte, ihn zu unterbrechen, aber Reardon gab schon wieder anderen Anweisungen und überprüfte weitere Berichte. Als sein Blick Christie noch einmal streifte, schossen seine Augenbrauen fragend in die Höhe: »Was ist los? Was gibt's noch?«
»Mr. Reardon, morgen ist Dienstag. Ich muß aufs Gericht.«
»Gericht? Wieso denn, zum Teufel?«
»Sie wissen doch – dieser Rogoff.«
»Wer?«
»Der Exhibitionist, den ich am Freitag verhaftet habe.«
Er rieb sich ärgerlich die Wange. »Das ist ja wunderbar!« schnarrte er sie an. »Warten Sie einen Augenblick!« Er ging zu Stoney und unterhielt sich leise mit ihm, wobei er Christie nicht aus den Augen ließ. Schließlich winkte er sie herbei. »Stoner ruft morgen früh gleich an und sorgt dafür, daß Ihr Fall gleich drankommt. Ferranti, Sie treffen sich mit Opara im Gericht und fahren dann mit ihr in die Bronx. Sind Sie motorisiert?«
»Ja«, erwiderte Ferranti.
Reardon faßte Christie an dem verbundenen Arm und zog sie zu sich heran. »Und Sie schaffen sich dieses Ding da weg!«
»Jawohl.«
»Ach – noch was, Opara! Sah ganz niedlich aus, wie Sie auf dem Stuhl vom Chef saßen – aber machen Sie sich nichts vor: Sie sind nicht groß genug.«
Seine Stimme klang messerscharf. Aber allmählich kannte ihn Christie. Sie schätzte ihn richtig ein. Außerdem war da noch sein Blick. Er verriet Amüsiertheit und zugleich etwas wie Hochachtung.
Christie entzog ihm ihren Arm. »Man kann nie wissen«, entgegnete sie und ahmte dabei seinen Tonfall perfekt nach. Reardons Mund verzog sich zu einem kleinen Lächeln. Er schüttelte leise den Kopf. »Sie sind frech, Opara, ausgesprochen frech.«

9

Frank Santino nickte einem Kollegen zu und brummte etwas zur Erwiderung, als ihm der mit Gerichtsklatsch kam. Und während er ihm interessiert zuzuhören schien, wanderten seine Augen über den Korridor zu den Gebrüdern Rogoff.
Wenn er sonst nichts konnte, eine Situation rasch und gut erfassen, das konnte er. Und von dem Augenblick an, wo er Murray und David Rogoff schweigend und steif auf dem Gerichtsgang gesehen hatte, wußte Frankie, daß er diesen Fall am besten schnell hinter sich brachte: *schuldig* plädieren und damit Schluß.
Wenigstens ordentlich und sauber hatte Davey seinen Bruder hergebracht. Frankie konnte nicht anders, als dieses Mannsbild Murray zu bewundern. Der Kerl hatte noch immer eine Statur, die Mädchen einfach umwarf. Aber dann vom Hals aufwärts – du meine Güte! Wie den Horror-Comic-Heften seiner Kinder entsprungen!
Frank Santino war sich vollkommen klar darüber, daß Murray ein Psychopath war; aber er dachte nicht daran, eine psychiatrische Untersuchung zu fordern. Zum Teufel, er hatte aus einer Intuition heraus gehandelt, der er verdankte, daß er nur selten um sein Honorar kam. Eine innere Stimme hatte ihn gewarnt, daß dieser David Rogoff nicht mehr lange bei der Stange zu halten war. Deshalb hatte Frankie durch einen Anruf am Freitag nachmittag erreicht, daß der Fall im Schnellverfahren durchkam. Das hätte nicht jeder geschafft; Frankie wußte, wann man gefällig sein und wann man Gefälligkeiten zurückfordern mußte. Und dabei ahnte keiner der beiden Brüder, daß er etwas Besonderes für sie getan hatte. Als er ihnen mitgeteilt hatte, daß ihr Fall jetzt schon verhandelt würde, hatten sie es einfach hingenommen. Aber so konnte Frankie sicher sein, daß David nicht mehr absprang. Davey würde zu der Sache nicht vernommen werden und Frankie sofort sein Honorar erhalten. Und Murray verhielt sich, als wüßte er überhaupt nicht, was da vorging – und das war nicht einmal Verstellung. Frankie kannte alle Finten; Murray war wirklich wie benebelt. Er hätte psychia-

trisch begutachtet werden müssen, aber das ging ihn ja nichts an.
Frankie sah gleichzeitig mit seinem Gesprächspartner auf die Armbanduhr. Dann klopften sich die beiden auf die Schultern und gingen zu ihren Klienten.
»Okay«, sagte Frankie und nahm Murray am Arm, nachdem er David mit einem Klaps begrüßt hatte, »gehen wir jetzt mal lieber rauf. Wenn sie unseren Fall aufrufen, Murray, treten wir vor. Der Richter wird dich dann fragen, ob du dich schuldig bekennst oder nicht, dann sagst du, wie verabredet: *Schuldig*. Okay, Junge?«
Murray nickte.
»Und was dann?« fragte David und blickte geradeaus.
Frank ließ Murrays Arm los und wandte David seine volle Aufmerksamkeit zu. »Das ist es ja! Sieh mal, Murray ist auf Kaution frei. Das bedeutet, daß es zu einer weiteren Verhandlung mit Zeugeneinvernahme kommt. Dazu brauchst du nicht zu erscheinen, Dave, das mache ich dann schon mit ihm.« Frankie sah sich um, dann hielt er eine Hand vor den Mund: »Ich kann dir so gut wie *garantieren*, daß es zu keinem Zeugentermin mehr kommt. Das brauchte natürlich etwas Nachhilfe, aber wozu hat man Freunde?« Schrecklich, wie Murray unter dieser unheimlichen Brille blinzelte. Frank faßte David am Ellbogen und drehte ihn herum. »Hier sind wir, Jungs!«
Murray und David nahmen auf der Bank des Gerichtssaales Platz. Stumm warteten sie da auf Frankies Rückkehr, der in irgendeiner Mission unterwegs war, von der er ihnen versichert hatte, sie sei für sie von äußerster Wichtigkeit. Der Raum war klein; er war mehr breit als lang. Es herrschte eine eindeutige, klare Atmosphäre. Hier kannte jeder seine zukünftige Rolle. Die Angeklagten wußten, was sie erwartete, und die Familienangehörigen waren jetzt schon nicht mehr so nervös; sie hatten während der vergangenen Tage Zeit gehabt, sich resigniert abzufinden. Hier rührte sich nur, wer aufgerufen wurde, begleitet von einem der Rechtsanwälte, die ausnahmslos physischen Kontakt mit ihren Klienten herstellten: Sie faßten sie am Rücken oder am Ärmel.

Frankie legte von der dahinter liegenden Bank aus seine Hände den beiden Brüdern auf die Schulter. »So, Jungs, als nächste sind wir dran. Komm, Murray. Nur keine Aufregung, Davey, in ein paar Minuten ist alles vorbei.«
David blieb wie erstarrt sitzen und sah zu, wie Frankie Santino gewandt vortrat.
Murray stand neben Frankie Santino, und als ihm dieser einen Stoß gab, schaute er geradeaus und sagte leise: »Schuldig.« Dann blieb er unsicher stehen, bis ihn Frank bei der Hand nahm und durch das Zimmer zu einem Schreibtisch führte, wo ein ergrauter bebrillter Neger auf einem Formular seinen Namen, Wohnsitz und Beruf aufschrieb. Er antwortete auf keine der Fragen, das tat Frankie für ihn. Und am Schluß drückte Frankie dem Mann herzlich die Schulter, ergriff Murrays Arm und leitete ihn um den vergitterten Teil des Raumes herum. Er winkte David herbei, und sie verließen gemeinsam den Gerichtssaal.
Murrays Augen brannten vor Trockenheit. Er drückte sie fest zu und preßte die Stirn in Falten, preßte gegen das schmerzende Pochen in seinem Kopf. Es war heiß hier, und er wollte raus. Er nahm den Zettel, den ihm Frankie in die Hand drückte, ohne hinzusehen, was es war, ohne zuzuhören, was Frankie sagte. Aber er nickte. Murray schloß die Augen. Wieder fühlte er in sich diese leere Grube, wie eine verschlingende Höhle. Als er die Augen wieder aufmachte, sahen sie geradewegs in das Gesicht eines Mädchens, das nun plötzlich neben Frankie stand. Sie war ihm irgendwie bekannt.
»Mr. Santino«, sagte Christie Opara ärgerlich, »warum wurde ich nicht vor der Verhandlung verständigt?«
Frankie lächelte glatt. »Ach, hallo, Detective Opara! Darf ich vorstellen, das ist Mr. Davey Rogoff, Murrays Bruder. Murray kennen Sie ja schon.«
Christie sah David an, dessen Augen auf einen hinter ihr liegenden Punkt gerichtet waren. Dann Murray, der in Anzug und Krawatte verändert aussah. Vor Frank Santinos ausgestreckter Hand zuckte sie einen winzigen Schritt zurück, aber seine lüsternen Äuglein, die sie ungeniert in Gedanken auszogen, konnte sie nicht abschütteln.

»Kann man sich vorstellen, daß dieses kleine Mädchen Polizistin ist?« fragte Frankie, ohne sich dabei an jemand besonderen zu wenden; David sah ihn nicht an, und Murray schien hinter seiner Brille Millionen Kilometer weit weg zu sein. Er drängte sich an Christie. »Liebling, mich kannst du jederzeit verhaften!«

»Ohne mit der Wimper zu zucken«, erwiderte Christie kalt. »Wann ist der Zeugentermin, Mr. Santino?«

»Den sag ich Ihnen gern, aber Sie brauchen nicht dazusein.«

»Das weiß ich.«

Frank gab David einen Stoß. »Aber wetten, sie kommt. Diese kleine Person weiß ganz genau Bescheid, was, Christie Opara?«

Christie biß sich auf die Unterlippe. Ihre Augen wurden schmal vor Verachtung für den kleinen gedrungenen Mann. Sie war mit Santino schon mehrmals in Gerichtssälen zusammengetroffen, war seinen derben Anspielungen und hochgezogenen Brauen, seinem Schreien ausgesetzt gewesen. Und immer hatte sie ihre Wut beherrscht, Haltung bewahrt und insgeheim ein für ihn niederschmetterndes Urteil gefällt. »Spielt keine Rolle, Mr. Santino. Ich muß ohnehin meinen Bericht zu diesem Fall noch abgeben, da erfahre ich den Termin schon.«

Das Lächeln blieb auf Frankies Gesicht stehen, aber er schluckte etwas verkrampft. Er sah ihr nach. Sie betrat den Gerichtssaal. Dieses kleine Biest. Eines Tages würde er sie in den Zeugenstand bringen – und dann würde diese kühle, glatte Sicherheit auseinanderfallen, er würde sie in lauter kleine Stückchen zerreißen.

Murray Rogoff tauchte den Arm ein, und die saubere Kühle des Wassers schien seinen ganzen Körper zu durchfluten. Er fühlte die dumpfen Schläge der kräftigen schwarzen Leiber, wenn sich die Karpfen in kleinen Kreisen um seinen Arm wanden. Einen Augenblick ließ er seinen Arm so hängen; dann, mit einer schnellen Bewegung, griffen seine Finger nach einem Schwanz. Vor den Augen der Kundin hielt er den Fisch in die Höhe. Das kühle Wasser lief an seinen Armen herunter

ins Hemd. Alle Kunden waren gleich. Diese alten Weiber mit ihren farblosen Augen und plumpen Figuren, die auf Gramm und Pfennig nachrechneten.
»Nein, nein«, jammerte die Alte und wiegte den Kopf hin und her. Die stets weinerliche Stimme seines Vaters stritt auf jiddisch mit einem Kunden. »Ausnehmen, Murray«, sagte sein Vater, und Murray schleuderte den kalten Leib auf den Schlachtblock, mit der freien Hand nach dem scharfen Messer greifend.
Geschickt schnitt er den Kopf ab, legte den zuckenden Leib auf eine Seite, ritzte ihn auf, und gleich darauf fuhren seine feuchten, blutigen Finger in den Leib und rafften die gelblichen Eingeweide zusammen, um sie in den Eimer, der neben seinen Füßen stand, zu werfen. Die alte Frau, die genau zugesehen hatte, fing an zu schimpfen. Murrays Vater bückte sich, kam mit einer Handvoll qualligem Zeug wieder hoch und hielt es der Frau vor die Nase. Es gehörte zu ihrem Fisch. Was ging es ihn an, was sie damit machte? Ihr gehörte es.
Murray holte sich aus dem Stoß Zeitungen an der Mauer zwei Blätter heraus und breitete sie sorgfältig auf dem kleinen Marmorladentisch neben dem Schlachtblock aus. Er wischte sich die Hände an der über und über befleckten Schürze ab und sah blinzelnd auf die Schlagzeilen: »Tänzerin in Bronxer Apartmenthaus erwürgt.« Daneben das Bild eines Mädchens in weißer Bluse mit einer Pferdeschwanzfrisur. Sie lächelte auf dem Bild. Direkt darunter stand groß: »Das dritte Opfer innerhalb von drei Monaten.« Darunter in einer Spalte in normalem Druck ein Artikel, der Murray schwer lesbar vorkam: »Die dreiundzwanzigjährige Carol Logan wurde heute in den frühen Morgenstunden hinter dem Treppenaufgang ihres Wohnhauses erwürgt aufgefunden. Nach Ansicht der Polizei ist sie das dritte Opfer eines Sittlichkeitsverbrechers, auf dessen Konto der im März begangene Mord an einer berufstätigen jungen Frau namens Jody Lane in Greenwich Village geht, sowie der im vergangenen Monat an der Musikstudentin Agnes Lichtenberg am Riverside Drive begangene Mord. Siehe ausführlicher Bericht Seite drei.«
Murray war plötzlich verwirrt: Die Zeitung war vom Samstag,

dem 7. Mai 1966. Seltsam. Da stimmte etwas nicht. Murray dachte darüber einen Augenblick lang nach und beachtete die Alte gar nicht, die ihn zur Eile antrieb. Dann entspannte sich seine Miene: Das Problem war gelöst.
Sein Vater, der den Sabbath stets vom Freitagabend bis Samstag Sonnenuntergang einhielt, hätte an einem Samstag nie die *Daily News* gekauft. Vermutlich hatte sie der farbige Junge mitgebracht, der ihnen montags immer das Eis brachte. Murray legte noch ein Zeitungsblatt dazu, damit die glitschigen Eingeweide nicht durchnäßten. Wieder machten ihm seine Augen zu schaffen. Am liebsten hätte er die Brille heruntergenommen und auf den Boden geworfen. Warum war die immer so verschmiert? Murray wickelte den Fisch ordentlich ein und steckte ihn dann in eine braune Tüte. Die Alte hätte das Zeitungspaket nicht in ihr Netz gesteckt. Die verlangten, was ihnen für ihr Geld zustand – und dazu gehörte auch eine braune Tüte.
Murray drehte sich um und tauchte seine Arme in die Tonne; ein wohltuendes Gefühl. Er ließ sich das kühle Wasser über den Nacken laufen, nahm seine Brille ab und wusch sich das Gesicht. Er ließ seinen Vater reden, der jammerte, es mache einen schlechten Eindruck, wenn er sich in der Fischtonne wasche, und wenn er schon so was mache, solle er's hinten im Geschäft tun. Und genauso ließ er seine Mutter reden, die dieselbe weinerliche Stimme wie sein Vater hatte. Sie redeten und redeten – und immer dasselbe: Warum tust du dies nicht, Murray, warum jenes nicht; warum magst du das nicht, Murray; das mußt du tun, Murray. Eine endlose Litanei.
»Ich geh jetzt rauf«, sagte Murray. Er achtete nicht auf die beiden Stimmen, die ihn in die Hitze der Straße hinaus verfolgten, ihm einstimmig vorwarfen, er solle wenigstens bis zum Abendessen mitarbeiten, wenn er schon so spät angefangen habe. Aber Murray wollte nicht bis zum Abend arbeiten. Er ging, wann er wollte. Und sie konnten ihn nicht aufhalten. Es war ihm gleichgültig, wenn sie sich erregten.
Murray war müde. Er streckte sich auf der harten Matratze aus. Dann erst merkte er, daß er sehr müde war. Die Übermüdung ließ ihn nicht einschlafen. Er drückte das Gesicht ins Kissen

und rieb die Augen an dem rauhen Stoff des Kissenbezuges. Er wollte sich irgendwo verbergen, wo es dunkel und kühl war, wo er träumen konnte. Träume, die Wirklichkeit waren. Lange lag er so und rührte sich nicht und wartete auf den Schlaf. Dann plötzlich zerknüllte er das weiche Kissen zwischen seinen großen Händen und feuerte es durch den kleinen stickigen Raum. Er drehte sich auf den Rücken und streckte sich, so daß er mit dem Kopf gegen das Metall des oberen Bettendes stieß und die Füße über die Matratze hinausstanden. Seine Augen strengten sich an, aus den Rissen der Zimmerdecke Gestalten entstehen zu lassen. Er verspürte ein tiefes Unbehagen, irgendwas war nicht in Ordnung; etwas, was er hätte wissen müssen, woran er sich aber nicht erinnern konnte.
Und dann fühlte Murray körperliche Erleichterung: dieses seltsame Gefühl. Da brauchte man sich an nichts zu erinnern, es kam von selber, jetzt, und er wußte, daß er danach tief und gesund schlafen würde, weil dann alles gut war.
Murray schloß die Augen und lächelte. Seine Hände wanderten an seinem Körper entlang, streichelten über die zarte Haut der Schenkel, und dann hielten sie inne. Das war die Mitte seines Seins, wo er sein Leben spürte, wie es sich regte, hart und kraftvoll und lebendig.
»Christie Opara«, sagte Murray Rogoff zärtlich und ließ sich in den Schlaf fallen. Es war ein tiefer, erholsamer Schlaf.

10

Der heiße Strahl der Dusche prasselte Christie mitten auf den Rücken; sie beugte sich vor, damit das Wasser an ihr herunterlief. Dann streckte sie sich und hielt ihr Gesicht in den Wasserstrahl, bis ihre Wangen glühten. Langsam drehte sie den Heißwasserhahn zurück, um plötzlich die Luft anzuhalten und mit zusammengebissenen Zähnen dem Schock des eiskalten Wassers standzuhalten. Sie zählte bis zehn, dann atmete sie aus und drehte den Hahn ganz zurück. Blind tappte

sie nach dem Handtuch, tupfte sich das Gesicht ab und genoß die Kühle ihrer Haut in der dampfigen Luft.
Es war ein langer Tag gewesen, obwohl sie längst gelernt hatte, einen Arbeitstag nicht nach Stunden zu berechnen. Sie hatte keinen Acht-Stunden-Job, wo man abends aufhörte, um am nächsten Tag um neun wieder anzufangen. In ihrem Beruf nahm man die Gedanken mit nach Hause. Man nahm sie mit unter die Dusche, wo man sie sich vom Leib zu schrubben versuchte. Aber sie blieben, ganz gleich, wie heftig man mit der Badebürste rubbelte. Und nach dem Abschluß mit kaltem Wasser war das Gefühl von Sauberkeit nur eine vorübergehende Empfindung.
Mrs. Ogdens Schwester war eine etwas jüngere Ausgabe der Person, die Christie in die Falle gelockt hatte. Dieselben wachsamen kleinen Augen unter auffallenden Augenschatten. Dieselbe scharfgeschnittene kleine Nase. Und die beiden ungleichen Kusinen: die eine dürr und hysterisch, die andere, die junge, phlegmatisch und üppig in einem schreiend gelben Kleid.
Am meisten von allem wurmte sie der Geiz dieser Weiber. Diese Frauen, mit denen sie den ganzen Nachmittag bis in die Nacht hinein gesprochen hatte, sie waren nicht etwa arm. Sie wohnten in reichmöblierten, geschmacklosen Häusern, hatten Ehemänner, die alle Rechnungen bezahlen konnten, und wohlgenährte Kinder. Sie hatten das Geld für den Friseur gebraucht, für Nerzstolen und Abendpullover, für Cocktailkleider mit Satinschuhen, in denen man sich den Nachbarn präsentieren konnte. Und dazu immer diese höhnische Selbstrechtfertigung: *Ich bin zu Hause bei meinen Kindern.*
Natürlich hatte Mickey schon geschlafen, als Christie endlich nach Hause gekommen war. Sie hatte noch den Bericht schreiben müssen. Am Morgen war er gerade verschlafen aufgewacht – und morgen würde es dasselbe sein. In ihrem hellen Schlafanzug stand sie da und schaute auf ihren schlafenden Sohn; sein Atem ging gleichmäßig, warm und feucht. Die kindliche Stirn runzelte sich in Falten; die Lippen bewegten sich, als wollten sie ein Wort formen. Christie beugte sich zu ihm herunter und sagte in sein Ohr: »Ich hab dich lieb,

Michael-Mickey, mein kleiner Mickey.« Und sie sagte es nicht, weil sie vor langer Zeit in einem Psychologiekurs gelernt hatte, daß der Schlafende unbewußt geflüsterte Worte registriert und in der Erinnerung aufnimmt, sondern weil sie plötzlich schreckliches Heimweh nach ihrem Kind hatte. Sie küßte ihn zart auf die Brauen und stand schnell auf, ehe seine im Halbschlaf abwehrende Hand sie wegstoßen konnte.
Sie ging barfuß über die teppichbelegte Treppe hinunter, über den Flur, zur Küche und suchte ohne Appetit im Kühlschrank nach etwas Eßbarem. Nora hatte sie gefragt, was sie abends gegessen habe, und sie hatte sich nicht mehr erinnern können. Es gab keine ordentlichen Essenszeiten, wenn man an einem Fall arbeitete. Da aß man irgendwann einmal ein belegtes Brot und abends eben wieder, wenn zufällig jemand in die Kantine ging.
Sie entdeckte einen Rest von Noras Lasagna, aber obwohl sie einen leeren Magen hatte, verspürte sie jetzt, um ein Uhr fünfzehn morgens keinen Appetit darauf. Sie schenkte sich ein Glas kalter Milch ein und trank es aus. Ein zweites Glas schluckte sie brav wie ein Kind, dann spülte sie das Glas ab und knipste das Licht aus. Ihre Augen mußten sich erst an die Dunkelheit gewöhnen. Sie tappte nach dem Treppengeländer, und ihr Fuß tastete nach der ersten Stufe. Dabei schlug sie sich den Knöchel an das kleine Marmortischchen im Flur. Christie biß sich auf die Lippen und rieb die schmerzende Stelle. Hoffentlich hatte der Krach Nora und Mickey nicht aufgeweckt. Mit ausgestreckten Händen tastete sie sich zu ihrem Zimmer hinauf.
Es war so dunkel, daß sie überhaupt nichts sah. Weder die Kommode noch den Nußbaum-Schaukelstuhl am Fenster, noch das Tischchen. Nachdem sie aufs Bett gefallen war, verschränkte sie die Arme unter dem Kopf und starrte ins Dunkel. Jetzt bemerkte sie die kleinen, phosphoreszierenden Punkte: ihr Wecker. 2.25. Sie zählte: 3.25, 4.25, 5.25 – sechs Uhr dreißig. Dann würde der Wecker klingeln.
Christie schloß die Augen und legte die Hände über die Stirn. Langsam umschloß die Dunkelheit sie immer entspannender und erlöste sie von Worten und Bildern.

Das plötzlich scheppernde Geräusch würgte sie und fuhr als ein zuckender Schreck durch ihren Körper. Sie reagierte instinktiv. Die rechte Hand griff nach hinten und knipste das Licht an, die linke faßte nach dem Hörer und hob ihn ans Ohr. »Hallo?« Und dann sagte sie noch einmal in die Stille hinein: »Hallo?«
Sie hörte leises Atmen am anderen Ende und hörte das Klopfen des eigenen Herzens. Und dann fragte sie: »Wer ist da?«
Eine unbekannte Stimme: »Sind Sie Christie Opara?«
»Ja, wer spricht?« Sie drückte den Hörer sinnlos fest ans Ohr und fragte ebenso sinnlos: »Bist du's, Marty?«
»Hallo, Christie Opara.«
Sie schluckte und zwang sich, leiser zu sprechen: »Ja, bitte, wer ist da?«
Und leise und nun schon vertraut, beinahe sympathisch wiederholte die Stimme: »Hallo, Christie!«
Das war alles. Dann hörte sie ein Klicken. Und dann war die Leitung tot. Ohne nachzudenken, drückte sie zweimal vergebens auf die Gabel und sagte in das gleichmäßig ertönende Freizeichen hinein: »Hallo? Hallo?« Dann legte sie den Hörer wieder auf.
Nora erschien mit verschlafenem Gesicht unter der Tür. »Hat das Telefon geläutet, Christie?«
Christie stellte sich ärgerlich. »Falsch verbunden, Nora. Geh wieder ins Bett. Ich laß dir das Licht bei mir an, bis du drüben bist.«
Sie hörte Nora etwas gegen Leute murmeln, die mitten in der Nacht falsche Nummern wählen, hörte sie in ihr Zimmer gehen und ins Bett steigen.
Falsch verbunden. Christie machte das Licht aus und legte sich wieder hin. Sie fühlte die Gespanntheit in sich, diese wachsame Erwartung, den festen Willen, sich nicht noch einmal in der Dunkelheit von einem plötzlichen Geräusch erschrecken zu lassen. Sie begann mit bewußten Entspannungsübungen, angefangen mit den Füßen: Zehen verkrampfen und entspannen, Beine und Oberschenkel, Schultern, Arme, Finger, Hals. Nur die Magengegend ließ sich nicht

wärmen. Die Milch lag ihr wie ein eiskalter Klumpen im Magen.
Christie starrte in die Finsternis. Falsch verbunden. Sie machte die Augen zu und versuchte, die wesenlose Stimme zu verdrängen. »Hallo, Christie Opara. Hallo, Christie.« Es stellte sich kein Gesicht dazu ein, nicht mal eine schwache Vorstellung. Nur diese hohle Wiederholung ihres Namens. Sie legte wieder einen Arm über die Stirn und lag ganz still da.
Irgend jemand hatte sich verwählt.

11

Warum nur immer dieser eine Buchstabe, der in jedem Wort vorzukommen schien, nicht anschlug? Christie knallte das »o« in die Lücke. Neben ihr saß Ferranti und schaute in seine Notizen, während sie in Schreibhaltung auf seinen nächsten Satz wartete. Sobald er etwas sagte, tanzten auch schon ihre Finger über die Tasten.
Christie fluchte leise, als sie auf das ungleichmäßige Schriftbild sah. In plötzlichem Entschluß riß sie die beiden halb beschriebenen Seiten aus der Maschine und zerknüllte sie samt Kohlepapier zu einem Ball, den sie in den Papierkorb warf. Ferranti erbot sich zu schreiben; er war zwar langsam, aber dafür auch nicht aus der Ruhe zu bringen.
Sie schüttelte den Kopf. »Es liegt nur an diesem Prachtstück von Schreibmaschine. Man möchte meinen, die New Yorker könnten sich anständige Maschinen leisten. Oder wenigstens anständige Mechaniker für die Reparaturen.«
Casey Reardon, der vorn, an einen Tisch gelehnt, seinem Fahrer Anweisungen gab, hatte Christies Beschwerde zwar nicht gehört, wohl aber ihre zornige Kopfhaltung bemerkt und beobachtet, wie sie ärgerlich die Blätter aus der Maschine genommen und zerknüllt hatte. Er trat an ihren Schreibtisch. Sie sah kurz zu ihm auf, dann schlug sie die »o«-Taste nieder.
»Was für Schwierigkeiten haben Sie?«
»Meine Schwierigkeit besteht in dieser Schreibmaschine«,

sagte sie bissig. »Dieser sogenannte Mechaniker reparierte das ›k‹ und machte dabei das ›o‹ kaputt.«
»Nun machen Sie es so gut, wie es eben geht«, meinte Reardon versöhnlich. »Ich brauche die Berichte um zwölf Uhr dreißig. Da haben Sie noch genug Zeit, selbst wenn man das unüberwindliche Problem mit dem ›o‹ in Rechnung stellt.«
Christie drückte aus Versehen auf die Leertaste, und die Maschine übersprang einen Buchstaben. Sie schlug mit der geballten Hand auf den Stoß Schreibmaschinenpapier. Er merkte genau, daß sie etwas sagen wollte. Und er wußte, daß sie es sagen würde, sie machte aus ihrem Herzen nie eine Mördergrube.
»Mr. Reardon, stimmt das, daß wir alle Informationen an die Nassauer Behörden übergeben? Daß wir die Ermittlungen abblasen?«
»Ja, warum?«
Christie zuckte die Achseln. Ferranti blätterte mit gesenktem Kopf sein Notizbuch durch.
»Warum?«
Sie sah ihn fest an, und ihre Stimme schien Reardon bitter und beinahe anklagend: »Dann wird also keine dieser ›Damen‹, die wir während der letzten vierzehn Tage interviewten, keine dieser ›Heimarbeiterinnen‹ gerichtlich belangt?«
Seine Augen gaben ihren Blick fest und zornfunkelnd zurück. »Stimmt. Es handelt sich um wichtige Zeuginnen der Anklage. Zeuginnen der Anklage werden nicht gerichtlich verfolgt, wenn man sie zum erfolgreichen Abschluß einer Fahndung benötigt.«
»Großartig.« Christie drückte auf die Rücktaste und setzte den ausgelassenen Buchstaben ein, erwischte aber die falsche Taste dabei. Doch sie griff nicht nach dem Radiergummi. Das wollte sie erst tun, wenn Reardon weg war.
Er merkte zwar, daß er entlassen war, aber er sah immer noch auf sie herunter. »Warum?« fragte er noch einmal scharf. Sie atmete tief und langsam durch und nahm entschlossen die Finger von der Tastatur.
»Weil ich finde, daß man ihnen einen Denkzettel verpassen sollte – oder zumindest ein Denkzettelchen.«

»Das ist *Ihre* Meinung?«
Ohne darauf zu achten, daß ihr Ferranti einen Stubs mit der Schuhspitze gab, um sie zu warnen, erwiderte sie: »Ja, das ist meine Meinung.«
Reardon lächelte. Dann wandte er sich ohne ein weiteres Wort ab: Was Christie Opara dachte, war nicht so wichtig. Als er in sein Büro ging, hörte er sie wieder tippen. Er setzte sich an seinen Schreibtisch, um die Akten durchzugehen, die ihm seine Leute über diesen Fall erstellt hatten. Während er las, beschäftigte sich ein Teil seiner Gedanken mit Christie Opara. Und sehr bald beanspruchte die ärgerliche Sache weit mehr als nur einen Teil seiner Aufmerksamkeit. Er nahm die Brille ab und bohrte Daumen und Zeigefinger in die Augenhöhlen.
Lag es daran, daß es bei diesem Fall zu keinen Festnahmen gekommen war? Er wußte, daß sie während der letzten Wochen hart gearbeitet hatte, aber zum Teufel, das hatten sie alle. Und er übergab einen Fall genauso ungern wie seine Leute. Aber so was kam eben vor. In anderen Fällen zahlte sich diese Zusammenarbeit dann wieder aus. Und dort, wo das größte Beweismaterial vorlag, war schließlich auch der gegebene Ort gerichtlicher Verfolgung. Selbstverständlich schuldete er *ihr* doch keinerlei Erklärung.
Ihr Gesichtsausdruck: Reardon hatte ihn zum erstenmal bei einer Sache gesehen, in der sie mit der Festnahme betraut gewesen war. Vor Jahren, als er noch bei der Sonderkommission war. Was war das noch gewesen? Ach ja, ein Taschendiebstahl. Sie hatte in ihrer festen, überzeugten Art ausgesagt, den Hergang geschildert und dann sehr geschickt, beinahe herausfordernd das Kreuzverhör geführt. Es handelte sich um einen ganz gewöhnlichen Taschendieb, und die Sache kam, zwei zu eins, zum Freispruch. Sie hatten alle ordentlich ihre Berufspflichten erfüllt, nun war es Sache der Richter gewesen. Aber er hatte sie beobachtet: Sie hatte ihren Schlußreport abgefaßt, als sei sie der einzige Polizist der Welt, dem ein Fall durch die Lappen gegangen ist. Er erinnerte sich an ihren kalten Blick und an das zornige Funkeln, über das er gegrinst hatte.
Er hatte sie gefragt: »Was läßt Ihnen denn keine Ruhe?«

Er wußte noch, wie sie ganz kurz gezögert und dann überlegt formuliert hatte: »Stört es Sie denn überhaupt nicht, daß ein Schuldiger einfach frei ausgeht?«
Er hatte amüsiert den Kopf geschüttelt. Trotzdem aber auch berührt von ihrer echten Empörung: »Nein, nicht im geringsten. Der eine gewinnt, der andere verliert. Warum stört es Sie?«
Diesmal kam es ohne Zögern hervorgeschossen: »Wenn Sie das nicht wissen, dürfte es kaum einen Zweck haben, es Ihnen zu erklären.«
Frecher kleiner Bankert, hatte er sich damals gedacht. Und jetzt dachte er sich dasselbe. Aber darin lag ein gut Teil Hochachtung. Er streckte die Hand aus und zögerte einen Moment, aber dann drückte er auf den Knopf. »Detective Opara, kommen Sie in mein Büro!«
Reardon wußte, was sie so anziehend machte. Sie hatte eine nette Figur – ein bißchen dünn, aber sie bewegte sich mit natürlicher Anmut. Doch das war es nicht, und auch nicht ihr Gesicht. Hübsch und gescheit, die typische Durchschnittsamerikanerin, der man sofort jede Gefühlsregung ansah. Es war etwas anderes; etwas, dessen sie sich wahrscheinlich selbst gar nicht bewußt war. *Ihre Intensität.* Es war etwas ungeheuer Lebendiges an Christie Opara, das war merkwürdig und interessant und irgendwie auch geheimnisvoll. Er ließ sie eine Minute da sitzen. Ihre Tricks waren ihm bekannt, mit denen sie sich entspannte, zumindest äußerlich. Sie atmete ein paarmal tief und ruhig durch, spannte die Finger an und ließ sie wieder locker auf der Armlehne liegen.
Er fuhr sich mit dem Daumen über die Lippen, schloß die Akte und sah auf. Reardon hielt Rosa für eine Farbe, die jeder Frau stehen mußte. Da bildete Christie keine Ausnahme. »Also«, sagte er, um sich nicht so ganz zu wiederholen, »was bedrückt Sie nun eigentlich wirklich?«
Er sah, wie sie überlegte und dann, nach drei oder vier Sekunden, sich auf die Lippen biß, aber schließlich entschlossen zu ihm aufblickte.
»Ich wurde in letzter Zeit ein paarmal angerufen.«

Ohne eine Spur von Verwunderung fragte er: »Auf welche Art?«
Sie zuckte die Achseln.
»Obszöne Anrufe?«
Sie schüttelte den Kopf. »Nein, komischerweise nicht. Keine obszönen Anrufe. Einfach so – eben ein Anruf. Letzte Nacht zum Beispiel wieder. Eine Stimme, die bloß sagt: ›Hallo, Christie Opara – wie geht es Ihnen?‹ Nur so was.«
Nichts verriet Reardons präzise arbeitendes Gehirn. Diese Gerichtssaalerfahrung kam ihm jederzeit und überall zugute. Seine Fragen erfolgten in logischer Reihenfolge, damit er sich ein Bild machen konnte.
»Seit wann geht das so?«
»Seit ein paar Wochen.«
»Wie oft wurden Sie angerufen?«
Sie blickte einen Augenblick zur Decke. »Zweimal hintereinander, dann ein paar Nächte lang nicht, dann eine Woche lang jede Nacht. Zum letztenmal: gestern.«
»Um welche Zeit?«
»Zwischen Mitternacht und ein Uhr fünfundvierzig morgens. Der erste Anruf war um die späteste Zeit, dann wechselte es. Gestern rief er kurz nach Mitternacht an.«
»Erkannten Sie die Stimme?«
Sie zögerte. »Nein. Eigentlich nicht.«
»Was heißt ›eigentlich‹?«
Sie atmete wieder, um sich zur Ruhe zu zwingen. Dann sagte sie klar: »Nein, ich erkannte die Stimme nicht.«
Reardon studierte einen Augenblick seine Brille, dann fragte er ärgerlich: »Warum stehen Sie denn im Telefonbuch?«
»Ich stehe nicht drin«, gab sie ebenso scharf zurück. Und dann versöhnlicher: »Aber meine Schwiegermutter.«
»Und wie viele andere ›Oparas‹ gibt es noch in Ihrem Fernmeldebereich? Oder in den fünf anderen?«
»Nicht viele«, sagte sie plötzlich kraftlos. »In unserem nur Nora, meine Schwiegermutter.«
»Haben Sie früher schon anonyme Anrufe erhalten?«
»Ein paarmal. Diese obszönen Anrufe von irgendwelchen Spinnern.«

»Und haben diese Anrufe Sie verwirrt?« Sein Sarkasmus wurde jetzt deutlicher.
Nicht so wie du, Reardon. Sie versuchte ihre Stimme seinem Ton anzugleichen und wußte nicht, daß ihr Gesicht sie verriet. »Es ist ein wenig – verwirrend, wenn man so daliegt, mitten in der Nacht. Man weiß, daß irgendwo in der Stadt ein Mann nichts Besseres zu tun hat, als einen anzurufen und zu fragen, wie es einem geht.« Und ganz unbeabsichtigt rutschte ihr heraus: »Man regt sich auf.«
»Was haben Sie dagegen unternommen?«
Sie brauchte diese scharfe, logische Frage nicht mit Worten zu beantworten. Ihre Miene sagte ihm, was er wissen wollte. Schneidend fragte er weiter: »Dann bleiben Sie also jede Nacht wach liegen und warten, bis das Telefon läutet und der Anonymus sich erkundigt, wie es Ihnen geht? Und wenn er sich dann vergewissert hat, daß es Ihnen gutgeht, dürfen Sie endlich einschlafen?«
»Mr. Reardon, ich halte das nicht für sehr spaßig.«
Er schlug sich mit der Brille gegen das Kinn. Im Licht hatten seine Augen die Farbe von Honig. »Ich auch nicht. Und was glauben Sie dagegen tun zu können?«
Sie antwortete ungeduldig: »Ich weiß, ich weiß. Ich könnte mir eine andere Nummer geben lassen, eine Geheimnummer, oder ich könnte den Hörer aushängen oder den Apparat unter einem Kissen verstecken, aber...«
»Aber was?«
Sie schwieg und sah erst auf, als er die beiden Worte nachdrücklich wiederholte. »Ich weiß es nicht. Es ist noch etwas anderes. Ich kann es nicht recht ausdrücken, es ist so schwer zu fassen.« Sie schüttelte den Kopf und zog nachdenkliche Falten. »Es steckt irgendwie in meinem Unterbewußtsein; wenn ich die Stimme höre, hab ich einen Augenblick lang das Gefühl, als müßte es mir nun einfallen. Ich weiß, das klingt so dumm.«
»Mit anderen Worten, Sie wollen diese Anrufe über sich ergehen lassen und warten, bis sich dabei etwas in Ihnen herausschält?«
»Ja, ich glaube, ja. In gewisser Weise.«

Reardon fuhr sich mit der Hand übers Gesicht und kratzte sich in den kurzen roten Haaren an seinem Nacken. Sie kannte dieses Zeichen. Das machte er, wenn er zunehmend beleidigender wurde. »Dann sind Sie also die halbe Nacht auf, weil Sie auf den Anruf eines Verrückten warten, der Sie fragt, wie es Ihnen geht. Und dann haben Sie nur ein paar Stunden Schlaf und kommen hier rein und hauen auf die Tasten und biestern hier rum, weil Sie keine Gelegenheit kriegen, einige wichtige Zeuginnen zu verhaften. Sie führen sich hier auf wie ein trotziges Kind, während Ihr ganzes Problem darin besteht, daß Sie mehr Schlaf brauchen, den Sie nicht bekommen, weil Sie darauf warten, angerufen zu werden. Und bei dem haben Sie auch noch ein merkwürdiges Gefühl. Stimmt das?«
»Das stimmt«, bellte sie in seinem Tonfall zurück.
Sie hielten den Blick lange aus; keiner von beiden rührte sich, aber schließlich war es doch sie, die zuerst die Augen senkte, weil sie spürte, wie sie rot wurde. Dieses verdammte Erröten, das sie nicht beherrschen konnte. Und er hatte es auch bemerkt, weil sie das Lächeln in seinen Mundwinkeln zucken sah.
»Nun«, sagte er langsam, »warum sehen Sie nicht in Ihren Schulheften nach, vielleicht finden Sie eine Gesetzeslücke bei anonymen Anrufen. Vielleicht läßt sich da ein Sondergesetz für jemand machen, der Christie Opara antelefoniert und sie fragt, wie es ihr geht?« Er wußte, daß sie ihrer Stimme nicht so viel Beherrschung zutraute, um ihm darauf zu antworten. Er lehnte sich zurück und verschränkte die Finger über dem Bauch. »Christie Opara«, wiederholte er leise. »Verdammt, was für ein Name ist denn das überhaupt: Opara?«
»Richtig ausgesprochen«, erwiderte sie kalt, »heißt es ›Opara‹ und nicht Opára. Es ist ein tschechischer Name.«
»Wie war Ihr Mädchenname?«
»Choriopoulos.«
Er zog die Brauen hoch. »Griechin? Eine blonde, grünäugige Griechin?«
»Meine Mutter war Schwedin.«
Reardon schüttelte den Kopf. »Eine schwedische Griechin mit tschechischem Namen, die aus Irland stammt.«

»Und meine Schwiegermutter ist sogar Irin, das würzt den Irish-Stew-Eintopf.«
»Das kann man wohl sagen. Nun, Opara« – er kehrte absichtlich wieder zu der irischen Aussprache zurück – »wenn Ihnen irgendwas Aufregendes mit diesen Anrufen einfällt, etwas Wissenswertes, dann lassen Sie mich das auf jeden Fall wissen. Vielleicht kann man dann die ganze Abteilung ansetzen.«
»Ich werde es tun, Mr. Reardon.«
»Und inzwischen, Detective Opara, sehen Sie mal zu, ob Sie trotz Ihrer schlaflosen Nächte sich ein bißchen am Riemen reißen können und Ihrer Arbeit ohne den bösen Blick nachgehen können. Und ohne Fluchen. Ohne die Steuergelder zu verwüsten.«
»Ich fluche nicht, Mr. Reardon. Ich bin mit meinen Ausdrükken ebenso vorsichtig, wie ich es von den Leuten erwarte, mit denen ich arbeite.«
»Sie dürfen mich jeden Tag verfluchen. Aber denken Sie daran, was ich Ihnen schon einmal gesagt habe: Ich kann genau in diesen grünen Augen lesen, und ich möchte Ihnen nicht raten, das jemals auszusprechen, was ich da jetzt lese. Gehen Sie, schlucken Sie's runter und tippen Sie mir Ihren Bericht fertig.« Reardon wußte, daß er den Bericht schnell und ordentlich bekommen würde, trotz des kaputten »o«. Was sie machte, machte sie gut. Er griff nach Sam Farrells Bericht, der voll von Tippfehlern und Verbesserungen war, aber mit allen notwendigen Angaben in dem Durcheinander der grammatikalisch fehlerhaften Zeugenaussagen.
Irgendwas war an dem Mädchen, was in ihm eine merkwürdige Kombination von Reaktionen hervorrief. Zwischen ihnen herrschte ein ständiger Krieg. Ein Krieg, der noch zu etwas anderem führte als zu scharfen Wortgefechten. Er dachte noch einen Augenblick über diese Anrufe und vor allem über ihre Reaktion darauf nach. Sie war zu intelligent, um sich von einer normalen, weiblichen Reaktion hinreißen zu lassen. Er vertraute ihrer Intuition in hohem Maße. Sie hatte wirklich was los in ihrem Beruf. Er würde sie eine Zeitlang allein damit zurechtkommen lassen. Dann schob er die ganze Geschichte

einschließlich Christie Opara zu künftiger Verwendung in eine kleine Ecke seines Kopfes und wandte dem schlampigen, aber aufschlußreichen Bericht Farrells seine volle Aufmerksamkeit zu.

12

Christie stieg die breiten, flachen Stufen zur Bücherei an der 42. Straße hinauf, vorbei an den Leuten, die hier mit einem Sonnenbad während der Mittagspause ihre Wochenendbräune aufzufrischen versuchten. Sie hatte einen Zettel von Reardon in der Hand. »Gerardo Const. Co-Alf. Gerardo – verb. m. Cong. Littlejohn-R-Feb 64 (?) irg. n. Inf. (*Times*-Trib.)« Das bedeutete, daß sie die schönste Tageszeit in der Bibliothek zubringen und auf den Mikrofilmen endlose Zeitungsspalten zurückverfolgen mußte, wahrscheinlich von 1963 bis zum heutigen Datum. Denn wenn Mr. Reardon den Zeitpunkt Februar 64 mit einem Fragezeichen versehen angab, so war das kein fester Anhaltspunkt, wie sie von früheren Recherchen her recht gut wußte.
Sie spürte schon wieder ihre alljährliche Frühjahrsunruhe, die diesmal freilich von einem Teil von ihrer Arbeit herrührte. Sie haßte dieses Herumspringen von einer Aufgabe zur anderen, ohne einen festen Mitarbeiter, ohne eine Sache von Beginn bis zur Festnahme, Gerichtsurteil und Gerichtsverhandlung durchzuziehen. Sie haßte diese vielen angefangenen Arbeiten, von denen sie nie wußte, ob sie nur auf eine Marotte Reardons zurückzuführen oder ob sie Teil einer größeren Sache waren, von der sie ohnehin nie erfahren würde. Es fehlte in ihrem Beruf im Augenblick an Leistung und Befriedigung.
Keiner ihrer Kollegen schien diese Vorbehalte zu teilen. Nicht mal dann, wenn Reardon es nicht hören konnte. Sie machten alle irgendeine kleine Teilarbeit – ja! Der Gedanke setzte sich fest in ihr: Teilarbeit, wie an einem Fließband in der Fabrik. Jeder machte irgendein Stückchen und gab es weiter, und der

andere war wieder mit einem Teilabschnitt beschäftigt, und am Ende nahm Reardon das alles wortlos entgegen, um neue Teilaufgaben zu vergeben.
»Menschenskind, du bist aber sauer!«
Christie blinzelte erschrocken in die Sonne, doch die Stimme war ihr so bekannt wie der zermalmende Händedruck, aus dem sie Reardons Zettel nur zerknittert retten konnte. »Johnnie, wie geht's dir?«
Detective John Devereaux gehörte zum Morddezernat. Sein Beruf hatte schon klare und unauslöschliche Spuren in seinem Gesicht hinterlassen. Seine Stimme jedoch war unberührt geblieben: immer noch musikalisch und weich. Der mächtige Körper mit den breiten Schultern machte eine bullige Erscheinung aus ihm. Nur die Beine waren im Verhältnis zum Oberkörper viel zu kurz, so daß er sitzend zwar wie ein Riese, stehend aber immer so wirkte, als stünde er in einer Grube.
»Vom D. A. auf Recherchen angesetzt, Christie?«
Christie schnitt ein Gesicht, das ihre Meinung darüber deutlicher als alle Worte ausdrückte. Sie ließ sich willig von seinen riesigen Händen herumdrehen. »Hast du Zeit für einen Kaffee? Ich war jetzt zweieinhalb Stunden in dem Mausoleum. Mensch, die Sonne brennt aber! Komm, suchen wir uns ein schattiges Plätzchen.«
Er führte sie während der kurzen Grünphase für Fußgänger über die Fifth Avenue. Es war eine freundschaftliche Geste; sie wollte sich lieber nicht vorstellen, wie er bei einer Verhaftung zupackte. Er zog sie in eine kleine Bar, Ecke Madison Avenue 41. Straße. Offenbar war Johnnie hier bestens bekannt, denn er hob nur einen Finger, und schon erschien der Barkeeper mit einem großen Highball.
Christie bestellte eine Coca-Cola und warf einen Blick auf die Wanduhr. In einer halben Stunde wollte sie mit Reardons Auftrag anfangen.
Johnnie zog seine Jacke aus. Er kannte Christie schon seit vier Jahren; es war bei seinem ersten Fall im Morddezernat gewesen. Selbstmord durch Gas, eine fünfunddreißigjährige Weiße. Die dazu abbeorderte Polizistin war die damals zweiund-

zwanzigjährige Christie Opara gewesen. Für sie war es die dritte Leiche, die sie untersuchen mußte. Sie hatte geschluckt und dankbar die Zigarette angenommen, die er ihr angeboten hatte. Daß sie kalkweiß und sichtlich mitgenommen war, hatte ihn damals getröstet.
Er trank und schaute sich in dem düsteren Raum um. »Hübsch hier. Viele Werbeleute verkehren da.« Johnnie Devereaux kannte sich mit Menschen der verschiedensten Berufe und Rassen phantastisch aus. Er konnte sich auch gewandt mit ihnen unterhalten, gleichgültig, ob es sich um Politiker, Modeleute, Ingenieure, Vertreter von Sekten, Manager oder Arbeiter handelte. Er wußte genau Bescheid, in welcher Gegend der Stadt die oder jene Volksgruppe lebte, kannte die Spezialitätenrestaurants und die Sitten der Leute. Menschen, ihre Verschrobenheiten und faszinierenden Sitten, die Spuren alter Kultur, das war Johnnies Steckenpferd. Darüber redete er auch am liebsten.
»Was sucht die Mordkommission in der Bibliothek?«
Johnnie wischte sich mit dem Handrücken über den Mund. »Ach, diese Mordfälle«, sagte er traurig. »Drei Mädchen – drei in drei Monaten!« Er zählte die Morde und die Monate an den Fingern her: »Februar, März – und wieder.«
An den letzten erinnerte sich Christie. Dann fielen ihr auch die beiden anderen ein. In der Presse hatte es geheißen, es bestünde da ein Zusammenhang zu zwei vorhergehenden Fällen. »Gibt es wirklich einen Zusammenhang, oder ist das bloß Zeitungsgeschwätz?«
»Na ja, du kennst ja die Presse. Wird irgendwo eine graue Maus umgebracht und sie drucken das, wie es war, dann bringt das nichts. Aber wenn sie eine strahlende, vollbusige Blondine daraus machen und sonst noch ein bißchen was drumrum, dann geht die Ausgabe.« Er sah sorgenvoll aus und schüttelte langsam den Kopf. »Aber in diesen Fällen haben sie nicht übertrieben. Das waren nette Mädchen, weißt du. Richtig nette Mädchen; anständige, saubere Dinger, die hart arbeiteten. Keine Playgirls, keine Notizbücher mit Herrenadressen, nichts mit Freunden oder so. Alle jung. Die letzte, die aus Bronx: ein *nettes* Mädchen.«

Das sagte bei John alles. Besseres konnte er über ein weibliches Wesen nicht sagen.
»Aber besteht denn wirklich irgendein Zusammenhang? Ich meine, es wird doch täglich und stündlich jemand ermordet.« Sie machte die Augen zu und rief sich diese Zeitungsartikel noch einmal ins Gedächtnis. »Der erste in Greenwich Village; der zweite am Riverside Drive; der dritte: Bronx.« Sie dachte einen Moment nach, dann fragte sie: »Könnte es nicht sein, daß nach dem ersten Mord irgendein Psychopath angeregt wurde, das nachzumachen? Und danach ein weiterer dieselbe Idee hatte?«
Vorsichtig, denn er gab nicht leicht Auskunft über seine Arbeit, sagte Johnnie: »Alle im gleichen Alter, derselbe Typ. Keine kannte die andere, wenn du das meinst, keine gemeinsamen Bekannten oder Freunde. Alle drei wurden vergewaltigt und erwürgt.«
Christie gähnte und entschuldigte sich dafür. Müde von diesen schlaflosen Nächten, fragte sie geistesabwesend: »Wurde eine von denen anonym angerufen?«
Johnnie Devereaux war fast schwarz, dadurch fielen seine hellgrauen Augen noch mehr auf. Er verengte sie jetzt zu glänzenden Schlitzen, und seine Stimme wurde wachsam und scharf, ganz berufsmäßig fragte er: *»Warum?«*
Christie lächelte über seine Reaktion. »Warum nur ein Polizist eine Frage immer mit einer Frage beantwortet?«
Johnnies Miene entspannte sich wieder. »Wie kommst du denn darauf?« Er hielt sein Glas zwischen den Fingern und drehte es langsam herum. »Weiß Gott, wie viele Frauen in New York City jeden Tag anonyme Anrufe kriegen.«
Christie wollte etwas sagen, aber sein gedankenvoller Blick brachte sie zum Verstummen. »Zwei der Mädchen bekamen solche Anrufe«, sagte er. »Von der dritten wissen wir es nicht. Das war die erste, die ermordet wurde. Sie war ganz allein, Einzelgängerin, die sich niemandem anvertraute.« Er schüttelte den Kopf. »Und ganz merkwürdige Anrufe. Weißt du, keine so alltäglichen, obszönen. Die zweite und die letzte erzählten ihren Freundinnen, daß sie regelmäßig angerufen würden, ein paar Wochen schon. Irgendein Kerl sei da immer

dran, der sich mit ihnen unterhielt – wie ein guter Bekannter.«
Mit großem Willensaufwand gelang es Christie, daß ihre Stimme ganz wie immer klang. »Also so konventionelle Anrufe: ›Hallo, wie geht's?‹ So die Art?«
Devereaux beugte sich zu ihr vor und sagte leise: »Ja. Wir haben es bloß nicht an die Presse weitergegeben. Stell dir mal die Hysterie vor, wenn das bekannt würde.«
Christie trank einen Schluck aus ihrem Glas und nickte. Jetzt war sie froh, daß sie John nichts von den Anrufen gesagt hatte, die sie seit Wochen jede Nacht aufweckten. »Aber die Zeitungen taten immer so, als seien die drei Mädchen auf jeden Fall Opfer eines und desselben Mörders. Ist das ein Gag von denen, Johnnie, oder glaubst du es auch?«
»Es ist derselbe Mörder«, sagte er gepreßt. »Da ist etwas, was die Zeitungen noch nicht rausgekriegt haben. Jeder wurde ein Büschel Haare vom Kopf gesäbelt.« Er griff sich an den Kopf, der spärliche Reste einstiger dunkler Haarpracht zeigte. »Vom Hinterkopf, zweieinhalb bis fünf Zentimeter abgesäbelt.«
»Abgesäbelt?«
»Der Leichenbeschauer meinte, mit einem Messer. Er schloß es aus der Art, wie es abgeschnitten war.« Sein Lächeln verriet Bewunderung. »Der alte Doktor Mendel, er muß schon über siebzig sein, aber dem ist es aufgefallen – bei der ersten. Jede Autopsie von dem Mann ist wirklich gekonnt. Deshalb haben wir die anderen Leichenbeschauer sofort auf diese Sache aufmerksam gemacht, damit sie bei jedem Mord an einer Frau oder einem Mädchen unter allen Umständen und überall im Stadtgebiet auf diese abgesäbelten Haare achten. Und wirklich, bei diesen beiden Mädchen: genau dasselbe. Alleinstehend, vergewaltigt, erwürgt, Haare abgeschnitten.«
Auf dem Rückweg zur Bibliothek stach Christie die helle Sonne trotz der grünen Brille, die sie trug. Bei der für die Jahreszeit ungewöhnlichen Hitze schien die Marmorhalle der Bücherei wie mit einer Klimaanlage ausgestattet. Christie lief es kalt über den Rücken. Zerstreut blickte sie in eine mit Glas verschalte Telefonzelle, wo ein Mann ein Zehncentstück einwarf und dann eine Nummer wählte. Jeder konnte es sein.

Christie wußte nicht, ob sie erleichtert war oder nicht, als sie auf dem Projektor fein säuberlich die Worte sah: »Abgeordneter Littlejohn fordert bauliche Veränderungen am Capitol.« Und dann das Datum, das sie mit mäßigem Triumph notierte: 17. Oktober 1963. Sie notierte sich das Wichtigste aus dem Artikel der *New York Times* und fragte dann die Bibliothekarin, ob sie die Filme von den Jahrgängen 61/62 haben könne. In der kühlen, stillen Halle sah sie sich eine Spalte nach der anderen auf dem Projektor an, bis sie endlich eine kleine Notiz fand: »Baumeister des Betrugs überführt.« Der Name des Baumeisters war Alfredo Gerardo. Es war nachgewiesen worden, daß er Materialien auf die Rechnung gesetzt hatte, die in Wirklichkeit gar nicht verwendet worden waren. Sein Richter war Ralph F. Littlejohn gewesen.

Christie tat schon der Nacken weh; ihre Augen tränten. Hoffentlich konnte sie die Notizen später auch noch lesen, denn ihre Schrift wurde immer kleiner. Sie drückte sich die Handballen in die Augen, aber auch dadurch verschwanden die winzigen Druckbuchstaben nicht von ihrer Netzhaut. Sie hätte diese Sache zurückverfolgen sollen – bis zu den ersten auftauchenden Beschuldigungen. Hätte sie. Aber das wollte sie morgen machen, erst einmal heute Reardon diesen Bericht übergeben. Sie ordnete die Mikrofilme, schraubte den Füller zu und steckte das Notizbuch ein. Dabei stellte sie sich Reardons Gesicht vor, wenn er von ihr erfuhr, daß die Recherchen nicht ganz abgeschlossen waren: Aha. Der Rest an Informationen liegt in der Bibliothek. Das ist wenigstens ein sicherer Ort, nicht wahr?

Sie knirschte mit den Zähnen und knallte der ewig lächelnden Bibliothekarin ein wenig unvermittelt die Filme auf den Tisch, so daß diese beleidigt zu ihr aufsah. »Vielen Dank, Ma'am«, murmelte Christie schnell, und die Bibliothekarin lächelte schon wieder.

Christie blieb plötzlich stehen. Ausgelöscht waren die winzigen Druckbuchstaben. Sie lehnte sich an die glatte kühle Wand und machte fest die Augen zu, um sich zur Ruhe zu zwingen. Geräusche drangen auf sie ein; leises, unterdrücktes Stimmengemurmel, gedämpfte Schritte, die hallten, und dann die Stimme, weich und vertraulich: »Hallo, Christie Opara. Wie geht es Ihnen. Christie Opara?« Aber es war nicht der Klang der Stimme, auf den sie sich konzentrierte, es war die Betonung ihres Namens.

Stumm formten ihre Lippen diesen Namen. Dann öffnete sie die Augen und sah einen anderen Raum: Den Flur des Gerichtsgebäudes und Frank Santino mit seinen lüsternen kleinen Augen. Und sie hörte Frank Santino ihren Namen aussprechen – mit dem ihm eigenen nachlässigen Verschleifen der Silben, so daß der Name weder tschechisch noch irisch klang.

Aber nicht Frank Santino rief sie jede Nacht an. Nicht seine Stimme war es, sondern eine Stimme, die sie vorher nie gehört hatte. Die Stimme eines Mannes, der sie kannte. Der diese Betonung ihres Namens kannte, weil er sie von Frank Santino gehört hatte.

Christie biß sich heftig in den Zeigefinger. Der scharfe Schmerz verstärkte die plötzliche Klarheit in ihrem Bewußtsein: Murray Rogoff.

Murray Rogoff hatte diese drei Mädchen angerufen und vergewaltigt. Er hatte sie ermordet und ihnen Haarbüschel abgeschnitten.

Und jetzt ruft er mich an.

13

Marty Ginsburg feilschte sich durch die Delancey Street. Feilschen ist eine höchst vergnügliche Sache, wenn richtig und mit ganzem Herzen betrieben. Es gibt dabei strenge Regeln und Bedingungen, die bei der Ausübung dieser uralten, schwierigen und hochachtbaren Handelsmethode eingehalten werden müssen.

Feilschen ist eine höchst vergnügliche Sache und leider in Reinform kaum mehr anzutreffen. Das war einer der Gründe, warum Marty Ginsburg die East Side liebte.

Er ging langsam die Straße hinunter und bog dann in die

Sheriff Street ein. Marty sog die schwere, warme Luft, die voll von Kindheitserinnerungen war, tief ein. Er hatte nicht immer hier gewohnt, aber in dieser Ecke von Brooklyn waren sich alle Straßen gleich. Er seufzte vor Bedauern. Seinen vier Söhnen entging wirklich sehr viel. Die armen Kinder wuchsen in einer Fünfzimmerwohnung in einem Haus mit Lift auf, in Forest Hills, wo man von Bäumen eingeengt war und nichts hörte außer den Flugzeugen vom Kennedy-Flughafen und von La Guardia, wo alle Preise ausgezeichnet waren, wo es keine tagtäglichen Unterhaltungen gab, an denen man wuchs, wo man was lernte und seine Kräfte messen konnte.
Als er die Rivington Street entlangschlenderte, blieb Marty vor einem Glasbehälter stehen und betrachtete die Fische, die gleichmäßig in einer Reihe auf dem zerhackten Eis lagen und deren Augen ihm wie blanke Knöpfe entgegenblickten. Über dem Fischstand befand sich ein Rolladen, mit dem nachts alles abzuschließen war.
Der Geruch aus diesem Geschäft erfüllte die Straße hinauf und hinunter wenigstens jeweils fünfzig Meter weit. Er war drinnen, in dem kühlen, von gelbem Licht erhellten Geviert auch nicht stärker. Detective Martin Ginsburg von der D.A.-Abteilung vereinte sich mit dem fabelhaften Feilscher Marty Ginsburg, und die beiden betraten jetzt das Geschäft. Mit einer Hand fischte Marty in der Wassertonne und zog einen Barsch am Schwanz heraus. Er hielt ihn angewidert in die Höhe, um ihn gleich wieder platschend zurückfallen zu lassen.
»Frisch von heute morgen?« fragte er den alten Mann, der so winzig war, daß er kaum über den kleinen Ladentisch schaute.
»Heute früh um vier Uhr aus den Bergseen gefangen. Und ich holte sie um fünf aus der Fulton Street; seit fünf Uhr fünfzehn sind sie in der Tonne«, betete der alte Mann herunter. »Die sind frisch.«
»Wirklich? Also mich sehen die nicht frisch an.«
»Dann fangen Sie sich selber welche, wenn Ihnen die nicht frisch genug sind.«
Marty rüttelte an der Fischtonne und sah in das schwarze Wasser. »Woher weiß ich, ob die nicht schon seit vergangener Woche da schwimmen?«

Die zittrige alte Stimme gellte jetzt laut neben ihm. »Die schwimmen nicht, die sind schon einen Monat lang tot. Ein kleiner Motor hält sie von unten in Bewegung.«
»Das glaube ich«, sagte Marty und zog einen anderen Schwanz in die Höhe.
»Lassen Sie die Ware stehen, wenn Sie nicht kaufen wollen!«
»Meine Güte! Der sieht ja aus, als ob er bald an Altersschwäche sterben müßte. Geben wir ihm den Gnadentod. Was kostet er?«
»Das geht nach Gewicht«, krächzte der Alte. »Wir haben feste Preise nach Gewicht.«
Sie handelten noch ein bißchen, ob Kopf und Schwanz mitgerechnet würde – nein; ob die Innereien – ja. Dann nahm der alte Mann Marty den Fisch ab und übergab ihn seinem Sohn, der stumm am Schlachtbock stand.
Martys Aufmerksamkeit galt mehr den kräftigen glatten Armen als den blutigen Händen, die schnell und fachmännisch den Fisch zerteilten. Teufel, der Kerl war ein Riese: die Muskelpakete an Schultern und im Nacken und an den Armen! Wie aus den Body-Building-Magazinen, über denen sein rundlicher Ältester, der Zwölfjährige, schwitzte.
»Können Sie die Gräten rausnehmen?« fragte Marty an Murray Rogoff gewandt, aber der Alte drehte sich um und jammerte: »Was wollen Sie denn noch alles für Ihr Geld?«
Ein kleines dunkelhaariges und dunkelhäutiges Ding kam ins Geschäft, sah sich überlegend um und wurde mißtrauisch angesehen. Sie hatte schwarze Augen. Ihre Figur zeichnete sich unter der gelben Bluse recht eindeutig ab: spitze, hohe Brüste. Die schmale Taille wurde von einem breiten gelben Plastikgürtel betont; unter dem kurzen schwarzen Rock hatte sie nicht viel an, wie man bemerkte, sobald sie sich umdrehte. Martys Augen ruhten wohlgefällig auf ihrer Rückseite. Er stieß Murray freundschaftlich in die Rippen. Du meine Güte, der Kerl fühlte sich an wie ein Felsblock.
Murray sah erstaunt auf, folgte einen Moment lang Martys Blickrichtung, und als ihn dieser fragend ansah, zog er die Mundwinkel herunter, und seine Augen, oder wenigstens

seine Brille (die Augen konnte man hinter diesen komischen Gläsern nicht ausmachen) wandten sich wieder dem Fisch zu. Murrays Vater feilschte nicht mit der kleinen Puertoricanerin. Er nannte ihr den Preis, der ihr nicht paßte, und sie ging.

»Da war was dran, was?« sagte Marty. Die einzige Antwort war ein abfälliges Grunzen. »Wie wär's? So einen Zahn auf Eis setzen, und man hat in zwei Minuten kochendes Wasser.«

Der große nackte Schädel drehte sich abweisend zur Seite. »Nicht mein Typ.«

»Nicht Ihr Tpy?« fragte Marty ungläubig. »Sie machen wohl Witze? Mann, die gefällt jedem!«

»Nein«, sagte Rogoff. »Das ist nebbich Dreck. Die kann jeder haben. Die ist gar nichts. *Nichts*.«

»Na, also dieses *Nichts* hat bei mir *etwas* bewirkt.«

»Die ist Schund«, sagte Rogoff ruhig, während er das Zeitungspaket in eine braune Plastiktüte steckte. »*Dreck*.« Jetzt sah Marty seine Augen hinter den schmutzigen, glotzäugig hervorquellenden Gläsern. Bleich und klein und rund, ohne Wimpern, wie bei einem Fisch.

»Teufel, so ein bißchen Schmutz und Schund hie und da tut ganz gut«, sagte Ginsburg und lächelte. »Wenn er so aussieht wie die!«

»Die würde ich nicht mit einem Golfschläger anrühren.« Ein seltsames Lächeln stand jetzt auf dem bartlosen Gesicht; ein nachdenklicher Blick.

»Wertlos«, sagte Rogoff. »Wer will denn schon, was jeder haben kann?«

»Wer nicht?«

»Ich. Ich nicht.« Murray gab dem untersetzten dunkelhaarigen Kunden die braune Tüte und setzte leise hinzu: »Nicht, wenn man haben kann, was ich habe. Bruder, da könnten Sie nicht ran!«

Marty zog die Brauen hoch und fuhr sich mit der Zunge über die Lippen. »Wirklich? Haben Sie eine Tolle? Kann man die mal sehen?«

Rogoff lächelte. Er maß die untersetzte Gestalt mit einem abschätzigen Blick und verglich den schwabbeligen Bauch und die dicken Arme mit seinen Muskeln. »Schwamm dar-

über, Freundchen. Die ist nichts für Sie. Wenn Sie auf *den* Typ fliegen, nicht.«
»Ich? Ich fliege auf jeden Typ!«
Murray schüttelte den Kopf. »Meine ist eine von der Sorte, die sich nur mit einem einläßt, Freund. Sauber. Nur mit einem.« Er schlug sich mit der Hand, in der er das Geld für den Fisch hielt, an die Brust. *»Nur mit dem.«*
Marty nahm das Wechselgeld, steckte den Fisch unter den Arm und grinste. »Na ja, es gibt alle möglichen Leute. Ich – ich mag jede. Wenn sie ein richtiges Weib ist.«
Das glaube ich, dachte Rogoff. Er sah dem kleinen Dicken in seinem geblümten Hemd nach, wie er aus dem Geschäft hinaus auf die Straße trat und umherschaute. Murray nahm das Schlachtmesser mit der stumpfen Seite nach oben und kratzte damit die glitschigen Reste von Fleisch und Innereien vom Holzblock.
Fettwanst. Was der schon wußte von einem Mädchen wie Christie. Christie Opara.

14

Christie Opara tippte wie wild auf der alten Maschine, ohne zu merken, daß sie auch die neue hätte benutzen können, nachdem Stoner Martin nicht da war. Sie schrieb ihre Notizen wörtlich nieder, ohne das Geschriebene gedanklich aufzunehmen.
Kurz nachdem sie gekommen war, hatte Marty Ginsburg das Büro verlassen und ihr aufgetragen, Mr. Reardon über die Anrufe zu informieren, die er während der Abfassung seines Berichtes für ihn entgegengenommen hatte. Marty war merkwürdig still gewesen, keine Witze, keine komischen Kommentare über seine Arbeit. Er hatte es anscheinend auch sehr eilig, denn er stürmte in Reardons leeres Büro, um ihm den Bericht auf den Schreibtisch zu legen. Dann bat er Christie noch, Reardon gleich, wenn er komme, mitzuteilen, daß der Bericht dort liege. Sie nahm die Finger von den Tasten und

drückte sie sich für einen Moment über die Augen. Ja, sie würde Reardon heute etwas mitteilen. Sie dachte sich aus, wie – das konnte sie nicht. So was mußte sie dem Augenblick überlassen, denn sie kannte sich gut genug, um zu wissen, daß es ganz verkehrt wäre, wenn sie es jetzt schon formulierte. Wenn sie sich jetzt schon seine scharfen Fragen vorstellte, wäre sie nie imstande, instinktiv die Antworten zu geben, die sie in sich trug.
Die Stimme – *Rogoffs Stimme, das wußte sie* – sagte jetzt schon mehr: »Spricht dort Christie Opara? Wie geht es Ihnen, Christie? Geht es Ihnen gut? Warum arbeiten Sie so lange? Achten Sie auf Ihre Gesundheit! Ich mache mir Sorgen um Sie.« Und dann, gestern kurz vor dem Klicken am Schluß: »Ich liebe Sie, Christie Opara.«
Und ihre eigene Stimme hatte nach der Frage: »Wer ist dort?« seine Fragen wohlüberlegt beantwortet: »Mir geht es gut. Machen Sie sich keine Sorgen. Danke für den Anruf.« Und sie hatte die Versuchung niedergedrückt, hinuntergeschluckt, zurückzufragen: »Wie geht es Ihnen, Murray Rogoff?« Weil sie nicht wußte, was dann passiert wäre, und weil sie nichts verpatzen wollte. Denn das war mehr als eine nächtliche Telefonstörung, es steuerte auf etwas ganz anderes zu, und sie mußte mit Kurs halten, bis zum Ende.
Sie schrieb noch einen Abschnitt, dann spannte sie die Finger aus und knetete ihre Gelenke durch. Das rechte tat etwas weh. Sie wäre gern zu Hause gewesen, gerade jetzt zu Hause und bei Mickey, sie sehnte sich so nach seinem strahlenden Gesicht. Und sie hätte gern gewußt, daß es ihm gutging, daß er lebhaft und glücklich war und nicht jammerte, er habe zu wenig Spielsachen und Malbücher. Seine Stimme am Telefon genügte nicht, zu Hause bei ihm wollte sie sein, nicht hier diesen sinnlosen Bericht tippen und sich darauf vorbereiten, Reardon ihre vollkommen unsinnigen und doch absolut sicheren Schlußfolgerungen vorzutragen. Diese Sache mit Rogoff.
Christie war gleichzeitig erleichtert und nervös, als Reardons Fahrer hereinkam. Dann war Reardon auch nicht mehr weit.
»Hallo, Tom. Der Boss wieder da?«

Der aus dem Ei gepellte Tom Dell machte eine Kopfbewegung zur Tür hin: »Die machtvollen Schritte nähern sich.«
Dann hängte er seinen Hut auf den Haken und zog das Fahrtenbuch aus der Tasche, um Kilometerstand und Benzinverbrauch einzutragen.
Reardon überflog mit einem Blick den Raum: »Leeres Haus?«
»Nicht ganz«, erwiderte Christie. »Ich mache gerade noch den Bericht fertig. Ich glaube, damit ist es dann abgeschlossen.« Da sie seine Antwort vorhersah, fügte sie schnell noch hinzu: »Vorläufig.«
Reardon lächelte. »Gut.«
»Marty Ginsburg hat Ihnen einen Bericht auf den Schreibtisch gelegt und mich gebeten, Ihnen die Anrufe, die für Sie kamen, auszurichten.«
»Gut.«
Christie las den fertigen Bericht noch einmal sorgfältig durch und ordnete die Blätter, um Reardon Zeit zu lassen, sich das anzusehen, was auf seinem Schreibtisch wartete. Und um sich selbst zu überlegen, womit sie anfangen sollte. Aber ihr fiel nichts ein außer diesem weichen »Hallo, Christie Opara«, das sie verfolgte. Sie klopfte leise an und nahm das Brummen für eine Aufforderung, einzutreten. Dann sog sie tief den Atem ein und atmete erst, als sie vor ihm auf dem Stuhl saß, langsam wieder aus. Er hatte, ohne aufzublicken, ihren Bericht entgegengenommen. Er sah sie erstaunt an.
»Ich hätte gern einen Augenblick mit Ihnen gesprochen, wenn Sie Zeit haben, Mr. Reardon.«
Sie bemerkte einen ungeduldigen Blick auf die Uhr. »Ich habe keine Zeit, aber schießen Sie los. Was gibt's?«
Sie wußte nicht, wie sie anfangen sollte; gerade jetzt fiel ihr nichts ein. Während sie noch nach den richtigen Worten suchte, fragte er sie direkt: »Ist es wegen der Anrufe?«
»Ja«, nickte sie. Ihre Kehle war trocken, sie biß fest die Zähne zusammen.
»Also dann.«
Es war ganz still. Sie wünschte, daß es bestimmt klingen sollte und nicht so zittrig; sie haßte die eigene Stimme, die sagte: »Ich weiß, wer es ist.«

»Wer?«
»Murray Rogoff. Der Exhibitionist, den ich vor ein paar Wochen verhaftete. Erinnern Sie sich?«
»Wie könnte ich das vergessen haben?« sagte er ohne ätzende Ironie.
»Murray Rogoff«, wiederholte sie leise. Jetzt fand sie auch die richtigen Worte. Sie beugte sich vor und spannte eine Hand um die Schreibtischkante. »Mr. Reardon, ich möchte etwas sagen, was Sie wahrscheinlich gleich mit ein paar Fragen zerfetzen können, aber ich möchte es trotzdem sagen.«
»Schießen Sie los. Sagen Sie, was Sie sagen möchten.«
Sie sah ihn an, und ihre Stimme klang fest und sicher: »Murray Rogoff ist der Mörder dieser drei Mädchen, der einen vom Februar in Greenwich Village, der vom März am Riverside Drive und der letzten aus der Bronx, von diesem Monat.«
Reardon beobachtete, wie sie blaß wurde: Sie hatte etwas ausgesprochen, was bis jetzt nur diffus in ihr gewesen war. Nun hatte sie die Lösung, und sie hatte nicht gesagt: Ich *glaube*, oder er *könnte* es sein, oder *vielleicht* ist er es. Sie hatte gesagt: *Murray Rogoff ist der Mörder dieser drei Mädchen.*
»Das klingt, als seien Sie sich sicher.«
»Bin ich.«
Er sah sie einen Augenblick nachdenklich an und fragte dann, ohne seine Stimme zu verändern: »So sicher, daß es vor Gericht hieb- und stichfest wäre?«
Sie schwankte, schüttelte den Kopf und erwiderte nun leiser, aber ohne den Blick von ihm zu wenden: »Nein, das nicht. Aber ich bin mir sicher.«
Sie wartete auf das Sperrfeuer seiner Fragen, aber er forderte sie nur auf, ihm alles darzulegen. Christie erzählte ihm von dem Gespräch mit Johnnie Devereaux, von den Anrufen, die die Opfer erhalten hatten, von den Haarbüscheln – und dann auch von der Betonung ihres Familiennamens.
»Erkennen Sie seine Stimme, wenn er anruft?«
Christie schüttelte ungeduldig den Kopf. »Nein, das war es ja, was die Sache so verzögerte. Ich habe zuviel über der Stimme gerätselt. Ich habe Rogoff nie sprechen gehört. Er blieb stumm, als ich ihn verhaftete und ebenso stumm vor Gericht. Auf die

Betonung meines Namens achtete ich gar nicht, dabei war sie von Anfang an gleich: wie Santino meinen Namen ausspricht.« Reardon ging zum Fenster hinüber. Es war still zwischen ihnen, man hörte ihn nur mit den Münzen in der Jackentasche klimpern. Lange stand er so da, dann drehte er sich um, ging an seinen Schreibtisch und zog aus der untersten Schublade einen Akt heraus.

»Hier«, sagte er und warf ihn ihr hin. »Lesen Sie das!«

Sie hatte Hohngelächter oder unverschämte Bemerkungen erwartet; darauf war sie nicht gefaßt gewesen. Stirnrunzelnd nahm sie den Akt und schlug ihn auf. Ihre Augen glitten über die Schreibmaschinenschrift, ohne den Sinn der Worte zu verstehen. Dann schaute sie fassungslos zu ihm auf.

»Ein Lebenslauf, den mir Stoney vorige Woche zusammenstellte, *Murray Rogoffs Lebenslauf*. Mein Gott, Opara, machen Sie den Mund zu!« Er schob ihr Martys Bericht über den Tisch zu. »Wenn Sie mit Stoneys Ermittlungen fertig sind, lesen Sie die von Ginsburg. Er hat Rogoff gestern unter die Lupe genommen.« Reardon fuhr sich mit der Hand übers Gesicht und dann durch das dicke rote Haar. Seine Stimme klang müde und gereizt. »Wissen Sie, Opara, Sie sind wirklich umwerfend. Kam Ihnen denn wirklich noch nie auch nur der *leiseste* Gedanke, nur die *Möglichkeit* eines Gedankens, Ihr alter Boss könnte durch irgendein Wunder oder aus einiger Erfahrung oder weil es so seine Gewohnheit ist, sich einmal hinsetzen und einen Gedanken an Ihre Telefongeschichte verschwenden?« Er lächelte verkniffen und hob abwehrend eine Hand. »Oh, nicht weil ich an Ihrem Wohlergehen interessiert gewesen wäre oder dergleichen. Zum Teufel, nein. Eher schon, weil mir daran gelegen war, diesen schlaflosen Nächten ein Ende zu machen, nachdem Sie da während der Arbeitszeit herumhingen und für einen Bericht, der in einem Tag hätte fertig sein sollen, endlos Zeit brauchten.« Er stützte die Ellbogen auf den Tisch und legte das Kinn auf die Hände. »Und nachdem ich nun einige Jahre Erfahrung in diesem Metier habe, ließ ich mir ein paar Möglichkeiten durch den Kopf gehen, und eine dieser Möglichkeiten war Rogoff.«

Reardon schwieg und holte ein Zehncentstück aus seiner

Tasche. Er warf es auf den Tisch, ohne Christie dabei aus den Augen zu lassen. Er holte die rollende Münze mit einem Schlag seiner Hand ein. Dann beugte er sich vor, und seine Stimme zwang sie, ihren Blick von seiner Hand zu wenden und ihm in die Augen zu schauen. »Annähernd zehn Millionen Menschen in New York haben Zugang zu Ihrer Telefonnummer. Wenn man zehn Millionen Möglichkeiten hat, muß man sie ein wenig einschränken. Rogoff war Ihr einziger Gefangener, seit Sie in dieser Abteilung sind; und Rogoff ist ein Psychopath. Also stand er an erster Stelle aller Möglichkeiten.« Er lehnte sich zurück und ließ die Münze wieder in seine Tasche gleiten. Er beobachtete sie scharf. »Soll ich Ihnen die verschiedenen Gründe genau auseinandersetzen, warum ich die Sache Rogoff zuerst verfolgen ließ?« Er überhörte ihre Verneinung und fuhr mit herablassender Stimme fort: »Zum Teufel, es wäre mir ein Vergnügen, Ihnen das alles der Reihe nach aufzuzählen, einschließlich dessen, was ich vorhatte, wenn wir in Murray den Falschen verdächtigt hätten.«
Der noch immer halb ungläubige, halb verständnislose Ausdruck auf ihrem Gesicht weckte seinen Zorn – oder Stolz. »Zum Kuckuck, Opara«, fuhr er sie an, »sagen Sie mir bloß eins: Was macht Ihnen da solchen Eindruck?«
»Ihre Fähigkeit«, erwiderte sie tonlos. »Ihre berufliche Fähigkeit.«
Eine unerklärliche Wut stieg in ihm auf. »Ja, glauben Sie denn, Sie seien hier die einzige mit einiger beruflicher Fähigkeit?« Er hielt an sich und machte eine ärgerliche Handbewegung. »Jetzt lesen Sie schon endlich!«
Sie senkte den Blick auf den Bericht, der auf ihrem Schoß lag, und sagte: »Ja, Sir.«
Aber sie brauchte ein paar Minuten, bis sie sich so weit in der Gewalt hatte, daß sie langsam und wirklich mit Verstand lesen konnte. Stoneys ausführlicher Bericht über Murray Rogoffs Lebenslauf setzte ein, als dieser aus der Entbindungsstation des Bellevue Hospitals nach Hause kam. Am 1. Februar 1930 als Sohn von Hyman und Gilda (geborene Posner) Rogoff geboren, Geburtsgewicht 3629 g; Größe 54 cm; Ge-

schwister: 1; Beruf des Vaters: Fischgeschäftsinhaber; Beruf der Mutter: Hausfrau.
Schulbildung: Grundschule, wo er ein Durchschnittsschüler gewesen war; High School: Durchschnittsschüler, aber Sportskanone.
Nun setzten die medizinischen Daten ein. Sie waren wörtlich dem Protokoll des Notdienstes entnommen: 2. August 1946, 12 Uhr 45; Murray Rogoff; Rivington Street 136, N.Y.C.; Unfallort: Delancey Street; Beschwerden: Patient bewußtlos, vermutlich Schädelfraktur; Unfallzeugen: David Rogoff (Bruder), gleiche Adresse; Sol Weissman, Rivington Street 138, N.Y.C. Anmerkungen: Patient männl., weiß, 16 Jahre, durch Krankenwagen vom Unfallort transportiert; anhaltende Bewußtlosigkeit; Ernährungszustand gut, Kondition gut, kein Verdacht auf Alkoholmißbrauch. Der Bruder des Patienten gibt an, der Verletzte sei bei Beteiligung an einem groben Unfug am Unfallort ausgeglitten. Ambulanzarzt: Dr. J. Gonzales. Der Patient ist zu stationärer Behandlung überwiesen. Oberarzt: Dr. Fogel.
Beiliegende Karte wurde vom Streifenbeamten K. Nugent, polizeiliche Erkennungsnummer: 130567, ausgefüllt. Er war nicht Zeuge des Unfalls; seine Ermittlungen ergaben jedoch eine Bestätigung des obigen.

Krankenblatt: 5. August 1946 – Patient halb bei Bewußtsein, klagt über heftige Kopfschmerzen in der Stirngegend. 6. 8. 46 – Patient bei vollem Bewußtsein, auf Station 6 verlegt, ißt ordentlich, gute Verträglichkeit der Medikamente. Röntgenbild zeigt einen einfachen Schädelbasisbruch. Patient fühlt sich wohl, klagt nicht über Schmerzen, schläft gut. 12. 8. 46 – Patient klagt über heftige Schmerzen in den Augen, wurde von Augenarzt Dr. J. Gold untersucht, der dem Patienten einige in die Augen gefallene Wimpern entfernte. Dem Oberarzt gegenüber spricht der Patient von auffallendem Haarausfall am Kopf und in der Schamgegend. 13. 8. 46 – Untersuchung durch den Neurologen Dr. Leonardi ergibt keinen Befund. 18. 8. 46 – Die körperliche Gesundheit des Patienten erlaubt Entlassung, der anhaltende Haarausfall quält den Patienten jedoch sichtlich. Es wurde deshalb eine Sitzung bei dem Psychiater Dr. Loeb vereinbart.

Stoney fuhr in seinem Bericht fort: Unterzeichneter unterhielt sich mit Dr. Loeb, der jedoch keine Auskunft über die, wie er sagte, dem Berufsgeheimnis unterliegende Sitzung gab. Wie er die Preisgabe dieses Berufsgeheimnisses dann doch erreicht hatte, erwähnte Stoney nicht; es folgte lapidar der Bericht von Dr. Loeb.

Dr. Loeb sah Murray Rogoff zum erstenmal am 18. August 1946; die psychiatrische Sitzung wurde vom Krankenhaus angeordnet. Er beschreibt den Patienten, einen sechzehnjährigen Jungen, als körperlich sehr gut entwickelt, offenbar bei bester Gesundheit, aber sehr beunruhigt von dem auffallenden Haarausfall, unter dem er in letzter Zeit litt. Dr. Loeb riet dem Patienten, sich fortan nur noch ambulant behandeln zu lassen. Er nahm eine Reihe von Testuntersuchungen vor, um Ursache und mögliche Heilung des Übels bestimmen zu können. Eine Differentialdiagnose wurde dem Krankenakt des Patienten beigefügt, (Stoney kannte Reardons Abneigung, ein medizinisches Lexikon zu Rate zu ziehen; er fügte darum erklärend hinzu:) das heißt, daß die Ursache des Haarausfalls nicht bestimmt werden konnte, wohl aber durch eine Reihe von Untersuchungen mögliche Gründe ausgeschlossen wurden. Der Patient wurde weiterhin ambulant von Dr. Loeb beobachtet und innerhalb der folgenden drei Wochen in der Neurologischen und in der Internistischen Abteilung mehrmals untersucht.
1. September 1946: Patient erhält eine Spezial-Feuchtigkeitsbrille zum Schutz seiner Augen. Er hat inzwischen sämtliche Wimpern verloren; Tränenkanäle offenbar beschädigt. Augen trocken, brennend, ohne Tränenflüssigkeit.
Dr. Loeb bemerkt zunehmende Feindseligkeit und Kontaktarmut des Patienten, der von einer Sitzung zur anderen erregter und ärgerlicher über die Unfähigkeit der Ärzte ist, die sich über die Ursache seines Haarausfalls nicht klarwerden können. Obgleich man dem Patienten erklärte, daß dieses Leiden

nicht in Zusammenhang mit seiner Verletzung bei dem Unfall steht, hält er den Schädelbruch für die eigentliche Wurzel des Übels. Der Patient zeigt sich sehr beunruhigt über den Statusverlust innerhalb seiner sozialen Gruppe. Bei der ersten Sitzung hatte er sich sehr mit seinen weiblichen Eroberungen gebrüstet, jetzt dagegen spricht er von allen weiblichen Wesen als von ›schmutzig‹ und ›verdorben‹. Er scheint unfähig, sich mit seinem Schicksal abzufinden, und errichtet einen Schutzwall von Feindseligkeit und Ressentiments um sich.
Letzte Sitzung am 15. Oktober 1946, nachdem der Patient drei vorhergegangene Termine nicht wahrgenommen hatte. Die körperliche Veränderung des Patienten zeigt sich nun schon in seiner Haltung, in seinem Benehmen. Er trägt eine Schirmmütze, die abzunehmen er sich weigert, hält den Kopf gesenkt, nuschelt unverständlich. Der Patient ist jetzt vollkommen unbehaart; er berichtet, daß er von der Schule abging und seinem Vater im Geschäft mithilft. Auf die Frage, ob er schlafen könne, antwortet er ›gut‹; nach seinen anderen Tätigkeiten befragt, erwiderte er ›eben so rumlaufen, spazierengehen‹. Er zeigt sich äußerst erregt, als er auf sein Sexualleben hin angesprochen wird, wird ausfallend und obszön, sagt ›das ist meine Sache‹. Zu den weiteren anberaumten Sitzungen erscheint der Patient nicht mehr, wohl aber einmal, am 3. November 1946, dessen Bruder. Er berichtet, daß der Patient beängstigend verstört sei, sich ausfallend gegen ihn, seine Eltern und die Kunden verhalte, sich jedoch weigere, weiterhin den Psychiater zu konsultieren.
Auf die Frage des Unterzeichneten hin (fuhr Stoney in seinem Bericht fort), ob der Patient möglicherweise einmal sexuelle Gewalttaten verüben könne, erwiderte Dr. Loeb, es sei ihm, nach allem, was er über den Patienten wisse, unmöglich, mit einiger Sicherheit derartiges vorherzusagen, aber die Möglichkeit sei nicht auszuschließen.

Christie legte den Bericht auf Reardons Schreibtisch und griff, ohne aufzusehen, nach Martys Report.
Der war kurz, aber informativ – wie gewöhnlich bei Detective Ginsburg: »Der Betreffende äußerte kein Interesse an einer

Kundin, die das Geschäft betrat, als Unterzeichneter anwesend war. Unterzeichneter verwickelte ihn in ein Gespräch über weibliche Typen, aus dem er entnahm, daß der Betreffende eine bestimmte Frau im Sinn hat, wie man aus der im Verlaufe des Gespräches gefallenen Äußerung ›Meine ist eine von der Sorte, die sich nur mit einem einläßt. Sauber!‹ entnehmen kann. (Der Satz sprang Christie besonders in die Augen.) ›Nur mit einem Mann.‹ Und dann deutete die Person auf sich und sagte: ›Nur mit dem.‹

Nach Ansicht des Unterzeichneten«, belehrte sie Martys Bericht, »ist der Betreffende an den Mädchen und Frauen, die in seiner Umgebung herumlaufen, nicht interessiert, sondern nur an dieser einen Frau, mit der er möglicherweise in Kontakt steht. Es ist aber auch nicht ausgeschlossen, daß diese Frau nur in seiner Phantasie existiert, weil dieser Mann äußerst unheimlich und häßlich aussieht.«

»Marty drückt sich nicht gewandt aus, aber er ist scharfsichtig«, sagte Reardon. »Übrigens habe ich ihm keine Details gesagt. Er sollte nur mal hingehen und mit Rogoff ein Gespräch anknüpfen, um zu hören, was der so über Mädchen denkt.« Er beobachtete sie. Wie ein aufgeschlagenes Buch lagen ihre Gedanken vor ihm. Sie war also verärgert gewesen, wenn er sie auf Recherchen ansetzte, ohne ihr zu sagen wofür.

»Denn sobald man weiß, was man sucht«, fuhr er mit einem gefährlichen Unterton fort, »ist man auch schon geneigt, es zu finden. Es verengt die Blickrichtung. Wenn ich dagegen einen Bericht auf so neutraler Basis bekomme, dann ist er mehr oder minder objektiv und sachlich. Ich weiß, warum ich so etwas mache, selbst wenn Sie es nicht wissen.« Er reckte das Kinn etwas vor und sagte spitz: »Nicht, daß ich Ihnen eine Erklärung schuldete, Opara. Das nur so nebenbei.« Er bewunderte ihr Verhalten. Sie nickte. Trotzdem errötete sie. Sie war in ihre Schranken verwiesen worden, und sie nahm es wehrlos hin, weil er sie überzeugt hatte.

»Okay, Christie, jetzt fassen Sie mal zusammen. Was haben wir nun in der Hand?« Er lehnte sich zurück und sah sie an. Sah sie zögern; nicht daß sie zweifelte, sie rang nur um den richtigen Ausdruck.

»Wir haben Rogoff.«
Er schüttelte wortlos den Kopf.
»Also gut: noch nicht. Aber wir kriegen ihn.« Sie stemmte die Hände gegen die Tischkante und sagte herausfordernd: *»Ich kriege ihn.«*
Sein erster Impuls war: sie fertigzumachen. Es wäre einfach gewesen, nur ein Wechsel des Mienenspiels, ein paar scharfe Fragen. Aber er ließ sich auf den Ton ihrer Stimme nicht ein. Er studierte ihren Gesichtsausdruck und empfand plötzlich etwas ganz anderes. Hinter der Selbstsicherheit, der festen Überzeugtheit ihrer Worte, verbarg sich ihre Verwundbarkeit. Sie war wie ein Kind, das Unrecht sieht und ohne Zweifel an sich selbst sagt: »Da muß etwas geschehen. Ich mache es.«
»Wie?«
Sie biß sich auf die Unterlippe und sagte: »Ich weiß es noch nicht genau, aber –«
Er unterbrach sie aufbrausend: »Da bin ich aber wirklich froh, daß Sie sich wenigstens über die *Methode* Gedanken machen. Alles andere ist Ihnen ja so verdammt klar, daß es geradezu erhebend ist, zu hören, daß Sie sich über irgend etwas im Zweifel sind.«
»Nicht, was Rogoff betrifft«, gab sie im selben Tonfall zurück.
»Okay. Fassen wir zusammen, was uns zur Verfügung steht. Drei ermordete Mädchen – die gehören zu den unumstößlichen Fakten. Mißbraucht und erwürgt. Keine Zeugen, keine Fingerabdrücke. Nichts am Tatort, was irgendein schiefes Licht auf die Opfer werfen würde. Richtig?«
»Richtig.«
»Einen Mörder – unbekannt.« Er sah, daß ihr Mund schon zuckte, aber sie blieb ruhig. »Ich wiederhole: *unbekannt.* Aber es gibt ihn, das ist eine weitere Tatsache. Richtig?«
»Richtig.«
»Okay, und jetzt haben wir Rogoff – bekannt als Psychopath. Sie haben ihn wegen Exhibitionismus verhaftet, aber sonst hat er keinerlei Vorstrafen.«
»Das besagt nichts. Außer, daß man ihn da zum erstenmal erwischte.«
Er warf einen Blick zur Decke, doch seine Stimme verriet den

aufsteigenden Zorn nicht. »Wollen Sie mich belehren oder wollen wir etwas besprechen?«
»Entschuldigung.«
»Schon gut. Es ist klar, daß der Mörder sexuell abartig veranlagt ist. Was Exhibitionisten betrifft, so gibt es da zwei verschiedene Theorien. Die einen behaupten, ihre Belästigungen würden später krasser, schließlich würden sie Frauen auch vergewaltigen; die anderen behaupten das Gegenteil. Dann haben wir da noch diese Telefonanrufe; die fingen an, kurz nachdem Sie ihn verhaftet hatten, und Sie glauben, sie kämen von Rogoff...«
»Ich weiß es.«
»Wollen Sie jetzt vielleicht mal den Mund halten, Opara?« Reardon stand auf und ging zur Couch. Er legte sich ausgestreckt hin, Kopf und Füße gegen die beiden Armlehnen gestemmt, und bedeckte seine Augen mit beiden Händen. »Jetzt bleiben Sie bloß still. Angenommen, der Anrufer ist Rogoff. Seine Anrufe sind weder obszön noch drohend. Er fragt nur, wie es Ihnen geht. Angenommen also, es ist Rogoff, und angenommen, wir können ihm das beweisen, was hätten wir schon davon?« Er wartete einen Augenblick und beantwortete dann seine Frage selbst: »Nichts, stimmt's?«
Widerwillig gab sie zu: »Stimmt, aber...«
»Kein aber.« Er nahm die Hände von den Augen und hob den Kopf. »Nichts. Selbst wenn er noch obszön werden sollte – und wir ihn dann wegen unsittlichen Verhaltens unter Anklage stellen können – aber das wäre auch alles. Damit haben wir nicht den geringsten Beweis für die Morde.« Er stützte sich auf. »Was bleibt uns dann also?«
»Ich glaube, das wissen Sie so gut wie ich, Mr. Reardon«, sagte sie kalt. Er war plötzlich hellhörig.
»Nein«, erwiderte er, ohne sich zu rühren. »Sagen Sie mir's.«
»Wir müssen ihm eine Falle stellen. Wir müssen einen Köder auslegen, und dieser Köder sitzt hier vor Ihnen.« Sie schien frei von jeglicher Emotion. »Rogoff hat auf mich ein Auge geworfen, das ist unser Ausgangspunkt.«
Sie hatte klar und logisch gesprochen, wie eine erfahrene Polizeibeamtin. Reardon überlegte sich, warum es ihn jedes-

mal wie eine persönliche Beleidigung traf, wenn sie nur den Mund aufmachte. Er bemühte sich, so sachlich wie nur möglich zu fragen: »Wie haben Sie sich das vorgestellt?«

Sie runzelte die Stirn. »Ich habe es mir noch nicht richtig vorgestellt. Es scheint mir nur die einzige Möglichkeit.« Sie streckte die Hand aus, so daß er sie fast greifen konnte. Er widerstand dem Drang, sie zu packen, und ballte seine Hände zu Fäusten und vergrub sie in den Hosentaschen. Dann stand er auf und stellte sich vor sie hin. Aber sie sah ihn nicht an. Die Gedanken arbeiteten in ihr. »Vorige Nacht sagte er etwas, was er noch nie gesagt hatte. Er – er sagte, daß er mich liebt.«

»Ich kann mir nicht denken, warum.«

Sie warf ihm einen kurzen Blick von unten herauf zu. Dann sah sie betont weg.

Sie tat, als merke sie seine Nähe gar nicht. »Ich reagiere nicht auf das, was er sagt«, fing sie an und verbesserte sich dann schnell: »Das heißt, ich antworte ihm zwar, sage aber nichts, was ihn zum Weitergehen verführen könnte. Das wäre falsch – es wäre schon eine Falle.«

Reardon nickte ernst. »Ja, das wäre allerdings falsch.« Reardon fuhr sich mit der Zunge über die Zähne.

»Er muß mich irgendwie beobachten, weil er weiß –«

»*Sie beobachten?* Davon haben Sie noch nie etwas gesagt«, fuhr er sie an. Wie ein Staatsanwalt, der dem Zeugen vorwirft, eine wichtige Aussage verschwiegen zu haben.

Christie schüttelte ärgerlich den Kopf. »Nein, nein, ich habe ihn dabei nicht etwa erwischt. Aber er muß mich doch beobachtet haben, weil er immer anruft, nachdem ich nach Hause gekommen bin.« Sie kniff die Augen zusammen und sagte mehr zu sich selbst: »Er muß irgendwo an der U-Bahnhaltestelle herum sein. Wahrscheinlich läßt er sich dann zehn Minuten Zeit, bis ich zu Hause bin. Und noch zehn, bis ich mich geduscht habe und ...«

»Rief er schon einmal an, als Sie nicht da waren?«

»Ja, zweimal. Da ging Nora, meine Schwiegermutter, an den Apparat. Als Marty mich nach Hause fuhr; und einmal, als mich Bill Ferranti mitnahm.« Sie schnalzte mit den Fingern.

»Ja. Er versteckt sich an der U-Bahnhaltestelle, wo ich aussteige. Und wenn er mich nicht sieht, dann ruft er einfach so an.«
»Hat er etwas gesagt, als Nora am Apparat war?«
»Ja, ob ich zu Hause sei. Und sie sagte nur, ich sei weg.« Reardon hob fragend die Brauen. »Nora weiß von den Anrufen. Ich sagte ihr, sie solle nur abnehmen und sich nicht auf ein Gespräch einlassen. Er bedankte sich bei ihr für die Auskunft, aber er rief mich danach nicht mehr an.«
Christie schloß die Augen und merkte gar nicht, daß Reardon so nah bei ihr stand, daß sie ihn mit ihrem bedruckten Jerseykleid berührte, als sie sich ein wenig in dem Drehstuhl bewegte. Reardon beobachtete den konzentrierten Ausdruck in ihrem Gesicht und hatte dabei die merkwürdige Vorstellung, als seien sie beide Kinder und als müßte sie gleich die Augen aufmachen und sagen: »Du bist der Vater, und wenn du von der Arbeit heimkommst, mußt du...« Statt dessen sagte sie, als sie die Augen wieder aufschlug: »Nora könnten wir gut brauchen. Sie muß ihm etwas ausrichten.«
»Was denn?«
»Nun, daß ich ausgezogen bin«, kam es blitzschnell und wohlüberlegt. »Wir müssen eine Wohnung finden. Ich sah in der Bibliothek nach, wie die anderen Morde geschahen; der eine in Greenwich Village, der andere weiter oben in Manhattan. Die Mädchen lebten allein in Apartments im Erdgeschoß, und der Mörder war durch ein Hinterfenster eingestiegen.«
Er fragte etwas spöttisch: »Recherchierten Sie das während der Dienstzeit?«
Sie schüttelte ernst den Kopf. »Nein, Sir. Nachdem ich Ihren Auftrag erledigt hatte.«
»Hoffentlich! Reden Sie weiter – und lassen Sie sich nicht mehr unterbrechen.«
»Wir müssen eine Wohnung suchen; Erdgeschoß, mit Hinterfenster. Dann muß ihm Nora sagen, ich sei ausgezogen, und ihm die neue Telefonnummer und Anschrift geben.«
»Ja. Und dann?«

»Dann«, erwiderte sie langsam, als sei ihr nun plötzlich die ganze Realität bewußt, »dann muß *er* den nächsten Zug machen.«
Reardon sah auf seine Schuhspitzen. Mit gesenktem Blick ging er ans Fenster, dann hob er den Kopf und schaute auf die Straße hinunter, ohne etwas von dem, was dort vor sich ging, in sich aufzunehmen.
Auch Christie schwieg. Aber sie wartete darauf, daß er sich gleich umdrehen und mit höhnischem Lächeln und messerscharfer Stimme alles, was sie gesagt hatte, zerfetzen würde. Als er sich jedoch langsam umdrehte, war sein Gesicht nachdenklich.
»Ich werde es mir überlegen«, sagte er.
Das war noch schlimmer als der erwartete Sarkasmus, denn damit war die Sache abgeschlossen und in einen luftleeren Raum verdrängt. »Ich habe nicht abgelehnt«, setzte er zu ihrer Verwunderung scharf hinzu. »Ich sagte, ich werde es mir überlegen. Die Sache geht nicht uns allein an.«
»Nicht uns allein?« fragte sie.
»Haben Sie jemals etwas von einem Morddezernat gehört? Oder wollen Sie den Fall im Alleingang erledigen?«
»Müssen die da mitmachen?« Sie bedauerte die Frage schon, bevor sie noch ganz ausgesprochen war.
»Und wofür, glauben Sie, gibt es eine Mordkommission? Wir werden uns hüten, anderen ins Handwerk zu pfuschen.« Sie wollte etwas sagen, aber er fuhr sie gleich wieder an: »Sagen Sie kein Wort, Opara. Regen Sie sich ab; keiner nimmt Ihnen was weg. Ich trage denen den Fall vor, und wenn ich mich dafür entscheide, die Sache so, wie wir sie besprochen haben, durchzuführen, dann sind Sie dabei.« Ihr Blick war ihm Antwort genug. »Aber innerhalb des Teams. Verstanden?«
»Verstanden«, schoß sie im gleichen Tonfall zurück.
Er sah auf seine Armbanduhr, griff dann ein paar Blätter von seinem Schreibtisch und ordnete sie rasch. Schließlich blickte er auf.
»Sind Sie immer noch da? Ist noch was?«
Er merkte, wie sie mit sich kämpfte, und er wußte genau,

daß sie es aussprechen würde, obwohl sie wußte, daß sie besser den Mund halten sollte.
Sie atmete tief ein und aus, und dann sagte sie mit einer kleinen, aber festen Stimme: »Mr. Reardon, es kann kommen, wie es will, *Rogoff gehört mir!*«
Reardon ließ die Blätter fallen; er beherrschte sich mit Mühe. Es war nicht nötig. Seine Augen würden sie verfolgen, wohin sie jetzt auch ging.
Er starrte noch immer auf die Tür, als stünde Christie noch dort und erklärte ihm, wie es zu machen sei. Er pfiff ärgerlich durch die Zähne; dann fluchte er leise vor sich hin, zog die untere Schublade auf und warf alles hinein, was auf seinem Schreibtisch lag. Mit einem Fußtritt stieß er die Schublade zu.

15

Eine Großmutter wie Nora Opara war Casey Reardon noch nicht untergekommen. Im ersten Augenblick überwältigte ihn der hübsche Anblick der kleinen Frau mit der Mannequinfigur und dem unglaublich wild gemusterten Hausanzug. Aber diese für seinen Geschmack etwas wüsten Farben konnten das Gesicht nicht überschreien.
Sie drückte ihm fest die Hand und führte ihn gleich ins Wohnzimmer. Auf den ersten Blick sah es da unordentlich aus, aber als sich Nora bückte und eine schmale Turnmatte aufrollte, merkte Reardon, daß es eben ein sehr lebendiges, bewohntes Zimmer war. »Das ist meine Jogamatte«, sagte sie erklärend, jedoch ohne sich entschuldigen zu wollen. »Können Sie Kopfstand, Casey?«
Sie redete ihn ganz natürlich mit dem Vornamen an. Reardon grinste. »Den letzten Kopfstand, wenn mich nicht alles täuscht, habe ich mit zwölf gemacht, Nora. Soviel ich mich erinnere, wurde mir schwindlig dabei.«
»Das vergeht nach ein paar Minuten. Eine gute Übung für den Kreislauf. Und gut fürs Gehirn, da werden alle Zellen durchblutet.« Dann beugte sie sich über die Couch und rief:

»Mickey, mach mal bitte einen Augenblick Pause und sag Mr. Reardon guten Tag.«
Sie winkte Reardon zu sich, und nun sah er den kleinen Jungen, der auf dem Bauch auf dem Boden lag und ein Blatt Papier bemalte.
»Das ist Mr. Reardon?«
Diese unschuldige Enthüllung – und Noras natürliche Reaktion darauf, entzückten Reardon. Sie schlug sich mit der Hand vor den Kopf und sagte liebevoll: »*Takt* – ja, den müssen wir noch auf unsere Liste setzen. Mickey, erinnere mich daran, dieses Wort für eine Unterredung unter vier Augen zu notieren.«
Reardon bemerkte das kurze Lächeln und Nicken des Jungen. Er räusperte sich und sagte freundlich: »Ich habe den Eindruck, als hätte hier jemand meinen guten Namen ziemlich verunglimpft.«
Obwohl er das nicht begriffen hatte, spürte der Junge, daß seine Großmutter und der rothaarige Mann sich gut verstanden. Er legte den Pinsel in das Glas voll schwärzlichem Wasser und nahm die große Hand, die sich ihm reichte.
»Na, wie geht es dir, Mickey Opara?«
Das Kind verbesserte die Aussprache seines Namens, und Reardon wiederholte ihn ernsthaft und höflich in der richtigen Art. »Wie hast du dir denn den rechten Arm gebrochen, Mickey?«
Der Junge betrachtete ihn eingehend und versuchte, die zufällig mitgehörten Bemerkungen seiner Mutter mit seinem Eindruck von dem lächelnden Mann zu vereinbaren. Da stand er breitbeinig vor ihm, dieselben blauen Augen wie die von Großmutter, zog die Unterlippe ein und überlegte, bevor er antwortete – diese Reardon sehr vertraute kleine Pause, nicht Zögern, nur Überlegung.
»Ich bin über die Treppe gestolpert.«
»Gemeine Sache«, sagte Reardon, ohne zu lächeln. »Muß ganz schön schwer sein, mit der linken Hand zu malen. Darf ich dein Bild anschauen?«
Er kniete sich nieder und bewunderte die Farben ohne Überlegenheit, ohne etwas aus dem Bild herauslesen zu

wollen, wie Nora erfreut bemerkte. Er blickte zu ihr auf und nickte ihr beifällig zu, um ihr sein Gefallen zu zeigen – nicht an dem Bild, sondern an dem Verhältnis von Großmutter zu Enkel.

»Möchten Sie einen Scotch, Casey?« fragte Nora.

»Ja, bitte, mit Eis«, sagte Reardon. Er war froh, sich jetzt richtig im Zimmer umsehen zu können. Es war nicht die Atmosphäre, die er sich von einer Wohnung, in der zwei Witwen mit einem kleinen Jungen lebten, erwartet hätte. Nicht rein feminin. Ein großer Raum mit weißen Wänden. Dazu die kräftigen Farben: ein leuchtendes Orange und Rosa die Sofadecke, und in allen Abstufungen dieser Farben die Kissen darauf – nicht sein Geschmack, aber es paßte in das Zimmer. Der Stuhl, auf dem er saß, war dunkelorange gebeizt, die Tische mit schmiedeeisernen Lampen darauf, im spanischen Stil: dunkles, geschnitztes Holz. An den Wänden standen Bücherregale, die vom Boden bis zur Decke reichten. Casey überflog die Buchrücken: Da gab es alles, von bekannten Romanen über klassische Werke zu historischen Büchern und Neuerscheinungen. Darunter viele Kunstbücher, die bestimmt Nora gehörten, ebenso wie die Bilder über dem niedrigen Bord, auf dem der Fernsehapparat stand. Er las die Signaturen der Bilder: Nora 63, Nora 64, Nora 66 und dann zu seiner Überraschung »Christie 64«. Er stand auf und betrachtete das Bild näher.

»Deine Mutter malt auch?« fragte er. Mickey nickte stumm. Reardon studierte die Fotos auf dem Kaminsims. Es waren Kinderbilder von Mickey mit seiner Mutter, und dann das Foto eines jungen Polizisten – es war Mickeys Gesicht, männlich ausgereift. Er sah äußerlich ganz seinem Vater ähnlich; trotzdem war er unverkennbar Christies Sohn: die zusammengepreßten Lippen, der konzentrierte Gesichtsausdruck, der Blick, der sich fragend zuerst und allmählich mißbilligend ihm zuwandte. Man hörte zweimal hupen, und der Junge sprang auf, nun war sein Gesicht mit einem Schlage von einem Lächeln erhellt.

»Das ist Onkel Pete«, erklärte er und stürmte aus dem Zimmer. Nora kam mit zwei Whiskys zurück, und gleich darauf hörte

man fröhliches Lärmen vom Flur her. Die Tür ging auf, und ein stattlicher Mann kam herein. Er bewegte sich mit der beinahe anmutigen Sicherheit eines Athleten. Auf seinen Schultern thronte Mickey. Nora machte die beiden Männer miteinander bekannt, und Reardon merkte an dem Lächeln der dunklen Augen, daß Christies Bruder noch nie etwas von ihm gehört hatte. Es paßte zu der kleinen Familie, daß da nichts aus dem Haus getragen wurde.
Mickeys Onkel bückte sich und ließ den kleinen Jungen geschickt über seine Schultern herunter zu Boden rutschen. Dann verabschiedeten sich die beiden.
»Da ist ja überhaupt keine Familienähnlichkeit zwischen Christie und ihrem Bruder«, sagte Reardon.
»Sie sollten Christopher Choriopoulos sehen! Er und Christie ähneln sich wie ein Ei dem anderen. Christies Vater sagte immer, er habe zwei Schweden und zwei Griechen.«
»Interessante Mischung, zwei Blonde und zwei Dunkelhaarige.«
Nora nahm einen Schluck aus ihrem Glas und stellte es dann auf den Couchtisch. »Christie kam am Grand Central Parkway zur Welt«, sagte sie unvermittelt. »Die Familie war auf der Heimfahrt von einem Ausflug; Christies Mutter sollte in drei Wochen mit ihr niederkommen.« Nora starrte nachdenklich auf ihr Glas, dann blickte sie zu Reardon auf. »Ein alter Mann verlor die Kontrolle über seinen Wagen, wahrscheinlich durch einen Herzanfall, und die beiden Autos stießen frontal aufeinander. Die einzige Tochter der Familie kam auf dem Rücksitz des Caravans zur Welt, die Mutter starb noch auf dem Transport zur Klinik. Sie hat ihre Tochter nicht mal mehr gesehen. Die Ärzte hielten diese glimpfliche Geburt für ein Wunder, aber Christie war eben von Anfang an ein zähes Persönchen.«
Reardon hielt sein kühles Glas zwischen den Fingern; er hörte ernst zu.
»Christie hat mir natürlich von dem Fall erzählt. Ich glaube, Sie wissen, was sie dabei empfindet.«
Reardon drehte das Glas zwischen den Fingern. »Ich weiß, sie hat sich in der vergangenen Woche damit ziemlich abgerakkert. Ein Haufen Besprechungen und Vorbereitungen und

was eben so dranhängt. Ich weiß, daß sie der Sache entgegenfiebert, wenn Sie das damit meinten.«
Es lag etwas in Noras Stimme, was ihn gespannt zuhören ließ, weil er fühlte, daß sie ihm etwas andeuten wollte. »Ja, sie brennt auf diesen Abschluß. Es ist für Christie eine innere Notwendigkeit.« Sie verschränkte die Hände im Nacken und lehnte einen Augenblick den Kopf zurück. Und dann sagte sie mit einer merkwürdig tonlosen Stimme: »Mickey hat seinen Vater nie gesehen. Zwei Monate nach dem gewaltsamen Tod meines Sohnes merkte Christie erst, daß sie schwanger war. Da beschlossen wir dann, uns zusammenzutun. Ich hatte das Haus hier, wo Mike schon groß geworden ist.« Sie lächelte. »Und es ist gutgegangen. Wir haben uns hier eingerichtet, und Mickey hat an seinen drei Onkeln den männlichen Umgang, den er braucht – er entwickelt sich recht gut.«
»Ja, sehr«, sagte Reardon. Nichts von dem, was Nora sagte, konnte ihn überraschen. Sie war ehrlich. »Nun, Nora, das war doch noch nicht alles, nicht wahr?«
Ihre Augen verengten sich; dabei zeigten sich ihre einzigen Falten: Lachfältchen. »Okay, Casey Reardon: Christie muß da durch, selbst wenn es für sie gefährlich ist.« Sie blickte auf ihre Hände. Dann sah sie ihn an. »Gerade *weil* es gefährlich ist.«
»Ich weiß nicht, ob ich das jetzt verstanden habe.«
»Sehen Sie, Casey, sie sucht nicht die Gefahr schlechthin, so ist es nicht.« Sie sah über ihn hinweg ins Leere. »Ich will versuchen, es Ihnen zu erklären: Christies Leben begann mit dem Tod ihrer Mutter. Das war ein Verlust, den sie gar nicht richtig ermessen konnte, weil sie ja nie eine Mutter gehabt hat. Aber es war ein Verlust. Und dann erlitt sie noch einmal einen Verlust; den schlimmsten, den eine Frau erleben kann. Das war Mikes Tod. Und vor zwei Jahren kam ihr Vater bei einem Arbeitsunfall ums Leben.«
Reardon stellte sein Glas auf den Tisch. Er sagte ruhig und ohne Ungeduld: »Das ist noch nicht alles, Nora. Kommen Sie zur Sache.«
»Der Kern: Christie hat drei Menschen verloren – alle drei zu früh; alle drei mehr oder weniger gewaltsam. Und jetzt kommt dieses Schicksal auf sie selbst zu. Es ist nicht irgendein Fall, er

betrifft sie persönlich. Er meint sie. Und deshalb will sie sich stellen; sie muß es tun. Denn sie muß sich beweisen, daß sie mit diesem Schicksal fertig wird. Daß sie den Tod, den gewaltsamen Tod, der sich immer wieder in ihr Leben drängt, besiegen kann.«

Er sah das gespannte junge Gesicht vor sich, trotzig, herausfordernd: *Murray Rogoff gehört mir.* Er hatte geahnt, daß diese Sache tiefer ging, daß mehr daranhing. Er hatte gewußt, daß es um mehr ging, als um die Argumente, mit denen er seinen Vorgesetzten bearbeitet hatte, um Christie bei der Lösung des Falles dabeizuhaben. Zweimal war er in dieser Sache bei seinem Chef vorgestoßen. Zunächst hatte er ihm erklärt, daß Christie als Angestellte dieser Abteilung das Recht habe, ihren Fall abzuschließen; dann, nachdem ihm klargeworden war, daß seinem Vorgesetzten die Rechte der Angestellten gleichgültig waren, war er vom Praktischen ausgegangen. Er hatte ihm erklärt, daß sie ohne Oparas Anwesenheit Rogoff nur wegen Einbruchs verhaften könnten. Er hatte den Fall für sie erkämpft, ohne wirklich zu wissen, warum er für Christie so wesentlich war. Jetzt sagte er ruhig: »Ja, Nora, ich glaube, Sie haben recht.«

Nora nahm einen tiefen Schluck und preßte sich dann das kühle Glas gegen die Stirn. Zum erstenmal zeigte sich ihr Gesicht besorgt. »Sie passen auf, daß ihr nichts passiert, nicht wahr, Casey?«

»Selbstverständlich, zum Teufel! Das wäre eine Publicity für unsere Abteilung: ›Polizeibeamtin bei Ausübung ihrer Pflichten vergewaltigt und ermordet‹!«

Er lachte auf, und sie lachte mit ihm. »Nach der Bemerkung glaube ich alles, was ich über Sie gehört habe, Casey Reardon.« Das kam nicht gedankenlos herausgeplatzt; es zeigte nur Noras Ehrlichkeit und den Anspruch, daß er genauso aufrichtig zu ihr sei. Reardon hob sein Glas und stieß mit ihr an. Eine melodische Klingel schlug an, und er sah auf die Uhr.

»Das wird Sam Farrell sein. Mit zwanzig Minuten Verspätung.«

Nora stand auf, um zu öffnen. Aber sie blieb noch einen Augenblick lang vor ihm stehen und sagte lächelnd und

zugleich ernst: »Eins möchte ich Ihnen noch sagen, Casey: Christie ist eine besondere Frau.«
»Das weiß ich«, erwiderte er. Und das stimmte ja auch.
Farrell füllte das Zimmer mit seinem schweren Schnaufen. Kopfschüttelnd berichtete er von der Panne, die er auf dem Weg hierher gehabt hatte. »Der zweite Platte in einer Woche. Dabei ist der Wagen erst ein halbes Jahr alt. Das dürfte doch bei einem neuen Wagen nicht vorkommen!«
Während Nora für Farrell einen Kaffee aufgoß, ging Reardon noch rasch mit ihm die Anweisungen durch: »Also, Sam, wenn das Telefon läutet, geht Mrs. Opara in den ersten Stock rauf und nimmt dort das Gespräch ab. Sie heben hier unten den Hörer ab und stellen das Tonbandgerät ein. Und wenn der Verdächtige anruft – Sie haben doch die Nummer unseres Stützpunkts?« Farrell wühlte in seiner Hosentasche und zog einen Zettel hervor. »Den müssen Sie parat haben. Sobald der erwartete Anruf kommt, wählen Sie gleich diese Nummer durch. Und nachdem der am anderen Ende eingehängt hat, warten Sie, bis Stoney oder Ginsburg oder Ferranti sich melden – und dann spielen Sie denen noch einmal das Tonband ab. Verstanden?«
»Ja, Sir.«
»Gut, Sam, von jetzt an sind Sie also im Dienst.« Farrell nickte stumm und schenkte sich den Kaffee ein, den ihm Nora gebracht hatte. Und Reardon wußte, daß sich Sam Farrell innerhalb der nächsten zehn oder zwölf Stunden nicht mehr weiter vom Telefon entfernen würde. Es war griffbereit in Armlänge.
Nora begleitete Reardon hinaus. Hinter dem Haus saß Tom Dell geduldig hinter dem Lenkrad des schwarzen Pontiac. Ohne den Kopf nach ihnen zu wenden, ließ er den Motor an.
»Nora« – Reardon nahm ihre Hand in beide Hände – »ich danke Ihnen für Ihre Mitarbeit. Ich bin ganz sicher, daß Sie Ihre Rolle ohne Schwierigkeit durchstehen. Und übrigens: Sie machen Ihre Sache mit dem kleinen Jungen gut!«
»Was Mickey betrifft, da sind Christie und ich zu gleichen Teilen verantwortlich – für Erfolge und Mißerfolge.«
Auch diese Bemerkung fügte sich in das Bild, das er sich von

Nora Opara gemacht hatte. Er wollte schon gehen, da zupfte sie ihn noch am Ärmel. Erstaunt drehte er sich noch einmal um. »Ich muß Ihnen noch etwas sagen, Casey.« Sie blickte ihn fest an. »Aber es ist ein bißchen schwierig auszudrücken.«
Reardon grinste. »Nachdem Sie es doch ganz bestimmt sagen werden, schießen Sie los!«
»Christie ist nicht so robust, wie sie selbst meint. Sie ist eher weich und sensibel. Ihr geht alles sehr nahe und tief, vor allem Menschen gehen ihr...« Sie hielt seinem Blick stand. »Es könnte sie verletzen«, sagte sie und dachte dabei nicht an die Abwicklung des Falles Rogoff.
Reardon bekam einen verschlossenen Gesichtsausdruck. Sie standen sich gegenüber und maßen sich einen Moment lang. Dann sagte er leise: »Okay. Sie brauchen sich keine Sorgen um sie zu machen, verstanden?«
Sie sah ihm nach, wie er zum Wagen ging, und erwiderte sein kurzes Winken.
Reardon ließ sich auf den Beifahrersitz fallen und sah durch die klare Windschutzscheibe. Diese Nora Opara war eine kluge Person. Er fragte sich, ob Christie schon gemerkt hatte, daß Nora mehr als Ärger aus ihren Bemerkungen und Klagen über ihn herausgehört hatte – ob sie selbst schon gemerkt hatte, daß mehr dahintersteckte.
Reardon lächelte und schloß die Augen. Er glaubte es nicht.

16

Christie folgte Bill Ferranti in die winzige Wohnung. Eigentlich war es keine Wohnung, sondern nur ein abgeteilter Raum mit eigenem Badezimmer. Sie hatte zwar im Büro schon den Grundriß studiert, aber die Wirklichkeit des kleinen, stickigheißen Raumes war anders. Da gab es eine Kochnische, durch eine halbhohe Mauer abgetrennt, wo in einer Reihe Kühlschrank, Herd und Spüle standen.
Die häßlichen Möbel, die zur Wohnung gehörten, waren schon nach ihren Bedürfnissen umgestellt: der schwere, ge-

blümte Polsterstuhl neben die Tür. Das war Stoner Martins Platz, denn dieser Sessel deckte ihn in beiden Fällen: Wenn Rogoff durch die Wohnungstür und wenn er durchs Badezimmerfenster kam. Die abgenutzte Bettcouch war so weit von der Wand ins Zimmer hineingeschoben worden, daß sie von beiden Längsseiten her zugänglich war. So konnte Christie ihre Anweisung befolgen, die lautete: »Sobald das Licht angeht, springst du nach links unters Bett und versteckst dich dort so lange, bis Stoney ruft.« Der alte wackelige und verkratzte Tisch war aus dem Zimmer in die Kochnische befördert worden, damit der im Dunkeln hereintappende Rogoff nicht darüber stolperte und damit er Ferranti nicht im Weg stand, wenn er aus seinem Versteck hinter der halbhohen Küchentrennwand hervorsprang.
In Gedanken stellte sie die Möbel wieder an den Platz, der ihnen auf dem Plan zugewiesen war, um sich besser zurechtzufinden. Christie gab sich alle Mühe, diesen Raum in sich aufzunehmen. Beim Badezimmer war das einfach; da stand alles festmontiert an seinem Platz. Stoner ging als erster in den schlauchartigen kleinen Raum; Christie, Ginsburg und Ferranti folgten. Er beugte sich über die Wanne und schob geräuschlos das Milchglas des Fensters hinauf und wieder herunter. »Da wird er also hereinkommen, wenn wir uns alles richtig ausgerechnet haben«, sagte er und drehte sich zu ihnen um. Dann stieg er in die Wanne. »Jetzt wollen wir mal so tun, als sei es dunkel, und er schleicht sich da herein.« Er schloß die Augen und tastete die Stirnwand der Wanne ab; er stieg über den Rand und hielt sich dabei mit einer Hand fest. Sie traten zurück, um ihn vorbeizulassen, während er sich wie ein Blinder an der Kachelwand entlang zur offenen Tür vortastete.
»Also da etwa haben sich seine Augen schon etwas an die Dunkelheit gewöhnt«, sagte er und öffnete die Augen. Er sah Christie an. »Das haben wir letzte Nacht schon im Dunkeln geprobt, Marty, der Boss und ich. Und wir haben dabei festgestellt, daß es gut wäre, den Toaster in der Kochnische anzulassen. Da kriegt er einen Lichtschimmer und weiß gleich, daß dort die Küche ist.« Er machte die Augen wieder zu und tastete sich ins Zimmer hinein. »So, wenn die Küche links

ist, muß das Bett rechts stehen.« Er drehte sich mit ausgestreckten Armen schnell herum. Christie wischte an ihm vorbei und legte sich aufs Bett. Sie starrte Stoney entgegen, schon stießen seine Knie an die Bettkante, er beugte sich herunter und lehnte sich an sie, aber sie schnellte so blitzartig von ihm weg, daß er das Bett leer fand, als er gleich darauf die Augen öffnete.

»Ja, wo ist sie denn?« fragte er in Kleinkinder-Tonfall. »Sie muß doch da sein!«

»Denkste!« sagte Christie und streckte den Kopf über die Bettkante.

»Gut! Du mußt nur *unter* das Bett schlüpfen und darfst erst hervorkommen, wenn ich es sage.«

»Jawohl.«

»He, Stoney, alter Boss, können wir jetzt essen?« Marty fummelte ungeduldig an der Kühlschranktür.

Stoney blickte in komischer Verzweiflung zur Decke. »Füttern wir das Baby, sonst schreit es die ganze Nacht. Mach schon, Marty.«

Marty breitete auf dem Tisch Tüten, Papierteller und Pappbehälter aus: Corned beef, geräuchertes Rindfleisch, Mixed Pickles, Kartoffelsalat und Zigeunersalat. Schließlich auch noch, trotz allgemeinen Protests, eine Flasche Milch. »Milch ist gesund«, sagte er nachdrücklich.

Christie belegte sich ein Stück Schwarzbrot mit ein paar Scheiben Corned beef und aß es lustlos. Der einzige, der mit viel Appetit futterte, war Marty; er war nur beleidigt, daß niemand seine Milch mochte. Christie stellte sich heißes Wasser auf, um sich mit einem Teebeutel Tee aufzubrühen.

Wo wohl Johnnie Devereaux jetzt sein mochte, dachte sie. Und wo war Rogoff. Denn da mußte auch Devereaux sein, der ihn vom frühen Nachmittag an beschattete. Die Anrufe in der letzten Woche waren die schlimmsten gewesen. Die Stimme war immer vertraulicher und vertrauter geworden; flüsternd drang diese Stimme in sie und entwarf in ihr das Bild des sechzehnjährigen, haar- und bartlosen Jungen. Ein Bild schrecklicher Verzweiflung und des Entsetzens. Sie hatte sich während dieser schlimmen Woche gezwungen, ganz natürlich

im Unterhaltungston zu antworten: »Ja, hier ist Christie. Ja, es geht mir gut. Ja, ich passe auf mich auf. Ja, vielen Dank für den Anruf. Auf Wiederhören.«
Die Worte gingen ihr durch Mark und Bein; sie hatte sonst nichts gesagt, nur diese paar Worte, aber die verfolgten sie.
»Sag mal, Christie«, Stoneys Stimme war ganz ruhig, trotzdem erschrak sie so, daß sie die Zähne aufeinanderbiß, »kennst du eigentlich unsere schwache Seite?«
Sie schüttelte den Kopf. »Was für eine schwache Seite?«
»Na ja, das ist natürlich nicht allgemein bekannt, und wir reden selbstverständlich auch nicht gern darüber, aber in unserem Team gibt es keinen guten Schützen. Also man kann sogar sagen, daß keiner aus unserer Abteilung beim Scheibenschießen einen Preis machen würde.«
Marty steckte sich noch ein großes Stück Fleisch in den Mund und wischte sich mit einer geblümten Papierserviette die fettigen Mundwinkel sauber. Er schüttelte mißbilligend den Kopf. »Weißt du, Stoney, das mußt du ihr doch nicht jetzt sagen!«
»Also ich an ihrer Stelle würde das wissen wollen«, warf Ferranti ernsthaft ein.
Christie begriff: Jetzt ging es darum, daß keiner grübelte, keiner träumte. Man mußte dasein und wach sein und sich der Anwesenheit der anderen bewußt bleiben. Jetzt wurde gewitzelt, kamen Geschichten aufs Tapet, damit keiner seine Gedanken abschweifen lassen konnte. Und sie ging darauf ein, erwiderte in scherzhaftem Ernst: »Ich glaube auch, einer von euch sollte es mir lieber erzählen, damit ich weiß, woran ich bin.«
Stoney wies auf Bill, der eben seine Hornbrille abnahm. »Also ich bringe immer die Kerben auf dem Visier meiner Pistole durcheinander. Beim letzten Schießen habe ich doch *zweimal* in Stoneys Scheibe geschossen, obwohl der zwei Plätze weiter rechts von mir stand.«
»Ja«, sagte Stoney traurig, »und die zwei Einschüsse waren auch nur im fünften Ring, so daß sie mir nicht viel halfen.« Er streckte seinen Arm aus und sah auf seine zitternden Finger. »Meine Finger zittern. Nicht stark, aber eben so, daß ich immer danebenschieße.«

Alle warteten, bis Marty seine kalte Milch unten hatte. »Und ich«, fing er an und tupfte sich den Milchschnurrbart mit der Serviette ab, »ich habe doch jedesmal das Pech mit der nervösen Zuckung. Ich bin einfach schrecklich geräuschempfindlich, und wenn ich es knallen höre, zuckt meine Hand ganz automatisch, ich drücke ab und schieße jedesmal in den Boden.« Er machte eine fahrige Bewegung.
Schon eingeschworen auf den Ton und die Situation, erwiderte Christie: »Ja, meine Herren, das ist ja alles sehr beruhigend für mich. Da würde ich doch vorschlagen, ihr geht alle auf die Seite rüber« – sie deutete mit der rechten Hand auf das Bett, machte eine Faust und streckte den Daumen wie den Lauf einer Pistole aus – »und ich bleibe hier, denn wenn es ans Schießen geht, pfeifen die Kugeln da rüber. Ich bin nämlich treffsicher.«
»Na ja, so ist es ja auch nicht, daß wir gar nichts treffen, was, Freunde?«
Stoney nahm Martys Einsatz an. Er sagte scharf: »Halt den Mund, Marty!«
»Ja wirklich«, fiel Ferranti ein, »red nicht darüber!«
Christie sah bewundernd von einem zum anderen. Es war ein Stegreifspiel, aber es war wichtig. Einer spielte dem anderen den Ball zu. Man stellte sich aufeinander ein; es war eine Generalprobe auf spielerischer Ebene. »Anscheinend gibt es noch etwas, was ich besser erfahren sollte«, sagte sie.
»Ja, ich an ihrer Stelle würde es schon wissen wollen«, brummelte Marty. »Sag's du ihr, Stoney!«
Stoney lächelte und setzte sich bequemer in seinen Schaukelstuhl. Es war wie am Pfadfinderlagerfeuer. Einer fing eine Geschichte an, und die anderen mußten weitererzählen. »Also gut. Hast du schon mal von einem Kerl namens Phil Jones gehört?«
Sie schüttelte den Kopf. Marty seufzte und legte die Hand über die Augen. Bill schnalzte mit der Zunge. »Nun, der alte Phil«, fuhr Stoney fort, »war vor ein paar Jahren in unserem Team. Wir hatten so einen Außeneinsatz wie jetzt – natürlich andere Umstände, aber so ähnlich ...«
»Nein, keine Einzelheiten!« bat Bill flehentlich.

»Also kurz und gut, Phil wurde von zwei Kugeln getroffen.« Stoney deutete sich auf Stirn und Herz.
»Zwei Kugeln? Tot?«
»Schätzchen«, sagte Marty, »zwei Kugeln: mausetot.«
»Und dabei hatten nur Marty und ich Schußwaffen!« fuhr Stoney fort. »Da brauchte man gar nichts mehr zu untersuchen, die Sache war klar.«
Die drei Männer starrten schweigend auf ihre Hände. »Und was passierte dann?« fragte Christie.
Marty blickte auf. »Er bekam natürlich ein Leichenbegängnis wie ein Inspektor.«
»Und weißt du, Christie«, sagte Bill auf seine trockene, ruhige Art, »du ärgerst dich ja oft über Reardon, aber damals hat er sich fein benommen, nicht wahr, Stoney?«
»Das kann man wohl sagen. Erzähl es ihr nur, Bill.«
»Nun, er wußte, wie schrecklich uns das war – klar, wo es einen von uns getroffen hatte! Reardon ordnete unverzüglich das Begräbnis an. Keine Leichenschau! Das setzte er durch.«
»Ja, da bin ich euch sehr dankbar für eure Aufrichtigkeit«, sagte Christie. »Und ich glaube, daß mich Stoney unter diesen Umständen meine Pistole unters Kopfkissen mitnehmen lassen sollte. Ich würde sowieso nur schießen, wenn ihr mich schon getroffen hättet.«
»Kommt überhaupt nicht in Frage!« wehrte Stoney ab. »Wenn einer aus dem Team umkommt, das läßt sich noch vertuschen, aber zwei? Das würde einen schlechten Eindruck machen. Schlecht für unseren Ruf!«
»Gottchen!« sagte Christie und ihre Stimme klang fröhlich. »Ich möchte doch dem Ruf unserer Abteilung nicht schaden. Nein, das müßt ihr schon entschuldigen, daran dachte ich wirklich nicht.«
Um sieben Uhr dröhnte es ungeduldig gegen die Tür, und eine bekannte Stimme sagte gedämpft: »Reardon.« Ferranti öffnete. Reardon schlenderte herein, schnupperte und sagte: »Riecht wie in einem Delikatessenladen. Ja, du grundgütiger Himmel, Ginsburg! Sie essen Mixed Pickles und trinken Milch dazu?«

Marty hob unschuldig sein Glas. »Milch ist gesund, Mr. Reardon. Damit füttert man heutzutage sogar Babys.«
»Stoney, mit dem Mann sollten Sie ein ernstes Wort reden! Erinnern Sie mich daran, daß ich einen Befehl in Umlauf gebe betreffs Größe und Gewicht der Mannschaft. Marty, Sie setzen zuviel Fett an!«
»Ich weiß«, sagte Marty niedergeschlagen. »Es macht mir selbst Kummer, und wenn ich Kummer habe, muß ich essen. Das nennt man ein Syndrom oder so ähnlich.«
Christie beobachtete Reardon; dabei wurde ihr kalt: Es war kein Spiel. Reardon durchmaß das Zimmer, duckte sich dabei hinter einem Stuhl, probte die Stellung, die Ferranti einzunehmen hatte. Dann zwängte er sich in den schmalen Einbauschrank. »Paßt Ginsburg da wirklich rein?«
»Rein schon, aber ob er wieder rauskommt?«
»Keine Angst, Stoney, ich komme wieder raus!«
Reardon ging zum Bett und setzte sich neben Christie. Er wippte etwas auf der Matratze und meinte: »Recht bequem. Schlafen Sie uns nicht ein, Opara!«
»Ich werde wach bleiben, Mr. Reardon.«
Er stand wieder auf und sah auf sie herunter. »Stoney, wie kommen Sie dazu, Opara wieder mal als Jungen zu verkleiden? Ich verstehe nicht, wie da jemand ihretwegen einbrechen soll – stecken Sie sich wenigstens die Bluse rein, Opara!«
»Sie soll alarmbereit sein, Boss, da ist es nach meinem Dafürhalten besser, wenn sie nicht auf ein Kleid aufzupassen hat, das sich hochschiebt.«
»Hm, wahrscheinlich.« Er ging ins Bad; sie hörte, wie er das Fenster hochschob und wieder herunterzog, dann kam er wieder und stellte sich mitten ins Zimmer. Alle sahen ihn an. Jetzt klang seine Stimme nicht mehr spaßend, sondern sachlich: »Ich winkte eben Jimmy O'Neill – er ist auf Posten. Sie wissen wo, Stoney?«
Stoney Martin nickte. »Zwei Fenster weiter oben und drei weiter rechts – in dem Haus direkt gegenüber.«
»Richtig. Und die beiden anderen von der Mordkommission sind drei Türen weiter am Flur. Sie rühren sich nicht von der Stelle, bis« – er verbesserte sich – »außer hier ist was los.« Er

ging zur Tür und prüfte, wie sie verschlossen war. »Gut, laßt sie nur eingeklinkt, für den Fall, unser Mann entschließt sich, die Tür zu benutzen. Aber das glaub ich nicht.« Er sah zum Bad hinüber, und die Blicke der vier anderen folgten ihm. »Er kommt durchs Fenster, wenn er überhaupt kommt.«
Er kommt, sagte Christie stumm. Und Reardon, der sie ansah, las es ihr aus den Augen. Und sie wußte, daß er es las. *Er kommt.*
»Sam Farrell wird euch in etwa zehn Minuten anrufen; nur zur Kontrolle. Von da an darf niemand mehr diesen Apparat benutzen.« Alle blickten auf das altmodische schwarze Telefon neben Stoneys Plüschsessel. »Wenn der Verdächtige Opara zu Hause anruft, klingelt Farrell kurz danach hier an und überspielt euch das Gespräch auf Tonband. Devereaux ist auf Rogoff angesetzt; er gibt mir per Funk durch, sobald er telefoniert. Sobald ich die Meldung habe, rufe ich euch hier an. Wenn der Verdächtige hier auftaucht, stehe ich so, daß ich den Hinterhof und den Eingang zum Haus übersehe. Dann lasse ich den Apparat einmal kurz klingeln. Geht nicht ran – das bedeutet, daß er in nächster Nähe ist. Irgendwelche Fragen?«
Marty wollte etwas fragen, aber als er Caseys Blick sah, ließ er es sein.
»Also noch einmal: Unter *keinen* Umständen ruft ihr von hier aus an. Das ist wichtig. Ich bin mir darüber klar, daß damit die Verbindung abgeschnitten ist, aber das müssen wir in Kauf nehmen. Wir müssen warten. Wenn es die ganze Nacht dauert, dann dauert es eben die ganze Nacht. Vielleicht passiert überhaupt nichts.« Er zuckte die Achseln. »Das kann man nie wissen.«
Er legte Stoney die Hand auf die Schulter und sah dabei Christie an. »Stoney trägt die Verantwortung; er ist hier der Boss.«
»Jawohl«, bekräftigte Stoney, »ich bin der Boss.«
Reardon schüttelte ihn und knurrte: »Nicht, solange ich noch im Zimmer bin!«
»Ja, Mr. Reardon, warum gehen Sie dann eigentlich nicht und lassen mich den Boss sein?«
»Ich habe noch ein Problem. Ich sprach bis jetzt noch nicht

davon, aber nun muß ich doch damit herausrücken.« Reardon dämpfte seine Stimme zu scherzhafter Vertraulichkeit. »Das ist ein verteufeltes Haus; überall wimmelt es von Polizei, sie sitzt einem schon direkt im Nacken. Und dann ist da unten noch so eine kleine Blonde.« Er sah über die Schulter. »Ich kriegte ein paar unmißverständliche Winke, als ich ins Haus ging.« Er zog die Mundwinkel nach unten. »Auf so was lege ich natürlich keinen Wert. Nachdem Sie die Verantwortung haben, Stoney, könnten Sie mir Opara als Geleitschutz bis zur Haustür mitgeben?«

Stoner schnalzte mit der Zunge. »Der Zahn der Zeit! Hätte ich auch nie gedacht, daß Reardon einmal weiblichen Polizeischutz gegen die Avancen einer Blondine braucht!«

Reardon spielte genüßlich seine Pointe aus: »Die Blonde ist ja eine Kollegin!«

Während die anderen lachten, winkte Reardon Christie ungeduldig herbei: »Los, Opara, ich muß gehen!« Er nahm sie beim Arm und sah seine drei Leute noch einmal der Reihe nach an. »Jetzt seid ihr dran, Kameraden. Macht's gut!«

Christie wußte nicht, ob das alles nur Spaß war, denn Reardon zog sie mit hinaus auf den Flur und drückte sie dort gegen die Mauer. Dann schaute er einen Moment lang über die Schulter. Seine Finger gruben sich in ihren Arm. Er flüsterte ihr ins Ohr: »Da, diese Kanaille! Sehen Sie, wie sie sich da an der Tür herumdrückt?« Er wies mit dem Daumen hinter sich. »Wissen Sie was, Opara, der zeigen wir's!« Er zog sie an sich und drückte flüchtig seine Lippen auf ihren Mund. Dann fragte er, ohne sie anzusehen: »Schaut sie noch her?«

Christie versuchte, seinen Gesichtsausdruck zu ergründen, aber bei der Flurbeleuchtung konnte sie kaum etwas erkennen. Sie drückte die Schultern gegen die Wand und stellte sich auf Zehenspitzen, um zu sehen, ob hinter dem Türspalt von gegenüber wirklich jemand lauerte.

»Sie beobachtet uns! Die versteckt sich gut hinter der Tür, aber sie beobachtet uns!« sagte Reardon scheinbar ernst. »Die wollen wir jetzt zum Narren halten, ja?« Seine Lippen berührten ihr Ohr, und sie spürte seinen warmen Atem. »Warum zucken Sie denn zurück? So waren Sie doch früher nicht,

oder?« Seine Hände hielten sie noch immer fest, er trat einen kleinen Schritt zurück und sah sie an. »Sie haben ja wieder Turnschuhe an. Sehr groß sind Sie nicht, nein, also wirklich nicht!«
Sie wollte etwas antworten, aber da war sein Gesicht wieder ganz nah an ihrem, und er fragte ernst: »Sieht sie wieder her? Ich hörte eben die Tür gehen.«
Angesteckt von seinem Ernst, wenn sie auch die Besorgnis nicht verstand, reckte sie den Hals, um etwas mehr zu sehen. Als ihr Blick zu ihm zurückkehrte, hatte sie das Gefühl, als machte er sich über sie lustig. »Was kümmert Sie der Eindruck, den eine falsche kleine Blondine von Ihnen hat?«
Er grinste über ihren frechen, spöttischen Ton. Seine Hände glitten über ihre Schultern hinauf zum Hals. »Oh, ich bin immer um mein Image besorgt.«
»Um welches Image?« fragte sie. Aber statt einer Antwort drückte er seinen Mund auf ihre Lippen; etwas heftiger jetzt und etwas länger. Als er den Kopf zurückneigte, sahen seine Augen aus, als funkelten sie.
»Regen Sie sich ab, Opara! Sie glauben doch nicht etwa, das war für Sie gedacht? Alles nur wegen der niedlichen Kleinen da drüben«, flüsterte er.
Jetzt lächelte Christie erleichtert, befreit von dem Druck seiner Lippen, von der Scheu, die sie bis zu diesem Augenblick gehindert hatte, die Klinge mit ihm zu kreuzen. »Okay, Paps«, sagte sie laut und deutlich, »du kannst Mammi ausrichten, daß ich es mit der Wohnung gut getroffen habe und daß ich schon eingerichtet bin.«
Reardon verengte seine Augen zu schmalen Schlitzen; leise und gepreßt sagte er: »Du mußt wohl immer das letzte Wort haben, was?« Dann packte er ihren Kopf und zerwühlte ihr derb das volle, kurze Haar. »Okay, Liebling, spielen wir der scharfen Kleinen etwas vor, daß sie gleich in ihrem Freud nachschlagen muß!« Und dann küßte er sie, fest und warm. Sie war so überrumpelt, daß sie es mit sich geschehen ließ – reglos, doch nicht ohne Regung, wie er ihr nun zärtlich über Ohrläppchen und Wange strich, sich mit einem Ruck von ihr losmachte und rasch den Flur entlang zur Haustür ging. Dort drehte er

sich noch einmal um und rief ihr zu: »Auf Wiedersehen, Tochter. Ich werde Mammi erzählen, daß es dir gutgeht.«
Christie hörte ein unterdrücktes Japsen, dann das Zuschlagen einer Wohnungstür, das Geräusch einer Sperrkette. Sie fuhr sich mit der Hand über die Lippen und schloß für einen Moment die Augen. Ihr Herz hämmerte. Sie wußte selbst nicht, was in ihr vorging. War sie belustigt, verärgert oder was sonst?

Um 21.32 läutete das Telefon. Es klingelte nicht besonders laut und zerriß keine Stille, denn sie hatten sich lebhaft und angeregt unterhalten. Und doch zerschnitt es wie ein Kurzschluß ihr Gespräch, und drei Männerhände griffen gleichzeitig nach dem Apparat, als wäre er ein lebendiges Wesen, das man schnell beruhigen mußte.
»Bin schon dran!« wehrte Stoney die anderen ab. Alle sahen ihn erwartungsvoll an und kauerten sich neben ihm nieder.
»Ja, Sam, hier Stoney.« Er warf einen Blick auf seine Uhr und nickte. »Jaja, mach schon, spiel es ab.« Mit einer Hand die Sprechmuschel verdeckend, erklärte er ihnen: »Er hat angerufen.« Stoney hielt den Hörer halbweit von seinem Ohr, aber die Stimmen, die jetzt zu hören waren, kannte Christie so gut, daß sie verstanden hätte, auch wenn sie sich ein Kissen über den Kopf gezogen hätte.
»Hallo?« Nora. Freundlich, höflich.
»Hallo, Christie? Spricht dort Christie Opara?« Wie eine Nadel fuhr ihr diese Stimme durch den Körper. Alle sahen sie an und senkten gleich wieder den Blick.
»Nein, Christie ist nicht hier«, sagte Nora schnell, um ihm keine Zeit zum Weiterreden zu lassen. Dann folgte Stille; ganze fünf Sekunden lang, und in allen blitzte der gleiche Gedanke auf: Sam Farrell hat etwas vermiest. Marty fluchte, aber Stoney gebot ihm mit einer ungeduldigen Handbewegung zu schweigen.
Und dann: »Ich möchte Christie Opara sprechen.«
Und unmittelbar darauf: »Christie ist hier ausgezogen. Sie wohnt seit heute in einem eigenen Apartment.« Noras Stimme klang ganz natürlich.

Wieder eine Pause, diesmal länger. Sie hatten nur einen Gedanken: Jetzt hat er eingehängt.
Aber dann kam die Stimme, verändert jetzt, ärgerlich und verstört. »Wohin ist sie gezogen?«
Alle hielten den Atem an. Noras Stimme, voll freundlicher Selbstverständlichkeit: »Haben Sie einen Bleistift zur Hand? Ich gebe Ihnen die Adresse.«
»Ich brauche ihre Telefonnummer«, kam es schnell.
»Telefon hat sie noch nicht.« Das hättest du nicht sagen dürfen, Nora! Jetzt wird er auflegen und morgen wieder anrufen, um die Nummer zu kriegen. Mein Gott, Nora, das war verkehrt!
Aber die Stimme sagte: »Ja, ich habe was bei mir. Warten Sie einen Augenblick.« Man hörte ein dumpfes, kratzendes Geräusch, einen tiefen Seufzer und dann: »Okay.«
Während sie Noras Stimme lauschte, die ihm die Anschrift buchstabierte und die Nummer des Apartments angab, erfaßte Christie das schwindelnde Gefühl von Unwirklichkeit. Das höflich-harmlose Gespräch war so weitab von dem, was sie hier umgab. Die drei Männer im Halbkreis um den Telefonapparat kauernd, die beiden Stimmen aus der Hörmuschel, die sich nun höflich voneinander verabschiedeten, dann ein Klicken und jetzt wieder Sam Farrells Stimme, die allem Spuk ein Ende bereitete. »Das wär's Stoney. Ich habe sofort, nachdem er auflegte, eingehängt und euch angerufen.«
»Gut«, sagte Stoney. »Du hast deine Sache gut gemacht, Sam.« Und dann war auch Sam weg. Er würde bei Nora bleiben, bis man ihn von dort abberief.
Stoneys Hand lag noch auf dem Apparat. »Du hast doch schon mit Rogoff gesprochen, Marty. Was sagst du? Hast du die Stimme erkannt?«
Marty zuckte die Achseln. »Schwer zu sagen. Ja und nein.«
»*Es war Rogoff.*« Alle wandten sich nach Christie um und keiner bezweifelte die eisige Gewißheit, die aus ihrer Stimme sprach.
Um 21.42 läutete das Telefon wieder. Diesmal schien der Ton nicht so grell und drängend, aber Stoney Martin nahm noch

während des ersten Läutens den Hörer ab. »Martin. Gut. Verstanden, Casey.«
Er legte den Hörer auf und sagte leise: »Devereaux hat Casey eben von der U-Bahnhaltestelle aus angerufen. Sie warten auf den nächsten Zug nach Manhattan.« Stoney zündete sich an dem Stummel, den er noch zwischen den Fingern hielt, eine neue Zigarette an. Er inhalierte tief: »Devereaux und Rogoff«, sagte er ruhig.
»Natürlich *Rogoff*«, sagte Christie. »Wer denn sonst? Devereaux und der Weihnachtsmann?«
Stoney sagte ruhig: »Das nächste Mal klingelt es also nur einmal kurz. Dann dreht es sich nur noch um Minuten. Marty, lauf jetzt schnell hinüber zu Jimmy O'Neill und sag ihm und nachher auch denen draußen am Flur, daß sie schon unterwegs sind.« Er ließ sich in den Polsterstuhl fallen und nahm eine Zeitschrift zur Hand.
Ferranti stellte die Gasflamme stärker ein, um das Wasser zum Kochen zu bringen; er streute einen Löffel Pulverkaffee in einen Becher. Er starrte auf die seltsamen Figuren, mit denen die Flamme den Topf umzüngelte. Schließlich nahm er den Topf von der Flamme und drehte sie zurück. Es blieb nur noch eine blaue Mitte mit kleinen rötlich-gelben Flammenblättern übrig. Marty sollte auch noch heißes Wasser für einen Kaffee haben, wenn er zurückkam.
Christie ging ins Bad und schloß die Tür ab. Einen Augenblick blieb sie im Dunkeln stehen, dann knipste sie das Licht an und sah blicklos in den trüben Spiegel über dem Waschbecken. Sie drehte das kalte Wasser ganz auf, fing es in beiden Händen und schüttete es sich übers Gesicht. Aber es konnte sie nicht kühlen. Und auch als sie einen Schluck aus der hohlen Hand trank, schmeckte es schal, und die Trockenheit in ihrer Kehle blieb. Sie blieb mit ausgestreckten, tropfenden Händen stehen: kein Zittern. Und dann machte sie eine von Noras Jogaübungen; sie atmete ganz aus, stieß die Luft aus allen Lungenkammern, bis sie sich zum Ersticken fühlte, dann sog sie langsam frische Atemluft ein. Aber die Luft war nicht frisch, sondern schwer und verbraucht, und sie fühlte sich nicht belebt davon. Noch einmal drehte sie das Wasser auf und ließ

es kühl über die Innenseite der Handgelenke laufen, dann trocknete sie sich Hände und Gesicht mit einem der kratzenden Papierhandtücher ab. Aber gleich wieder standen ihr Schweißperlen auf der Stirn, und sie fühlte, wie ihr die leichte Baumwollhemdbluse feucht am Körper klebte. Sie fuhr sich mit beiden Händen durchs Haar, preßte die Fingerspitzen an die Nackenmuskeln und beugte den Hals weit zurück. Einen Moment verharrte sie so, dann kehrte sie in die normale Haltung zurück und machte das Licht aus.

Sie stieg vorsichtig im Dunkeln in die Badewanne, duckte sich und schob das Fenster einen Spalt breit hoch. Draußen lag der Hof, umringt von Mietskasernen, und die kleine Gasse. Fast unhörbar flüsterte sie in diese Leere: »*Ich bin bereit. Ich erwarte dich.*« Sie schloß die Augen und zog das Fenster wieder genauso zu, wie es gewesen war, wie Stoney es eingerichtet hatte: einen Finger breit offen. Dann ging sie ins Zimmer zurück.

Gleich darauf platzte Marty in die Stille. »Mensch, wenn ihr sehen könntet, was Jimmy O'Neill aufgetrieben hat!« Er zeichnete üppige Formen in die Luft.

»Hör auf damit!« fuhr in Bill Ferranti ärgerlich an.

»Wieso ich?« fragte Marty unschuldig. »Jimmy O'Neill! Und der hat noch gar nicht angefangen, und wenn er's nicht tut, hat er nicht alle Tassen im Schrank.«

Bill stellte seine Kaffeetasse auf den Tisch. Seine Stimme klang verzerrt: »Paß auf, was du sagst!« Er machte eine Kopfbewegung in Christies Richtung.

»Meinetwegen laß ihn ruhig quasseln, Bill. Ich habe, offen gestanden, gar nicht hingehört.«

»Nun, ich sagte, daß...«

Stoney schob Marty in die Kochnische. »Da, stopf dir den Mund mit Mixed Pickles.« Er goß sich selbst noch einmal heißes Wasser in seinen Becher, drehte die Gasflamme ab und zog die Abdeckplatte darüber. Dann nahm er den Toaster und stellte ihn darauf. »Braver alter Toaster, du spielst eine wichtige Rolle in unserem Stück, und wenn du uns den Kerl schön ordentlich hierher führst, dann fressen wir auch alles, was du ausspuckst.«

»Außer Rosinentoast!« wandte Marty ein. »Denn da weiß man nie, ob es wirklich Rosinen sind und nicht geröstete Wanzen.«
Sie waren schon über das Zimmer verteilt und standen, wenn auch noch ungezwungen, bereits auf ihren Posten: Stoney lehnte an dem Polstersessel, Marty hockte vor dem Einbauschrank, Ferranti saß auf dem Kühlschrank und trank seinen Kaffee aus.
Christie hatte sich schon auf das Bett gesetzt, wenn auch nur auf die äußerste Kante. Der steife Jeansstoff ihrer Hose klebte ihr an den Schenkeln und behinderte sie bei jeder kleinsten Bewegung. Alle schwiegen; man hörte nur gelegentliches Schlürfen, wenn die Männer ihren lauwarmen Kaffee tranken.
»Ich glaube, jetzt wollen wir mal das Licht ausdrehen und uns in Schweigen fassen«, sagte Stoner Martin. Er knipste den Schalter aus, und der gelbe Lichtkegel an der Decke verschwand. »Ich sehe den Toaster«, sagte Christie vom Bett her. »Auf dem blanken Aluminium spiegelt sich die Straßenbeleuchtung von draußen.«
»Marsch in den Schrank mit dir, Marty! Und schlaf nicht ein!«
Aber Marty steckte schon im Schrank; ebenso wie Ferranti hinter der Mauer der Kochnische. Stoney ließ sich hinter seinem Sessel nieder, und Christie streckte sich auf dem quietschenden Bett der Länge nach aus.
»Stoney?« Nun klang kein Anflug von Spaßhaftigkeit mehr aus Martys Stimme. »Eine Frage noch.«
»Ja?«
»Wenn dann das Licht angeht, sind wir da nicht zunächst stark geblendet – ich meine, sehen wir denn da gut genug?«
Schweigend stellten sich alle die plötzliche, schmerzende Helligkeit vor. Stoney sagte ruhig: »Diese Funzel hier ist sowieso nicht so grell. Wir schaffen das schon.«

17

Murray Rogoff saß in sich zusammengesunken auf dem Sitz, die Arme um die Knie geschlungen, den Kopf auf die verschränkten Hände gestützt. Der Zug fuhr langsam in die Kurve ein, bremste ein wenig vor dem schwarzen Schlund des Tunnels, beschleunigte dann wieder und raste durch die Finsternis. Mit weit offenen Augen starrte Rogoff vor sich hin, ohne etwas anderes zu sehen, als die Schmutzspuren auf seinen Brillengläsern.

Er hatte gleich gewußt, daß da was nicht mehr stimmte. Den ganzen Tag schon, bei der Arbeit im Geschäft, hatte er es gefühlt. Er verschränkte die Hände noch fester ineinander und rieb knirschend die Zähne aufeinander, als könne er damit die Worte zermalmen, die in seinem Kopf umgingen: Was war das für eine Mutter? Was für eine Mutter war diese Frau? Ein Mädchen wie Christie in so eine Gegend ziehen zu lassen! Ins Village! Was war das für eine Mutter?

Er hatte sich beherrscht; er hatte in seiner Stimme keine Wut aufkommen lassen, aber in seinem Innern brodelte es. Es hatte angefangen, als ihm die weiche Stimme der Frau erklärte: »Christie ist heute morgen ausgezogen.« Ausgezogen! Als ob die Person keine Ahnung hätte, in welche Gegend ihre Tochter gezogen war! Er brauchte die Augen gar nicht zuzumachen, um sich die kleine Frau vorzustellen: flott und munter, den kleinen Jungen an der Hand, eifrig und besorgt auf ihn einredend. *Darum*! Allein sein mit ihrem kleinen Sohn, das wollte sie. Darum hatte sie Christie aus dem Haus gedrängt, aus diesem soliden Häuschen in einer hübschen Gegend mit Blumengärten und Innenhöfen, alles Reihenhäuser auf der einen Seite und gegenüber Holzhäuser. Mein Gott, es war so schwierig, in dieser Gegend ein Versteck zu finden, unter all den scharfäugigen alten Weibern, die nichts anderes zu tun hatten, als zu beobachten, wer an ihren Fenstern vorbeiging. Aber er war vorsichtig gewesen. Murray verstand es zu sehen, ohne gesehen zu werden.

Alles war so schwierig gewesen: Christie nicht aus den Augen zu verlieren, obwohl sie einen verrückten Beruf mit verrückten Arbeitszeiten hatte. Jeden Tag kam sie zu einer anderen Zeit nach Hause – das war schlecht für ein Mädchen wie Christie, wo sie doch an den langen Häuserblocks im dunklen Queens vorbei mußte. Sie schienen die Gegend für ruhig und sicher zu halten, aber sie wußten nicht, was da alles passieren konnte. In Murrays Kopf gingen Bilder und bruchstückhafte Erinnerungen durcheinander, von denen er nicht wußte, wo sie hingehörten und wie sie zusammenhingen, und er verschloß fest die Augen vor all dem, was er nicht verstehen konnte.

Was hatte Christie mit Frankie Santino zu schaffen? Murray lachte in sich hinein. Sie wußte, wie man mit so einem Schwein wie Frankie Santino umgehen mußte. Damals auf dem Gerichtsflur hatte sie ihn geschnitten, als sei er der letzte Dreck, und das war Frankie Santino auch wirklich. Er erinnerte sich an ihr Gesicht und an die Stimme: Ein Gesicht, wie es ein Mädchen von Christies Schlag so einem Hohlkopf wie Frankie zu zeigen pflegte; eine Stimme, wie sie so ein Mädchen für so einen Kerl übrig hatte.

Warum Christie dort gewesen war, bekümmerte ihn nicht mehr, denn Murray wußte, einzig wichtig war, daß sie dort gewesen war, daß er sie dort gesehen hatte, daß sie ihn gesehen hatte, daß sie sich gesehen hatten. Er lächelte breit hinter seinen Händen. Murray fühlte sich wohl, obgleich etwas an seinem Glück nagte und sich ihm wieder die Erinnerung aufzwang, daß etwas nicht in Ordnung war, daß Christie nicht mehr bei ihrer Mutter und ihrem kleinen Bruder wohnte, sondern in einer Drecksgegend im Village, und daß er sie suchen mußte.

Murray Rogoff ging eine schmale Greenwich-Village-Gasse entlang, wobei er absichtlich alle herumstehenden Homosexuellen anrempelte, die ihm in den Weg kamen. Er wußte, sie hätten nichts lieber gehabt, als daß er sich umdrehte und sie ein bißchen herumgebeutelt hätte – sie wieder berührt hätte. Die Hände tief in die Hosentaschen vergraben, den Blick auf den Boden geheftet, ging Murray mit großen Schritten weiter, und seine breiten Schultern bahnten ihm freien Durchgang. Er sah die Netzstrümpfe und die hohen spitzen Absätze der

Huren; er hörte das schmierige Geflüster der Strichjungen, aber er hob den Blick nicht. Er ging an ihnen vorbei in dem schrecklichen Bewußtsein: das ist von jetzt an Christies Weg, an diesen Leuten muß sie vorübergehen. Die brauchten nur die Hand auszustrecken, um sie zu berühren. O Gott! Was war das nur für eine Mutter?
Er trat an einen Getränkestand, stützte sich mit dem rechten Arm wuchtig auf die klebrige Theke und stierte in das Aufundabblubbern der Limonade in der Ausschankmaschine. Keiner betrachtete den seltsamen Riesen mit der merkwürdigen Schweißerbrille und der Schirmkappe, die sein Gesicht halb verdeckte. Und auch er achtete nicht auf die Betriebsamkeit um sich herum. Sein Blick fixierte die Mietskaserne auf der gegenüberliegenden Straßenseite. Ein vierstöckiger Block unter vielen gleichartigen, rechts und links, alle mit dem Eingang auf die Straße und einem langen, schmalen, schlechtbeleuchteten Flur. Mit einem großen Schluck trank er die kalte, nach nichts schmeckende Flüssigkeit hinunter. Aber sie kühlte ihn nicht, sie lag nur schwer im Magen.
Ohne Zögern, ohne noch einmal auf den Zettel in seiner Tasche zu sehen, überquerte Rogoff die Straße und stieß mit der Gummisohle seines Schuhs die Haustür an. Diese Türen waren nie abgeschlossen. Auch der Flur war so, wie er es erwartet hatte; zwei elektrische Birnen brannten hoch oben an der Decke und warfen kleine, gelbe Lichtkegel nach oben, die der Düsternis nichts anhaben konnten. Er ging geradewegs auf die lange, schmale Treppe zu und stieg leichtfüßig nach oben, immer zwei Stufen auf einmal nehmend, drei Stockwerke so wie nichts, bis er am obersten Treppenabsatz stand und sich die Mütze in den Nacken schob. Er streckte das Gesicht nah an die zunächstgelegene Apartmenttür und fuhr mit der Hand das Türblatt ab. Aber die Aufschrift war längst abgeblättert. Er schlich sich zur nächsten Tür. Das war die richtige: 4 C. Lautlos stieg er den letzten Treppenabsatz hinauf und drückte mit einer Schulter die Dachluke auf. Ein plötzlicher Luftzug stieß ihm entgegen, aber er kam nicht von draußen, sondern nur vom Öffnen der Luke. Denn die Nachtluft war drückend und ohne einen Windhauch. Murray bewegte sich mit seltsa-

mer Schläue und Lautlosigkeit über die Dachpappe. Dann blieb er reglos stehen: Niemand lag da herum, kein Gekicher und Geflüster hinter den Kaminen. Kein Pärchen auf dem Dach. Niemand.
Er ließ sich auf alle viere nieder und kroch vorsichtig an den Rand des flachen Daches, von wo er hinuntersehen konnte auf sein Ziel. Da unten lag ein kleiner Hinterhof, auf den die Apartments der C-Reihe hinausführten. Seine Augen hatten sich jetzt schon gut an die Dunkelheit gewöhnt; er studierte diesen kleinen Ausschnitt dort unten wie eine ausgebreitete Straßenkarte. Das schmale Gäßchen, das sich zwischen zwei Häuserblöcke zwängte und in den Hinterhof führte. Rogoff stellte sich auf und holte tief Atem, aber die Luft schien keinen Sauerstoff zu enthalten; sie legte sich ihm schwer auf die Brust, der Kopf tat ihm weh, die Augen brannten. Einen Moment lang überfiel ihn ein ganz sonderbares Gefühl. Als wäre er gerade in die Tiefe gefallen, oder als würde er eben fallen.
Er mußte weg hier, wieder zurück auf die Straße. Er drehte sich um und überlegte, in welche Richtung er laufen mußte. Und dann lief er, lief, ohne auf den Lärm zu achten, den seine schweren Schritte auf dem Dach verursachten, lief, bis seine Augen die Dachluke auf dem letzten der vier Dächer ausmachten. Er stieß die Tür krachend auf und stürzte die Treppen hinunter und hinaus auf die Straße. Dann holte er tief Luft und ging rasch und mit sicheren Schritten auf dem Gehsteig weiter.

Johnnie Devereaux stand in der Dunkelheit und drückte sich gegen die rauhe Mauer eines Kamins. Seine Lippen formten unwillkürlich die Worte, die ihn seit Minuten wie ein Herzstechen durchzuckten: Ich habe ihn aus den Augen verloren. Ich habe ihn verloren. Aber die Verzweiflung wurde gleich wieder von einer ruhigeren Stimme übertönt: Okay, dann hast du ihn eben für eine oder zwei Minuten verloren. Dann ist er dir eben in ein anderes Haus entwischt. Hast du geglaubt, daß er dir seinen Weg mit Kieselsteinen markiert? Er kann nur ein Ziel haben. Das Gäßchen.

Detective Jimmy O'Neill taten die Beine weh. Er kniete auf dem harten Boden und mußte den Oberkörper gebückt halten, damit seine Augen genau in Höhe des Fensterbretts waren, sonst hätte sich sein Kopf dunkler von der Dunkelheit hinter dem geöffneten Fenster abgehoben.
Damit ihm nicht alles vor den Augen verschwamm, mußte er in Abständen den Blick von den beiden Gestalten auf dem gegenüberliegenden Dach wenden. Und dabei hatte er eine phantastische Abwechslung gefunden. Im vierten Stock neben dem Haus, dem seine ganze Aufmerksamkeit gehörte, war ein rotblondes Mädchen. Jimmy O'Neill hätte nicht sagen können, was sie trieb, aber was es auch war, es war großartig. Sie hatte keine Jalousetten, die Fenster standen offen, und sie drehte sich zu irgendeiner Musik, tauchte in dem Viereck auf und verschwand dann wieder im Hintergrund des Zimmers. Jimmy O'Neill sah jetzt nur noch zur Erholung seiner Augen hinüber, um sich den Blick wieder zu schärfen. Seit er das durchdringende Klingeln des Telefons über den Hof herüber gehört hatte, erweckte die Rotblonde keinerlei wie auch immer geartete Gefühle mehr in ihm. Sein Interesse galt ausschließlich den beiden Gestalten, die sich dort gegenüber auf den Dächern bewegten. Die eine war verdächtig – bei Gott, sogar aus der Entfernung sah Jimmy, daß der Kerl zum Fürchten war. Devereaux war nicht so leicht zu erkennen, und wahrscheinlich wußte Jimmy O'Neill überhaupt nur deshalb, daß dort oben noch eine zweite Gestalt war, weil er seit vier Jahren mit Devereaux zusammenarbeitete.
Schlau wie ein Fuchs ist dieser Kerl, dachte Jimmy in widerwilliger Bewunderung. Kundschaftet aus: die Lage des Apartments, dann das Gäßchen – und verschwindet dann wieder auf einem anderen Weg vom Dach. Nichts mehr zeigte sich auf der langen waagerechten Linie der Dächer, und Jimmy konnte seine Augen eine Minute lang entspannen. Die Rotblonde erschien wieder im Fenster; sie dehnte ihren Oberkörper und neigte ihn zurück – verdammt noch mal, die war ja oben herum nackt. Einen Augenblick war ihre Brust im Profil zu sehen, dann verschwand der Spuk. Jimmy O'Neill rieb sich die vor Anstrengung tränenden Augen. Dann konzentrierte er

sich auf den Hof, der zwei Stockwerke unter ihm lag. Die Ausmaße des gepflasterten Vierecks, alle Schatten und Umrisse registrierte er bewußt. Dort würde der nächste Ort der Handlung sein.

John Devereaux betrat das Gäßchen wie ein Geist; laut- und gestaltlos. Er mischte sich mit den Schatten, drückte sich nur an den Teilen der Mauer entlang, auf die kein Lichstrahl aus den Fenstern fiel.
John Devereaux atmete nicht; in solchen Augenblicken wie jetzt hielt er ganz automatisch die Luft an. Längst hatte er gelernt, daß man es eine beträchtliche Zeit lang ohne aus- und einzuatmen ertragen konnte. Sein Blick überflog den kleinen Hof, von dem kleinen Fenster, das noch nicht geöffnet war, über die Ecken in alle Schattenwinkel und über die fahl beleuchteten Stellen.
John Devereaux atmete leise die angehaltene Luft aus und sog geräuschlos frischen Atem ein. Vorsichtig schlich er an der Hausmauer entlang. Und wieder formten seine Lippen unwillkürlich die Worte, die er ständig dachte: *Ich habe den Kerl verloren!*

Casey Reardon ließ sich auf dem Beifahrersitz des schwarzen Pontiac nach hinten fallen. Er kreuzte die Arme über der Brust und stemmte die Knie gegen das Armaturenbrett. Mit der Zungenspitze leckte er sich die Schweißtropfen von der Oberlippe. Vor zwanzig Minuten hatte er angerufen; er hatte es nur einmal klingeln lassen, wie es verabredet gewesen war, sobald der Verdächtige auftauchte. Obwohl Casey seitdem kein Wort mehr gesprochen hatte, fragte Dell nun folgerichtig in seine Gedanken hinein:
»Soll ich mal nachsehen, Boss?«
Reardon zögerte, aber dann schüttelte er den Kopf. Er wunderte sich, daß Dell so kühl und unbeteiligt wirken konnte. Denn er wußte, daß er genauso nervös wie er selbst war. »Wir warten«, erwiderte Reardon und blickte auf das Gäßchen, wo Devereaux jetzt war. Devereaux, aber nicht Rogoff.

Christie spürte, wie ihr linker Arm immer steifer wurde. Sie hob den Kopf und versuchte, das Knarren zu vermeiden, das schon die leiseste Bewegung auf diesem Bett verursachte. Mit der Rechten hob sie den eingeschlafenen Arm und biß sich schnell auf die Lippen, als das Blut wie mit vielen spitzen Nadeln einschoß.

Ein leises, klopfendes Geräusch aus der Kochnische. Oder aus dem Bad? Mit offenem Mund starrte sie in die Richtung, aus der das Geräusch gekommen war.

»Entschuldigung, das war nur ich«, flüsterte Ferranti fast unhörbar.

Sie hörte Marty und Stoney ausatmen, aber sie wußte, daß beide die Luft angehalten hatten. Wie lange war es her seit dem kurzen, durchdringenden Klingeln des Telefons? Sie konnte die Zeit nicht schätzen, und es war so dunkel, daß sie auch das Zifferblatt ihrer Uhr nicht sehen konnte, das eigentlich hätte leuchten müssen. In Wellen ging ein Brausen durch sie, so plötzlich und so heftig, daß sie sich wunderte, kein Echo davon im Zimmer zu hören.

Das war ein Geräusch, leise und zögernd, aber doch deutlich von dem inneren Rauschen zu unterscheiden.

Und gleich darauf kam Martys Stimme, ein heiseres Flüstern: »Wieviel?« Und dann hörte sie Stoney, der eine Bewegung machte.

»Zehn Uhr fünfundvierzig.«

Sie rechnete nach: Um zehn Uhr zehn hatte das Telefon zum letztenmal geklingelt. Vor fünfunddreißig Minuten. Über eine halbe Stunde warteten sie schon.

Wo war er? Wo war Rogoff?

Für Murray Rogoff war die Welt ein Abgrund voll Verderbtheit, eingesäumt von Nachtlokalen, deren Türen sich schamlos auf die Gehsteige hinaus öffneten und das Stimmengewirr dieser Untermenschen in die warme, frühsommerliche Luft ausspien. Mit großen Schritten lief er blindlings daran vorbei, rammte sich da hindurch, ohne zu wissen wohin, und dabei wuchs der Zorn in ihm zu ohnmächtiger Raserei, stieg von tief innen in Brust und Lungen, goß sich in Schenkel und Knie, bis

er nur noch eine fiebernde Masse von Empfindungen war. Die Berührungen der Passanten wehrte er voll Ekel und Haß ab; er ging ihnen aus dem Weg und konnte sie doch nicht ganz vermeiden.
Er ging durch die Straßen von Greenwich Village und wußte, daß die Erlösung von all diesem Schmutz in ihm steckte, klar und sicher und unabänderlich, aber konnte sie nicht fassen, immer wieder entglitt sie ihm vor dem dummen Gelächter, den leuchtenden Augen, den aufdringlichen Körpern, die ihm lüstern und neugierig entgegenkamen. Seine Augen brannten unter der Brille, er riß sie sich herunter und grub die geballten Fäuste in die trockenen, stechenden Augenhöhlen. Es tat weh. Die Geräusche drangen auf ihn ein, hinter ihm, vor ihm, neben ihm, ihr Echo erfüllte ihn, er war ihnen hilflos ausgeliefert, schon um die nächste Ecke wieder ein neues Blöken, die mißtönende Stimme eines Sängers, die wie durch einen Tunnel verstärkt in sein Ohr gellte. Er setzte die Brille wieder auf; ruhelos musterten seine Augen die Touristen, die herumstanden und sich nicht getrauten, die verlockenden Lasterhöhlen zu betreten. Aber wie ihre Augen glitzerten, wie fasziniert sie waren, wie sie sich unschuldig stellten und doch vom gleichen Dreck stammten!
Und dabei der Hunger in ihm, die ganze Zeit über, immer mächtiger: der Hunger nach Sauberkeit, nach Reinheit und Liebe, wie man sie hier nicht finden konnte.
Schließlich blieb Murray Rogoff stehen. Mitten auf der Straße blieb er stehen. Er konnte wieder einen Gedanken fassen; alles um ihn herum war weitab gerückt. Er streckte die Arme über dem Kopf aus und seufzte tief und erleichtert. Die neugierigen und begehrlichen Blicke der anderen bemerkte er gar nicht. Sein Gehirn übermittelte ihm die Botschaft, die schon die ganze Zeit über in ihm gewesen war, unter all dem Aufruhr nur darauf gewartet hatte, daß er sie empfing.
Jetzt konnte er weitergehen, und jetzt blieb er unberührt von all diesem Schmutz. Er wußte, wo seine Erlösung, seine Freude, sein Glück waren; er wußte, wo seine Liebste war. Und das Bild von Christie Opara löschte alles Widerwärtige dieser Umgebung aus. Rogoff blickte vorsichtig um sich, dann

drehte er sich um und ging zielbewußt in die entgegengesetzte Richtung.

John Devereaux war ein geduldiger Mensch; er hatte durch bittere Erfahrungen gelernt, daß sich ein Polizist den Luxus der Ungeduld nicht leisten kann. Er war es gewohnt zu warten; er wartete mit einer Gewißheit, die in jahrelanger Erfahrung gründete. Aber ganz konnte auch diese Gewißheit seine wachsende Besorgnis nicht unterdrücken.
Noch einmal ging er sorgfältig alle Fakten durch, denn an Fakten konnte man sich halten. Der Verdächtige hatte die Wohnung ausfindig gemacht sowie den Eingang zur Wohnung. Der Verdächtige hatte sich aus Gründen, die nur ihm selbst bekannt waren, nicht zum Betreten der Wohnung entschlossen. Er hatte die Verbindung zu dem Verdächtigen verloren. Er, John Devereaux, durfte das Gäßchen nicht verlassen, und wenn der Himmel selbst einstürzte, es sei denn auf Befehl von Reardon oder nach Anbruch des Tages, denn der Verdächtige konnte es sich noch anders überlegen und doch hier auftauchen. Soweit die Fakten. Alles hing von Rogoff ab.
John Devereaux war ein Mensch, der zwar denken konnte wie eine Maschine, der aber auch sehr menschlich empfinden konnte. Und in diesen nahezu eineinhalb Stunden, während er sich hier auf dem Gäßchen von einem Schatten in den anderen drückte, empfand er eine Erschöpfung, die nah an Verzweiflung war; eine Hilflosigkeit, die an ohnmächtige Wut grenzte; ein tiefes Bedauern, daß er sich keine Zigarette anzünden und nur einen tiefen Lungenzug machen konnte, daß er die Schuhe nicht ausziehen durfte.
Um sein Gehirn wach zu halten, trieb er kleine Gedankenspiele: Er betrachtete der Reihe nach die Wohnungsfenster, wandte dann den Blick in eine andere Richtung und rief sich in derselben Reihenfolge ins Gedächtnis, was er in den Fenstern gesehen hatte. Er fragte sich, welche Methode O'Neill wohl anwandte, um wach zu bleiben. Vermutlich beobachtete er das kleine Hürchen dort oben. Die war nicht umzubringen. Er wußte zwar nicht, was sie da trieb, aber jedenfalls betrieb sie es ausdauernd. Und was mochten die im Zimmer machen? Da

war jeder für sich allein, wie er hier, und jeder würde sich auf irgendeine Weise wach zu halten versuchen, um nicht vom Schlaf überwältigt zu werden, der sie nur zu leicht alle lahmlegen konnte, einschließlich seiner selbst. *Wo steckte der Kerl nur*?

Jimmy O'Neill hatte schon nach zwei Minuten gewußt, daß die Gestalt unten im Gäßchen John Devereaux war, denn wäre der formlose Schatten der Verdächtige gewesen, dann hätte dort noch eine zweite Gestalt sein müssen. So aber war nur einer da, und Jimmy konnte sich ausrechnen, was passiert war. Der Hundsfott hatte John abgeschüttelt, und John saß jetzt in der Schußlinie. Er, Jimmy O'Neill, konnte nur beten für ihn und sich und die anderen, daß dieser Hund bald auftauchte.
Hätte Jimmy auch nur den geringsten Zweifel daran gehabt, wer die Gestalt dort unten war, jetzt wäre er ihm vergangen. Denn nun betrat noch jemand das Gäßchen, und O'Neills scharfe Augen erkannten an den Umrissen, daß es der riesige Kerl war, den er vor eineinhalb Stunden auf dem Dach gesehen hatte. Glasklar registrierte O'Neill den Sachverhalt. Jetzt ist Rogoff im Hinterhof.

Wie ein Taucher, der sich ohne alle Hilfsmittel in tiefes, kaltes Wasser stürzt, hielt John Devereaux den Atem an. Er preßte sich noch dichter an die Mauer, obwohl er wußte, daß ihn der andere in dieser Dunkelheit gar nicht sehen konnte. Er beobachtete die große Gestalt, die vorsichtig und gewandt über den Hof schlich, einen Augenblick stehenblieb und lauschte, sich umsah, aber nichts entdeckte. Den Bruchteil einer Sekunde ließ Devereaux den Verdächtigen aus den Augen, um sich zu vergewissern, daß Jimmy O'Neill schon auf dem Sprung war, um über die Feuerleiter herunterzusteigen, sobald Rogoff hinter dem Badfenster verschwunden sein würde. Dann heftete sich sein Blick wieder auf den Mann, der jetzt auf das Fenster zuging.

Es war eine besondere Stille im Raum; keine vollkommene

Stille, vielmehr eine, die aus zwei Schichten bestand. Die erste Schicht, das waren die gedämpften Geräusche von draußen: Radioklänge und Fernsehlautsprecher, die durch die geöffneten Fenster ins Freie drangen, Gesprächsfetzen und das Weinen der Kinder, die bei dieser Hitze nicht einschlafen konnten. Das alles mischte sich ineinander und bildete eine Geräuschkulisse wie ein ständiges Rauschen, das nichts gegen die Konzentration der Wartenden vermochte.
Und die zweite Schicht der Stille war die innerhalb des Zimmers selbst. Das absichtliche Schweigen der vier Wartenden, manchmal von einer Bewegung oder einem unterdrückten Husten unterbrochen. Dieses Schweigen, das Stoney Martin angeordnet hatte, als Marty in seinem Schrankversteck, ohne es zu merken, zu summen angefangen hatte. Wann war das gewesen? Vor Stunden? Da hatte Stoney ihnen allen eingeschärft: Wir sind hier, um zu warten. Damit müssen wir uns abfinden. Wir warten, und wenn es die ganze Nacht dauert. Dem nächsten, der sich muckst, schlage ich seinen verfluchten Schädel ein!
Christies Körper hatte sich gefährlich entspannt; es war ihr unmöglich, noch einmal die sprungbereite Aufmerksamkeit des Anfangs in sich zu erzeugen. Es fehlte die Erregung. Alles in ihr war schläfrig und stumpf, alles um sie war unwirklich.
Es war ein leises, gleitendes Geräusch, zögernd und tastend. Dann setzte es aus, so daß Christie den Speichel, der sich in ihrem Mund gesammelt hatte, hinunterschlucken konnte. Sie wartete auf eine schnelle, geflüsterte Entschuldigung. Daß Ferranti etwas an seiner Körperstellung verändert oder daß Marty einen Krampf im Fuß gehabt habe. Aber nun war die Stille im Zimmer so vollkommen, daß es keinen Zweifel mehr über die Herkunft des Geräusches geben konnte. Es setzte wieder ein. Und Christie fühlte, wie ihr Körper von hämmernden Empfindungen und stechender Bereitschaft überflutet wurde.
Sie hörte und sah ihn dabei förmlich. Wie er über das Fensterbrett in die Badewanne rutschte, mit ausgestreckten Armen zur Türschwelle tastete. Sie bewegte sich vorsichtig und biß die Zähne aufeinander, als die Sprungfedern der

Couch quietschten, und dann fiel ihr wieder ein, daß sie die einzige war, von deren Anwesenheit er wissen durfte – mußte. Sie zwang sich, tief und regelmäßig wie eine Schlafende zu atmen. Sie hörte das friedliche, rhythmische Einziehen und Ausatmen. Dabei war ihr, als müßten ihre Lungen bersten.
Die Schritte waren nahezu lautlos; trotzdem spürte Christie ihr Gewicht. Sie kamen näher und stockten an der Schwelle des Bads. Jetzt war sie allein; die tödliche Stimme sog sie in einen undurchdringlichen Kreis von Einsamkeit und Verlassensein. Es war niemand mehr da – außer Christie Opara und Murray Rogoff. Die Stille hatte Bill Ferranti, Stoney und Ginsburg verschluckt. Sie lag auf der Seite und rührte sich nicht. Und nun sah sie ihn auch, die riesige, zaudernde Gestalt, die nach ihr suchte. Ja, es war gut, daß sie allein waren, denn sie hatte längst erkannt, daß sie ihm so begegnen mußte: allein.
Christie Opara sah Rogoff in diesem Augenblick mit solcher Klarheit, wie sie noch nie einen Menschen in ihrem Leben gesehen hatte. Und dabei ging ihr Atem gleichmäßig, unangefochten von dem stechenden Schrecken, der ihren Körper durchzuckte.
»Christie, Christie Opara«, sagte die Stimme vom Telefon.
Sie hörte die Trostlosigkeit dieser Stimme, die alles Gefühl für Raum und Zeit in ihr auslöschte, die wieder die Vorstellung von dem kranken, verstörten Sechzehnjährigen wachrief. Unwillkürlich streckte sie die Hand aus und spürte kaltes, glattes Fleisch, aber diese Empfindung war so unwirklich wie ein Traum.
Das gelbe Licht, das über das Zimmer flutete, die Schreie, Rufe und Schüsse überraschten sie.
In dem Augenblick, als das Licht anging, hörte sie ein »Duck dich, Christie!« – aber sie hätte nicht sagen können, wessen Stimme sie unter das Bett scheuchte. Sie fiel auf den Boden und kroch sofort unters Bett. Und wer hatte geschrien: »Polizei! Um Gottes willen, er hat ein Messer! Lassen Sie das Messer fallen!« Es war ein Gewirr von Stimmen und Schreien, und dann der Aufschrei eines Tieres, wild und zu Tode

gequält. Und dann ein dumpfes Aufschlagen, mit dem etwas neben sie fiel.

Ohne es zu merken, hatte sie ihr Gesicht in beiden Händen versteckt und hob es erst, als sie etwas an ihrem Ellbogen spürte. Ein unheimlicher, starrer Blick ruhte auf ihr, dessen Leere sie so hypnotisierte, daß sie nicht auf die Stimmen reagierte, die ihren Namen riefen. Instinktiv zog sie sich zurück vor den Händen, die nach ihr griffen. Und dann, als sie diese leblosen Augen nicht länger ertragen konnte, erkannte sie erst, daß sie eingeschlossen war: rechts von dem Metallfuß der Liege, links von *seinem* Kopf. Und im selben Augenblick ergriff sie eine Panik, hier weg zu müssen, noch in dieser Minute von diesem Anblick erlöst zu werden. Sie scheuerte sich am Liegengestell, robbte gegen die Wand zu, und da streckten sich auch schon Hände nach ihr aus, die ihr auf die Knie halfen und sie dann vorsichtig hochzogen. Und jetzt sah sie ins Licht, ohne zu blinzeln.

Gebannt starrte sie auf das dicke Blut, das aus seiner Schläfe quoll. Wie ein glitschiges Insekt zog es seine Spur über das breite Gesicht. Aus vielen kleinen Wunden strömte das Blut und bildete ganze Lachen um seinen Kopf.

Christie schlug sich mit dem Handrücken gegen den Mund und schmeckte eine schleimige Flüssigkeit. Verwundert schaute sie an sich herunter, weil sie nicht wußte, woher das Blut kam. Ihre Schulter, der Arm, der Rumpf und der Oberschenkel, alles war rot gefärbt bis hinunter zu den Turnschuhen. Sie stand da und wartete auf den Schmerz, aber sie fühlte nichts. Nur eine furchtbare, stille Leere.

Das Zimmer füllte sich mit Leuten. Devereaux und O'Neill, Marty und Ferranti drängten die fremden Gesichter aus der Tür, die mit aufgerissenen Augen und offenen Mündern hereinstarrten. Die Leute von der Mordkommission beugten sich über Rogoff. Und Casey Reardon bahnte sich mit Tom Dell einen Weg durch die Neugierigen, schaute auf Rogoff und bemerkte das offene Klappmesser in seiner Hand. Das Messer war blutig.

Christie hob automatisch den linken Arm, als Reardon es ihr befahl, ließ ihn auch den Ärmel ihrer Hemdbluse bis zur

Schulter aufreißen, ließ sich von ihm ins Badezimmer führen. Stumm sah sie zu, wie er ihr mit kaltem Wasser den Arm abwusch und wie das rote Blut immer heller wurde und schließlich nur noch das klare Wasser in kleinen Rinnsalen an ihrem Arm herunterlief. »Es ist nicht von Ihnen«, hörte sie Reardon sagen. Seine Stimme klang fremd, und seine Augen, die sie ansehen wollten und es nicht konnten, waren verändert. »Mir fehlt nichts, mir fehlt überhaupt nichts. Lassen Sie mich allein!« sagte sie mit einer Stimme, die sie selbst nicht kannte.

Reardon blieb ruhig, auch als sie seine Hand von ihrer Schulter abschüttelte. »Möchten Sie etwas, Christie? Brauchen Sie etwas – vielleicht einen Drink?« fragte er nur.

Sie verzog ihre Lippen zu einem ausdruckslosen Lächeln und blickte ihn reglos an. Langsam und bedächtig hob sie den rechten Arm, streckte ihn waagerecht aus, um ihm zu zeigen, daß ihre Finger nicht zitterten. »Ich bin standhaft wie ein Fels, Mr. Reardon«, sagte sie. Aber sonderbar, sie empfand keine Genugtuung. Als er sie allein ließ, kam ein unbegreiflicher Zorn über sie.

Das kleine Zimmer konnte kaum alle aufnehmen, die an dem Fall mitgearbeitet hatten. Christie ging zu der kleinen Gruppe, die sich in einer Ecke gebildet hatte: Bill Ferranti, Stoner Martin und Marty Ginsburg. Ihre Gesichter waren grau; die Lippen blutleer wie ihre eigenen Lippen. Reardon kam mit einem großen Mann, der ihnen ausdruckslos die Hände schüttelte; jedem mit kurzem, festen Druck. Sie hätten ihre Sache gut gemacht, sagte er. Christie kannte ihn nicht; sie sah nur an seiner Uniform, daß er ein höheres Tier war.

Der Arzt kam mit einem Sanitäter. Er warf Christie einen vorwurfsvollen Blick zu, als er entdeckte, daß das Blut an ihren Kleidern nicht von ihr stammte. Marty Ginsburg hielt ihm seinen rechten Arm hin. Er wurde noch blasser, als ihm der Arzt die Wundränder mit Watte reinigte. Ein langer, tiefer Schnitt zog sich vom Ellbogen bis kurz vor das Handgelenk.

»Aber ich spüre gar nichts«, meinte Marty verwundert, »überhaupt nichts!«

»Das kommt noch!« belehrte ihn der Arzt freundlich. »Wenn der Schock vorbei ist, werden Sie es verdammt spüren!«
Ferranti drückte sich ein Taschentuch gegen die kleine, tiefe Wunde unter dem Kiefer, bis der Arzt mit dem provisorischen Verband Martys fertig war.
»Der Gute spürt nichts, dabei werden wir mindestens zwanzig Klammern für die Wunde brauchen«, sagte der Arzt und lächelte. »So, und nun zu Ihnen! Was haben Sie abbekommen?« Er beugte den Kopf und sah sich Ferrantis Wunde an. »Aha, da hatten Sie ja Glück! Ein bißchen weiter seitlich – und es hätte die Halsschlagader erwischt. Dann hätten unsere Leichenträger noch einen hinauszutragen.«
Stoney, der unverletzt war, hängte sich bei Christie ein und versuchte, sie ins Bad zu drängen. Aber da ging die Tür schon auf, und die Presseleute stürmten herein, ihre Ausweise steckten in den Hutbändern oder wurden flüchtig vorgestreckt und dann wieder in die Tasche gesteckt. Reardon wies sie in die Kochnische und ermahnte sie, nichts zu berühren. Alle schauten Christie an, erkundigten sich, was sie hier zu tun habe und interessierten sich für das Blut an ihrer Kleidung. Reardon hielt sie mit einer Handbewegung zurück und fragte Christie leise: »*Daily News* und *Post*. Sie möchten ein Bild von Ihnen.« Er strich ihr leicht übers Haar. »Sie müssen es nicht tun.«
Christie biß sich auf die Lippen und stieß hervor: »Wie Sie wollen, Mr. Reardon.«
Er lächelte nur, aber es war nicht das vertraute bittere Lächeln. Er drückte ihre Hand, und führte sie in die Kochnische.
»Nur ein paar Bilder, meine Herren. Meine Leute hatten eine harte Nacht.«
Die Reporter stellten sie zurecht, riefen ihr zu, wie und wohin sie schauen sollte, holten sich Stoney, Marty und Bill dazu, aber vor allem wollten sie Fotos von ihr. Und besonders angetan hatte es ihnen die Seite, an der Rogoffs Blut klebte. Ihre harten Stimmen kommandierten ihren Blick in diese Richtung und in jene, und Christie schaute gleichgültig durch sie hindurch in die Scheinwerfer. Schließlich waren sie fertig mit ihr, und dann war Rogoff ihr Objekt.

Ein kleiner, drahtiger Bursche packte Christies Arm. »Stell dich auf den Kühlschrank, Baby, damit ich eine gute Aufnahme von deinen Beinen in den Kasten kriege!« Christie stieß seine Hand weg und fuhr ihn an: »Zisch ab, Knabe!«
Sie ging hinaus auf den Flur, vorbei an den tuschelnden Leuten, die da standen und sich über das Vorgefallene unterhielten. Sie hörte nichts und sah nichts; sie fühlte sich aus der Wirklichkeit herausgetragen und weit, weit von ihr entfernt. Die Wirklichkeit war dort, wo Rogoff tot auf dem Boden lag.
Als der Polizeiwagen beim Notdienst vorfuhr, konnte Ferranti keinen Druck mehr an seinem rechten Knöchel aushalten. Er lehnte schwer an Stoneys Arm, bis der Wärter einen Rollstuhl brachte. Als er sich auf Rogoff gestürzt hatte, hatte er sich den Knöchel verdreht, und inzwischen war die Schwellung so stark, daß der diensttuende Arzt die Socke vom Fuß schneiden mußte. Christie wartete in der Empfangshalle, während Ferrantis Knöchel geröngt und Martys Arm genäht wurde. Stoney rief indessen die Frauen der beiden Verletzten an. Christie war froh, daß sie es nicht tun mußte, denn ihre Stimme hätte so gleichgültig und kalt geklungen, daß man es ihr sicher verübelt hätte. Nur Nora konnte das verstehen. Sie fragte nur: »Ist dir nichts passiert, Christie?«
Und Christie erwiderte ruhig: »Nein.«
Stoney erschien mit zwei Tassen Kaffee. Christie schluckte das bittere Zeug. Es brannte ihr heiß im Schlund und belebte sie doch nicht. Sie nahm die Zigarette, die Stoney ihr hinhielt. Er sah nachdenklich auf das ausgeblasene Streichholz in seiner Hand. »Das war das Verrückteste«, sagte er. »Die ganze Zeit klebte mir der Stummel von meiner letzten Zigarette im Mund. Casey hat ihn mir herausgenommen, als er ins Zimmer kam. Ich hatte gar nicht gemerkt, daß ich den Stummel noch im Mund hatte.« Dann schwiegen beide und beide wußten, daß sie in Gedanken die vergangenen Geschehnisse ordneten.
Um ein Uhr nachts kam Reardon ins Krankenhaus. Er vergewisserte sich bei der Krankenschwester, daß keiner seiner Leute ein Schlafmittel bekommen hatte, und verlangte, daß Ferranti zu Ginsburg ins Zimmer geschoben würde. Widerstrebend kam die Nachtschwester seinem Wunsch nach, und

Reardon beruhigte die inzwischen herbeigeeilten Frauen der Verletzten, daß es ihren Männern gutgehe und daß sie bald entlassen würden. Den beiden Männern erklärte er, daß Tom Dell ihre Frauen wohlbehalten in die Wohnungen zurückbringen werde. Dann winkte er einem kleinen Mann, zusammen mit Stoney und Christie in das Krankenzimmer zu kommen. Wortlos zog sich der Kleine einen Stuhl an Ginsburgs Bett und öffnete seinen schwarzen Lederkoffer. Als er die Stenomaschine aufgestellt hatte, blickte er Reardon fragend an.
»Solange ihr noch alles frisch im Gedächtnis habt, wollen wir den Film abspulen. Angefangen mit Rogoffs Einstieg«, sagte Casey. »Ich möchte den Bericht so schnell wie möglich dem Untersuchungsgremium vorlegen.«
Und da erst hörten sie alle, wie es eigentlich gewesen war. Jeder erzählte seine Geschichte, und wie bei einem Puzzlespiel fügten sich die Geräusche, das angeknipste Licht, die Schüsse und Schreie in die rechte Folge.
Stoney hatte den Warnruf abgegeben. Marty hatte das Messer in Rogoffs Hand gesehen und Stoney gewarnt. Und im selben Augenblick hatte auch Stoney das Messer entdeckt und geschrien: »Er hat ein Messer!« Rogoff hatte sich auf Marty gestürzt, und Ferranti war dazwischengesprungen mit dem Ruf: »Laß es fallen!« Er hatte Rogoff am Arm gepackt und versucht, ihm das Messer zu entwinden. »Ich glaube, ich habe als erster geschossen«, sagte Stoney und sah Bill an.
»Ich traf ihn in die Stirn«, erwiderte Bill leise. Er konnte den erschreckten Gesichtsausdruck und den im Krampf sich zusammenkrümmenden mächtigen Leib nicht aus seiner Erinnerung verdrängen.
»Ich schoß zweimal auf ihn, aber ich bin nicht sicher, ob ich ihn traf«, sagte Marty und befühlte den sauberen weißen Verband an seinem Unterarm.
Stoney sagte: »Ich traf ihn, ich traf ihn in die Brust.«
Reardon gab dem Stenografen ein Zeichen. Er packte, ohne eine Miene zu verziehen, seine Sachen wieder in den schwarzen Lederkoffer, grüßte und verließ das Krankenzimmer.
»Und du, Christie«, sagte Stoney jetzt lächelnd, »du hast mir einen ganz schönen Stoß versetzt, als ich dich unterm Bett

hervorziehen wollte! Also so was darfst du nicht wieder mit mir machen!«
Ja, jetzt erinnerte sie sich wieder. Hände hatten nach ihr gegriffen und sie zu fassen versucht. Sie zuckte die Achseln. »Es war der Anblick seines Gesichts ... ich war ganz verzweifelt, von ihm wegzukommen.«
Stoney fuhr sich mit der Hand über die Stirn. »Hab ich da eine Beule, Mr. Reardon? Das Mädchen hat einen tollen Karatestoß.«
Sie wußte, daß Reardon sie beobachtete. Er betastete Stoneys Stirn und machte eine witzige Bemerkung; er ließ sie dabei nicht aus den Augen, wie er sie während der ganzen Zeit schon nicht aus den Augen ließ. Aber sie begegnete seinem Blick nicht – vielleicht, weil sie nicht wollte, daß er das sah, was er sonst gesehen hätte. Schließlich kam die Oberschwester entschlossen herein. »Die beiden Männer müssen jetzt schlafen«, sagte sie und schüttelte die Pillen hörbar in den beiden Pappbechern, die sie in der Hand hielt. »Die beiden bekommen ihr Beruhigungsmittel, und der da« – sie sah Ferranti strafend an – »wird in sein Zimmer zurückgeschoben.«
Casey stand auf und verbeugte sich lächelnd vor der überraschten Frau. »Selbstverständlich, Ma'am«, sagte er freundlich. »Hier haben Sie die Befehlsgewalt!« Er winkte Marty und Bill zu. »Schlaft gut, Jungs, und macht der Schwester keine Scherereien. Lassen Sie es mich wissen, Ma'am, wenn sie aufmucken.«
Die Oberschwester beachtete ihn nicht mehr. Sie paßte scharf auf, daß Marty seine Pille hinunterschluckte. Christie und Stoney nickten ihren beiden Kollegen zu, und die beiden nickten mit demselben Ausdruck zurück. Dann schloß sich die Tür.
»Habt ihr noch was gegessen?« fragte Casey auf dem Flur.
»Unser Kumpel hatte eine Tasse schwarzen Kaffee vorhin, aber das dürfte für eine notorische Teetrinkerin nicht ganz das Richtige gewesen sein«, erwiderte Stoner.
»Möchten Sie eine Tasse Tee und ein Sandwich oder so etwas?« erkundigte sich Reardon bei Christie.

Sie schüttelte den Kopf. Ihre rechte Hand strich über den dunkelbraunen Fleck an ihrer Hose. Rogoffs Blut war noch immer etwas feucht. »Ich möchte nur nach Hause und duschen und mich umziehen.«
»Gut. Sam Farrell steht mit dem Wagen unten. Er bringt Sie nach Hause, Christie.« Casey sah auf seine Uhr und schnitt ein Gesicht. »Zwei Uhr früh! Kinder, es ist mir zuwider, euch das antun zu müssen, aber es geht nicht anders. Schlaft ein paar Stunden und seid morgen um neun wieder im Büro, okay?«
»Um neun, Mr. Reardon, okay.«
Er warf einen prüfenden Blick auf sie; ein kleines, wohlvertrautes Lächeln, spielte um seine Mundwinkel. Aber er schluckte hinunter, was er gern gesagt hätte. Dann winkte er Sam, der eben aus dem Fahrstuhl kam. »He, Sam, was haben Sie morgen früh vor?«
Farrell kramte in seinen Taschen und zog einen Zettel hervor. »Sie sagten, ich soll das Tonband ins Polizeilabor bringen.«
Reardon überlegte einen Moment: Farrell wohnte in der Bronx. »Tut mir leid, Opara, ich kann Ihnen morgen früh den Wagen nicht schicken. Sie werden mit der U-Bahn fahren müssen.«
»Das ist kein Problem«, erwiderte sie kurz. Sie nickte Stoney zu und trat in den Lift. Eine Sekunde lang, bevor sich die Lifttür schloß, sah sie Reardon an.

18

John Devereaux' Gesicht war von Müdigkeit gezeichnet. Alle Linien, die sich in seinen siebenundvierzig Jahren eingegraben hatten, waren unbarmherzig deutlich zu erkennen. Die hellgrauen Augen, matt und gerötet, zeugten von schlaflosen Stunden und viel Scotch. Er hatte immer wieder einen Schluck gebraucht, um einigermaßen wach zu bleiben und einigermaßen weiterarbeiten zu können.
Als Christie Opara ins Büro kam, bot sie ihm an, seinen Bericht zu tippen. Er nickte nur schwer und rutschte mit

seinem Stuhl etwas zur Seite, sah dumpf vor sich hin, während sie sich einen anderen Stuhl holte und an die Maschine setzte.
»Dieser Rogoff!« sagte er langsam. »Mein Gott! Er hatte eine Schuhschachtel unter seinem Bett.« Seine Stimme klang hohl. Müde strich er sich über die Stirn. »Eine Schuhschachtel voller Andenken – Notizbücher und Haarbüschel. Auch über dich hatte er ein Notizbuch. Wir fanden es in seiner Hosentasche.«
Christie schrieb nicht mit, was er sagte; es war einfach ein Gespräch, ein Monolog, den er loswerden mußte. Sie hatte sich kalt geduscht und sorgfältig zurechtgemacht. Äußerlich wirkte sie frisch und ausgeschlafen, aber ihr Gehirn war stumpf und reagierte nur mechanisch.
Devereaux spreizte Daumen und Zeigefinger: »Lauter kleine Schächtelchen mit Haarbüscheln, etwa zwei bis drei Zentimeter lang.« Seine Worte fielen wie schwere Steine. »*Sieben* Notizbücher und *sechs* Haarbüschel.«
Christies Mund wurde trocken. »*Sieben?*«
»Ja«, sagte er. »Wir mustern alle ungelösten Fälle aus, die seit Jahren zu den Akten gegeben wurden.« Er redete mehr für sich als an sie gewandt. »Guter Gott, da war dieses Mädchen vor drei Jahren in Brooklyn. Ich habe eine Zeitlang an dem Fall gearbeitet, bevor ich versetzt wurde.«
»Sieben«, wiederholte Christie und dachte erst jetzt daran, daß sie auch darunter war. »Sieben Notizbücher und sechs Haarbüschel.« Automatisch griff sie sich in das kurze Haar im Nacken.
Devereaux blinzelte. Er rieb sich die Augen. »Hast dich gut gehalten, heute nacht, Christie. War nicht schön, was?«
Sein Blick wurde wieder starr. »Nachher war's noch ärger. Jimmy O'Neill und ich und noch ein paar von unserer Kommission durchsuchten Rogoffs Wohnung. Wir brauchten Stunden, um alles auseinanderzuklauben.« Er kratzte sich im Genick. Sein Gesicht bekam tiefe Schatten. »Das war fürchterlich. Sein Bruder war da, aus Long Island. Armer Teufel. Er war verständigt worden und mußte es den Eltern sagen. Die alte Frau hättest du hören sollen, wie die schrie. Eine kleine Person, ganz klein. Und der Vater auch. Sonderbar. Und

dabei dieser Riese. Jimmy sagte dem Bruder, er solle einen Arzt rufen, daß er den alten Leuten eine Spritze gibt zur Beruhigung. Aber die alte Frau schrie noch fast eine Stunde lang, nachdem sie die Spritze bekommen hatte. Der Bruder brachte seine Eltern zu Nachbarn in die Wohnung. Und dann kam er wieder und stand so da und sah uns zu und versuchte, sich so unsichtbar wie nur möglich zu machen.«
Christie konnte ihn förmlich sehen. Sie erinnerte sich gut an David Rogoffs bleiches, starres Gesicht.
»Kennst du Paddy Leary? Den großen, dicken? Der wurde grob, weißt du. Als wir die Schuhschachtel fanden, hielt er sie David unter die Nase und schrie ihn an: ›Feinen Bruder hatten Sie! Hat eine Menge junger Mädchen umgebracht!‹ Und dem anderen gaben schier die Knie nach. Jimmy schickte ihn raus, daß er uns Kaffee machte!« John schüttelte den Kopf. »Kaffee! Und dabei haben wir die ganze Zeit nur White Label gesoffen.«
»Komm, laß uns den Bericht schreiben, John, ja?«
Jimmy O'Neill, ein großer, knochiger Mann mit Bürstenhaarschnitt und jungenhaftem Gesicht, sah seinem Kollegen Devereaux in keiner Weise ähnlich. Aber die Müdigkeit hatte ihn genauso gezeichnet. Und als er jetzt hereinkam und Devereaux ablöste, klang seine Stimme ebenso tonlos und schwer. Er diktierte Christie den Bericht mit allen Einzelheiten, und Christie schrieb schnell. Sie sah erst auf, als sie Reardons Stimme hörte.
Künstlich munter überspielte er, was sein Gesicht auf den ersten Blick verriet: Er hatte kaum oder gar nicht geschlafen. Die Augen waren klein, und auf Kinn und Wangen glänzten rötliche Bartstoppeln. »Hallo, habe ich mir doch gleich gedacht, daß dieses flinke Geklapper nicht von unseren Mordbuben stammt! Hören Sie, Opara, wenn Sie damit fertig sind, habe ich ein paar haarige Sachen für Sie, die erledigt werden müssen, okay?« Er zog sich die bereits gelockerte Krawatte herunter, schaute auf seine Uhr, zog sie auf und ging in sein Büro.
Stoner Martin kam herein und winkte zur Begrüßung. Dann hängte er sich gleich ans Telefon, um mehrere Anrufe zu

erledigen. Dazwischen erzählte er Christie, daß Marty arge Schmerzen habe, während Ferranti sich wohl fühle.
Tom Dell öffnete die Tür und kam mit einem Paket unterm Arm herein. Er war frisch rasiert, sah gepflegt und ausgeschlafen aus und hängte seinen Hut an den Haken.
»Prr, komme ich mir schmutzig vor«, sagte er. »Wir sollten hier wirklich eine Duschgelegenheit haben!«
O'Neill gab Johnnie ein Zeichen. »Sieht aus, als ginge er zu einem Rendezvous, und jammert, daß wir keine Dusche haben!«
»Warst du die ganze Nacht unterwegs?« fragte Christie verwundert, denn man sah es ihm nicht an.
»Sehe ich nicht ganz abgekämpft aus?« fragte Dell beleidigt. »In dieser verdammten Gegend ein ordentliches Hemd zu kriegen ist fast unmöglich.« Er hielt das Paket hoch.
Devereaux zog sich mit spitzen Fingern das verschwitzte Hemd vom Leib. »Ihr tötet mir den letzten Nerv! Länger als einen Tag und eine Nacht könnt ihr wohl nicht ein und dasselbe Hemd tragen, was?«
Sie zogen sich gegenseitig auf. Der Kaffee machte sie wieder munterer, ihre Stimmen wurden lauter. Dell verschwand mit einem der beiden neuen Hemden in Reardons Büro, um gleich darauf mit einem Rasierapparat zurückzukommen.
»Stoney, Mr. Reardon fragt, ob du den Rasierer richten kannst. Er surrt zwar, schneidet aber nicht. Ich für meinen Teil fühle mich überhaupt nicht rasiert ohne heißes Wasser und Seifenschaum.«
Man merkte Dells entspanntem Gesicht wirklich nicht an, daß er Reardon von einer Stelle zur anderen gefahren hatte, nach dem endlosen Warten vor Rogoffs Wohnung, während sie durchsucht wurde. Er setzte sich und streckte die Beine aus, wobei er sorgfältig auf seine Bügelfalten achtete.
Stoney brachte Reardon den reparierten Rasierapparat und bestellte Dell: »Du ziehst am besten gleich dein neues Hemd an, mein Sohn. Der Boss will wegfahren, sobald er rasiert ist.«
»Sagt ihm, ich warte draußen!« rief Tom Dell und war schon auf dem Weg zur Herrentoilette. Reardon stand vor dem kleinen Bürospiegel und rückte sich Kragen und Krawatte

zurecht. Dann drehte er sich zu Devereaux und O'Neill um. »Sprach eben mit eurem Chef, Freunde. Er hat ein höheres Tier bei sich und erwartet euch ziemlich bald. Seid ihr mit dem Bericht fertig?«

»Ja, Sir.«

»Herrgott, ist ja schon wieder Lunchzeit! Seht zu, daß ihr vorher noch einen Happen eßt!« Er wandte sich an Stoner und Christie. »Ich werde etwa in einer Stunde zurück sein, bleibt solange hier! Kopf hoch, Opara«, sagte er leichthin, als er ihren ärgerlichen Gesichtsausdruck sah. Er warf ihr eine *Daily News* auf den Tisch. »Wie oft waren Sie schon auf der Titelseite?«

Christie schaute ihm nach, den Blick ärgerlich auf eine widerspenstige Haarsträhne in seinem Nacken gerichtet. Seine Hand fuhr glättend darüber, und er wandte sich noch einmal um. Er grinste in ihr überraschtes Gesicht, dann ging er hinaus.

Devereaux und O'Neill riefen schnell zu Hause an, um ihren Frauen mitzuteilen, mit ihrer Ankunft sei nicht zu rechnen, bevor sie nicht wirklich zu Hause seien. Und dann verabschiedeten sie sich, um in ihr Büro zu fahren.

Christie und Stoner tippten wie wild weiter, um die scheinbar endlosen Berichte fertigzukriegen, die Reardon dem Untersuchungsgremium vorlegen mußte. Christie hatte bei ihrem Bruder angerufen und kurz mit ihrer Schwägerin gesprochen, damit sie sich keine Sorgen machten. Mickey war nur ganz schnell an den Apparat gekommen und hatte ihr aufgeregt mitgeteilt, er habe ihr Bild in der Zeitung gesehen, jetzt sei gar keine Zeit mehr, er dürfe mit seinen Kusinen ins Kino gehen.

Es war vier Uhr vorbei, als Reardon zurückkam. Christie spürte die Müdigkeit in jedem Teil ihres Körpers und fragte sich verwundert, ob er und Tom Dell sich inzwischen ausgeruht hätten, denn beide sahen frisch gestärkt und munter aus. Sie hatte nur noch einen Wunsch: nach Hause und ins Bett.

»Kommt, kommt, Freunde! Haben Sie schon gewendet, Dell? Kommen Sie, Opara, wir fahren!«

Reardon stürmte aus dem Zimmer, und Christie tauschte noch rasch einen Blick mit Stoner. Der zuckte die Achseln: »Der Herr befiehlt, wir folgen ihm.«
Reardon und Dell unterhielten sich. Christie saß mit Stoner auf dem Rücksitz des Pontiac und drehte ihre Armbanduhr so herum, daß sie das Zifferblatt sehen konnte. »Es ist fünf Uhr fünfzehn, Opara. Fehlt Ihnen was?« kam es scharf von vorn.
»Mir fehlt nichts, Mr. Reardon, gar nichts.«
Er wies Dell an, auf den für Ärzte reservierten Parkplatz zu fahren, und hastete gleich darauf mit ihnen durch die Empfangshalle des Krankenhauses, vorbei an der Schwester, die etwas von Besuchszeiten sagte und ihnen nachlief. Aber Reardon war mit seinen Leuten schon im Lift und hatte auf den Knopf gedrückt. »Setzen Sie ein Besucherlächeln auf, Opara!« ermahnte er sie.
»Alles, okay, Schwester!« rief er der verblüfften Stationsschwester zu und riß bereits die Tür zum Krankenzimmer auf. Erschrocken fuhren Ginsburgs Zimmergenossen in ihren Betten hoch.
»Also, wie lange wollen Sie denn noch hier rumhängen, Ginsburg? Wie lange glauben Sie, daß ich Sie durchfüttere?«
Marty sah aus, als hätte er in der kurzen Zeit erheblich abgenommen. Seine Wangen hingen schlaff herab; die blassen Lippen zu einem Lächeln verzogen, reichte er Reardon die Hand. »Ich gäbe Ihnen gern die schöne, Boss«, sagte er mit einer Stimme, die klang, als imitiere er den alten Marty Ginsburg, »aber wie Sie sehen, ist die einstweilen aus dem Verkehr gezogen.«
Reardon stand einen Augenblick stumm neben dem Bett. Seine Augen hatten eine Farbe, die Christie noch nie gesehen hatte; ihr Ausdruck war weicher und verriet Betroffenheit. Er beugte sich über Marty und flüsterte ihm etwas zu. Marty nickte langsam und zustimmend. Als die wütende Stationsschwester hereinkam, empfing sie Reardon mit den Worten: »Keine Aufregung, wir gehen ja schon! Aber passen Sie auf unseren Patienten auf, er hat eine Haut wie Leder. Wenn die Wunde verheilt, werden Ihnen die Klammern entgegenspringen!«

Marty stimmte in das Gewitzel ein, und jetzt klang seine Stimme auch schon wieder fast wie früher.

Bill Ferranti saß aufrecht im Bett und las in einer Zeitschrift. Er hatte eine gesunde, rosige Gesichtsfarbe. Das einzige, was ihn störte, war der unförmige Verband um den Hals. »Versteh gar nicht, wieso die soviel Zeug da herumwickeln mußten. Die Wunde ist ja kaum drei Zentimeter tief«, sagte er ärgerlich zur Begrüßung.

»Drei Zentimeter?« fragte Reardon. »Junge, Sie können von Glück reden, daß Sie sich den Knöchel gebrochen haben, sonst nähme ich Sie gleich wieder mit!« Er strich über den Gipsverband, den Ferranti unten hervorstreckte.

»Ich wußte nicht, wie mir geschah, als ich das hörte«, erwiderte Ferranti kopfschüttelnd. »So weh hat es gar nicht getan, und jetzt spüre ich überhaupt kaum noch was.«

»Eine Abteilung zum Abschießen! Zwei liegen auf der Nase und eine« – Casey wandte sich nach Christie um – »springt einem von allen Titelseiten entgegen.« Er lächelte sein altes, hartes Lächeln. »Jetzt werdet ihr mir bei jedem Wetterumschwung ächzen und stöhnen. Tut Ihnen auch was weh, Opara?«

»Mir tut nichts weh, Mr. Reardon.«

Keinem schien der eisige Ton ihrer Stimme aufzufallen. Reardon jedenfalls ließ sich nicht das geringste anmerken. »Kinder, ihr habt aber jetzt einen Stein im Brett beim District Attorney!« sagte er. »Er war so beeindruckt, daß er beinahe gelächelt hat. Nicht ganz, aber beinahe. Übrigens hätte ich fast vergessen – ich habe euch zur Beförderung vorgeschlagen. Sie nicht, Stoney, ich will Sie doch nicht wegloben, außerdem hätten die auch gar keine Planstelle frei. Aber Sie kriegen eine Sonderbelobigung. Der D. A. hat Sie schon dafür vorgemerkt, das heißt zwar noch gar nichts, aber mal sehen, was sich da machen läßt.«

Und dann wieder barsch: »Los, gehen wir! Ferranti, halten Sie die Ohren steif, ich will sehen, ob wir nicht einen Fall auftreiben, bei dem man auch einen hinkenden Polizisten einsetzen kann.«

Im Lift summte Reardon, und wieder fragte sich Christie

woher er plötzlich diese Energien nahm. Er mußte ein paar Stunden geschlafen haben. Draußen vor dem Krankenhaus sog sie tief die kühle Abendluft ein. Es war ein gutes, erfrischendes Gefühl. Sie achtete nicht auf die Unterhaltung der Männer; selbstvergessen stand sie daneben und genoß die gute, frische Luft. Stoney drückte ihr die Hand: »Mach's gut, Kleine!« Er winkte zum Abschied.
Tom Dell gab Reardon die Autoschlüssel und sagte: »Ich habe im Büro und bei der Mordkommission angerufen, Chef – wir werden nicht vermißt. Der Tank ist frisch gefüllt.«
Christie fühlte Erleichterung in sich aufsteigen: Reardon fuhr also jetzt nach Hause. Und sie war fertig für heute, konnte heimfahren und Mickey holen. »Bis bald, Christie!« verabschiedete sich Tom. Reardon ergriff ihren Arm und führte sie in Richtung des geparkten Pontiac.
Er öffnete den Wagenschlag auf ihrer Seite. »Los, steigen Sie ein! He, wissen Sie auch, daß Sie den Mund offen haben?« Als er auf dem Fahrersitz saß, neigte er sich zu ihr hinüber. »Heute abend muß Dell mal die U-Bahn nehmen. Jetzt fährt der Boss. Irgendwelche Fragen?« und mit einer abwehrenden Handbewegung: »Fragen Sie lieber nichts. Schnallen Sie sich fest!«
Sie klickte den Verschluß des Sitzgurts ein und saß neben ihm, ohne ihn anzusehen. Eine neue Welle von Ärger überspülte sie. Alle konnten heimfahren, alle in der Abteilung hatten Feierabend. Aber sie mußte er herumschleifen, vermutlich damit sie noch ein paar hundert Berichte tippte. Sie legte ihr Notizbuch neben sich und verschränkte die Arme.
Reardon fuhr schnell, fachmännisch und ungeduldig. Plötzlich bremste er und stieß geschickt in eine schmale Parklücke. »So ein Glück, als ob sie auf uns gewartet hätte! Kommen Sie, Opara!« Sie überlegte, ob sie sitzen bleiben sollte und warten, bis er ihr die Autotür aufhielt, aber er lief schon auf das Gebäude zu und winkte ihr. Sie mußte schnell gehen, um ihn einzuholen. Unter der Tür nahm er ihren Arm und schob sie hinein.
»So da sind wir«, sagte er gutgelaunt und ganz so, als hätten sie gemeinsam das Lokal ausgesucht. Ein Mann kam auf sie zu. Er lächelte und schüttelte Casey wie einem alten Bekann-

ten die Hand. Er führte sie an den Tischen vorbei zu einer halbdunklen Nische. Christie nahm auf den dunkelroten Ledersitzen Platz, Casey ihr gegenüber, und der Mann, den er George nannte, entfernte sich diskret. Casey beugte sich über den Tisch und betrachtete sie amüsiert.

»Na, wann haben Sie zuletzt gegessen?«

Christie zuckte mit den Achseln.

»Also, dann essen Sie jetzt! George ist ein sehr empfindlicher Mensch; er paßt auf wie mit Adleraugen, ob es Ihnen schmeckt. Bitte, beherrschen Sie Ihr Mienenspiel! Wenn Sie seine Gefühle verletzen, bin ich bei ihm unten durch.«

Sie wollte etwas erwidern, aber schon erschien George mit einem Tablett und stellte zwei Gläser vor sie hin. Er verneigte sich vor Casey und sagte: »Scotch für Mr. Reardon, und für die junge Dame etwas ganz Besonderes!« Er wartete, bis sie an dem Glas mit weißem Eisrand nippte.

Die Flüssigkeit war kalt und cremig-süß im Mund und heiß in der Speiseröhre. »Fein«, sagte sie, und als sie sah, daß er damit nicht zufrieden war: »Wirklich köstlich!«

Georges Gesicht wurde breit vor Freude. Er verschwand behend hinter der Küchentür.

»Sehen Sie, wie feinfühlig er ist? Bei ihm braucht man keine Speisekarte, er stellt das Menü zusammen!«

Christie nahm noch einmal einen Schluck. Georges Gefühle! Was gingen sie die Gefühle eines wildfremden Mannes an? Sie drehte an dem verdammten Armband ihrer Uhr, das sich ausgeleiert hatte, so daß nie die Uhr nach oben schaute.

»Spannen Sie aus, Christie! Sie sind Gast des Chefs!« Er hatte ihre Hand ergriffen und hielt sie fest. Es war wieder dieser stichelnde Ton in seiner Stimme. Wer hatte sie vergangene Nacht immer wieder gefragt, wie es ihr gehe, ob ihr etwas fehle, ob ... als wäre sie die einzige von allen, bei der man Angst haben mußte, daß sie nicht durchhielt?

»Mr. Reardon, ich bin müde. Ich habe keinen Hunger; ich bin nur müde. Ich möchte Ihren Freund George nicht kränken, aber ich glaube nicht, daß ich nur einen Bissen hinunterbringe. Also sagen Sie es ihm bitte, weil ich jetzt wirklich nach Hause möchte!«

»Zu spät«, erwiderte Reardon und lächelte genußvoll, als eine Schüssel aufgetragen wurde. Der Ober legte ihr etwas auf den Teller, und sie stocherte gehorsam mit der Gabel herum und aß auch ein wenig, weil er auf ihre Reaktion wartete. Reardon unterhielt sich mit ihm indessen über den richtigen Wein zu der Speise. Schließlich hatte man sich über Sorte und Jahrgang geeinigt. Eine Flasche wurde entkorkt. Reardon schenkte ihr ein Glas voll und füllte seines auf. Er prostete ihr zu, und sie trank einen Schluck.
Einen großen Schluck, der ihr warm in den Magen lief. Sie achtete nicht auf Reardon, der ihr sagte, daß man so keinen Wein trinke. Was scherte sie sich darum, wie man Wein trank, was kümmerte sie dieses Lokal hier?
»Christie, schauen Sie mich an!« Seine Stimme klang scharf, aber sie sah sein Gesicht nur verschwommen. »Heraus damit, Christie!« sagte Reardon, und gleich darauf hörte sie ihre eigene Stimme, so hart und ungewohnt: »Lassen Sie mich in Ruhe, Mr. Reardon. Es geht mir gut. Das glauben Sie nicht, was? Hätscheln Sie jemand anderen – nicht mich!«
Er hatte das Kinn vorgereckt, das sah sie, aber sein Gesicht blieb verschwommen. »Zum Teufel, ich verhätschle Sie nicht, Sie gehören zu meiner Abteilung und sind eine von meinen Leuten, verstanden?«
»Verstanden«, sagte sie automatisch.
»Und zwar eine der besten, verstanden?« Er legte beide Hände auf den Tisch und neigte sich weit hinüber zu ihr. Seine Stimme war leise. »Sie hat es nicht berührt, nicht wahr? Nichts ging Ihnen an die Knochen. Es stand ja in der *News* – Christie Opara war kalt und ruhig, als wäre sie gerade mal um den Block gelaufen. Alle schrieben das. Wie Eis. Sind Sie so, Christie? Nun, es ist verdammt praktisch, wenn man so sein kann – *wie Eis*!«
Seine Worte stachen wie Nadeln; sie wollte etwas erwidern, aber sie brachte kein Wort hervor. Er rutschte zu ihr herüber. Sie wollte etwas sagen, sich wehren, aber plötzlich wurde ihr schwarz vor den Augen. Sie streckte eine Hand aus, um sich irgendwo festzuhalten, und da wurde sie schon gehalten. Jemand neben ihr packte sie, drückte ihr Gesicht an sich und

riß sie in der Schulter. Sie wollte schreien, weil es Rogoff war, aber nein, es waren warme Hände, lebendig, und ihr Druck war jetzt nicht mehr so schmerzhaft heftig. Und es war Reardons Stimme: »Okay, Christie, weinen Sie sich endlich aus. Weinen Sie alles heraus.«
Er nahm ein Taschentuch und trocknete ihre Wangen; er verlangte, daß sie sich schnaubte, und tupfte ihre Augen ab. Sie lehnte sich zurück, bat ihn noch einmal um sein Taschentuch und schneuzte sich. Ohne ihn anzusehen, sagte sie: »Entschuldigen Sie! Ich bin bestimmt die erste aus der Abteilung, die sich an ihrem Hemd ausgeweint hat. Und noch dazu an einem neuen.«
Er nahm ihr Kinn und zwang sie, ihn anzusehen. »Entschuldigen Sie sich nicht, Christie. Wenn Männer sich manchmal ausweinen könnten, gäbe es wahrscheinlich weniger Magengeschwüre.« Er lächelte sie an. »Und das sage ich Ihnen, wenn Sie sich nicht von selbst ausgeweint hätten, hätte ich es aus Ihnen herausgeprügelt! Und dafür hätte George vermutlich überhaupt kein Verständnis aufgebracht.«
Sie ließ die Schultern fallen und fühlte sich müde. Aber es war eine gute Müdigkeit. Als sie die Augen öffnete, kam George mit einem großen Tablett. Aus seinem Gesicht war keine Verwunderung zu entnehmen, weil Casey neben ihr saß.
»George, ich tu das furchtbar ungern, aber der jungen Dame ist nicht gut«, sagte Casey und stand auf. Er reichte ihr die Hand und zog sie auf die Beine. »Sie scheint sich die Masern geholt zu haben. Sehen Sie sie bloß an: überall rote Flecken. Ich stecke sie ins nächste Taxi und schicke sie nach Hause, denn ich möchte nicht, daß sie Ihnen ihre Bazillen hier herumstreut.«
Casey legte einen Geldschein auf das Tablett und sagte: »Ein andermal, George. Wenn sie die Masern überstanden hat, müssen wir sie ohnehin aufpäppeln, finden Sie nicht auch?«
George lächelte. »Danke, Mr. Reardon. Ja, dann stelle ich Ihnen etwas ganz Besonderes zusammen. Ich freue mich immer, wenn Sie kommen, sehr zu Diensten, Mr. Reardon! Auf Wiedersehen, Miss.«
Draußen war es dunkel geworden. Ein schmaler, roter Streif

stand am Rand des Horizonts. Reardon hielt ihr die Wagentür auf und befahl: »Anschnallen!«
Sie ließ den Kopf auf die Nackenstütze sinken und schloß die Augen. Er telefonierte mit dem Büro und brummte zufrieden. Dann schaltete er den Empfang aus. »Wir sind an die Luft gesetzt, und wir werden an die Luft gehen«, sagte er. »Wohin wollen Sie, Christie?«
Sie machte die Augen auf und dachte nach. Die schreckliche Müdigkeit war verflogen.
»Nicht nach Hause?« fragte er. »Noch nicht gleich, ja?«
Sie fuhr sich mit der Zungenspitze über die Mundwinkel, wollte etwas sagen und schwieg dann. »Hören Sie mal, Opara, sagen Sie, was Sie wollen, und es geschieht, okay?« drängte er ungeduldig.
»Zum Strand«, sagte sie.
»Zum Strand«, wiederholte er tonlos und ließ den Motor an. Christie döste vor sich hin, während er den Wagen geschickt durch den Verkehr von Manhattan und Queens lenkte. Sie schlug die Augen erst wieder auf, als er den Motor abstellte.
»Wo sind wir?«
»Riis Park«, antwortete er. »*Am Strand.* Das ist eine gesperrte Straße, nur für Armeefahrzeuge.« Er wies auf das Schild *Zutritt verboten.* »Aber schließlich ist das Fahrzeug auch berechtigt, hier zu parken, stimmt's?«
»Ja«, sagte sie und stieg aus. Er rutschte auf ihren Platz hinüber und machte die Wagentür zu.
»So«, sagte er dann. »Jetzt sind wir am Strand. Und was tun wir jetzt? Ausziehen und schwimmen?«
Sie schüttelte den Kopf und watete stumm durch den Sand. Er ging ein paar Schritte hinter ihr her, dann hockte er sich nieder. Er wußte, daß ihr das Weinen nicht über alles hinweggeholfen hatte. Wie sie da langsam am Rand des Wassers entlangging, eine scharf umrissene Silhouette vor dem blassen Mondlicht, war sie nur ein kleiner, einsamer Schatten. Reardon glaubte, noch nie ein solches Bild der Einsamkeit gesehen zu haben.
Er wußte, daß sie nicht allein damit fertig werden konnte. Und deshalb ging er ihr nach. Die Luft war kühl und feucht. Sie

erschauerte, und als sie ihm das Gesicht zuwandte, war ihr Blick leer und blind vor Qual. Sie wollte etwas sagen, aber es kam nichts aus ihr heraus.

»Kommen Sie, hier ist es zu kalt!« Er führte sie zu einem kleinen Sandhügel, an eine trockene, windgeschützte Stelle. Da setzten sie sich hin und schwiegen eine Weile. Dann fing er zögernd an zu sprechen: »Vor sechzehn Jahren war ich in Korea. Gleich hinter dem Strand war der Dschungel; es war heiß, feucht und heiß, wie in einem Dampfbad. Man konnte keinen Schritt gehen, ohne in den Schlamm einzusinken. Und dabei mußte man ständig auf der Lauer sein. Hinter jedem dieser Büsche und Zweige konnte der Feind stecken. Unsere Marineeinheit war abgesetzt worden, um den Küstendschungel zu säubern. Sieben Stunden lang war kein Schuß gefallen; trotzdem kamen wir fast um vor Anspannung.«

Reardon senkte den Kopf und schwieg. Sie hatte ihn noch nie so reden hören.

»Man fühlte, wie sie lauerten. Aber es war so verdammt heiß, daß man allmählich leichtsinnig wurde. *Ich* wurde leichtsinnig. Es war strenger Befehl, den Stahlhelm aufzubehalten.« Reardon sah sie an. »Ich war ein vierundzwanzigjähriger Lieutenant und kam mir unverletzbar vor. Ich nahm den verfluchten Stahlhelm ab und setzte die Schirmkappe auf, unter der man nicht so schwitzte. Und dann hörte ich den Schuß. Er schlug mir nicht einmal die Mütze herunter, er ging einfach durch.« Reardon wischte sich mit dem Handrücken über die Stirn. Seine Stimme klang bitter. »Mein Sergeant war tot, noch bevor er auf den Boden fiel. Die Kugel hatte seinen Stahlhelm durchbohrt. Als ich ihn auf den Rücken legte, sah ich das kleine, rote Loch in seiner Stirn.«

Reardon hockte sich vor ihr auf die Fersen. »Verstehen Sie, was ich damit sagen will, Christie?« Er packte sie an den Schultern. »Diese Kugel war für mich gedacht. Sie hätte mich treffen sollen. Die Kugeln gestern abend trafen Rogoff. Sie trafen ihn, und sie töteten ihn. Keine war für Sie. Sein Tod hat nichts mit Ihnen zu tun.«

Er ließ sie los und stand auf. Er ging den Strand entlang und saugte die kühle, frische Luft ein.
Als er zurückkam, war sie eingeschlafen. Sie lag auf der Seite und hatte den Kopf auf einen Arm gebettet. Ihr Gesicht war mehr als schön: Es war friedlich. Er kniete neben ihr nieder. Als er ihre Wangen streichelte, runzelte sie im Schlaf die Stirn. Er streichelte die Falten fort, ohne sie aufzuwecken.
Reardon preßte den Kopf auf die Knie. Im Schlaf sah sie so verwundbar aus. Sie erweckte die widerstrebenden Gefühle in ihm. Manchmal reizte sie ihn bis aufs Blut. Sie konnte frech sein. Sie war zäh – nein, nicht eigentlich zäh. Stark. Sie versuchte, stark zu sein. Und sie war sehr stolz.
Es war mehr als nur ein körperliches Verlangen, obwohl auch das da war. Mein Gott, das hatte er nicht gewollt. Das nicht. Nie. Er hatte so etwas noch nicht erlebt. Es waren viele Frauen in seinem Leben gewesen, und immer waren es flüchtige Erlebnisse, von beiden Seiten rein körperliche Begegnungen. Nie waren seine Beziehungen zu anderen Frauen so tief gegangen, daß man von einem Verhältnis hätte sprechen können.
Seine Frau und er hatten vor fünfzehn Jahren eine Abmachung getroffen, nach der Geburt der Zwillinge. Das war bitter und verworren, aber er war niemandem Rechenschaft dafür schuldig.
Reardon biß sich auf die Lippen. Er hob den Blick und sah Christie an. Diesmal war es anders, und das hatte er nicht gewollt. Er dachte an Nora Opara.
Sie bewegte den Arm und streckte die angezogenen Beine aus. Ihr Gesicht war voll Staunen. Dann lächelte sie. »Jetzt habe ich wirklich geschlafen!« sagte sie.
Reardon stand auf und wischte seine Jacke ab. Seine Stimme klang ärgerlich. »Ich werde wochenlang den Sand nicht aus den Schuhen kriegen. Stehen Sie auf, Opara, sonst erkälten Sie sich noch, und das fehlte mir gerade! Noch jemand krank!« Seine Augen suchten den Boden ab. »Passen Sie auf, daß Ihr Notizbuch nicht herausgefallen ist!« sagte er.
»Ich habe es im Auto gelassen!«
»Was? Im Auto? Und Ihre Dienstpistole und die Polizeimar-

ke womöglich auch? Wissen Sie, daß Ihnen das eine Klage eintragen könnte?«

Als sie zum Wagen kamen, verlangte er, daß sie sofort nachschaute, ob ihre Sachen noch da waren. Sie waren noch da. Christie legte sich den Sitzgurt an, und er schlug die Tür hinter sich zu. Sie sah ihn an. Aber er hatte den Kopf abgewandt und ließ den Motor an.

»Verflucht, schauen Sie mal, wieviel Uhr es ist! Wissen Sie, wie lange wir hier waren?«

»Offenbar zu lange.«

Reardon gab keine Antwort. Das Schweigen zwischen ihnen war greifbar; es war beklemmend und verwirrend. Er wechselte so schnell. Von einem Augenblick auf den anderen konnte er sich vollkommen verwandeln. Jetzt war sein Gesicht wieder so hart wie immer. Er tat, als sei sie überhaupt nicht vorhanden. Er streckte den Kopf vor und blinzelte durch die Windschutzscheibe. Dann drosselte er das Tempo und hielt vor einer Imbißstube.

»Haben Sie Hunger?« fragte er und wandte ihr den Blick zu. Christie sah ihn prüfend an und merkte, wie sich seine Miene entspannte. Und nun wußte sie, daß es ihm leid tat, daß er etwas von sich hergegeben hatte. Deshalb war er so zornig gewesen vorhin. Er war wütend auf sich selbst gewesen, weil er etwas Persönliches vor ihr enthüllt hatte.

Er ließ sie amüsiert gewähren, und als sie merkte, daß er in ihren Gedanken las, daß er ihr Gesicht genauso studierte, wie sie seins, senkte sie den Kopf und sagte: »Ja, ich habe Hunger. Aber in der Kneipe möchte ich nicht essen. Ein paar Kilometer weiter ist ein nettes Lokal. An der Allee links.«

Reardons Augen funkelten. »Sie sind ja mächtig energisch, Opara«, sagte er und ließ den Motor wieder an. Ärgerlich pfeifend fuhr er auf die Straße hinaus. Und doch kam es ihr so vor, als sei er jetzt glücklich.

Christie fragte sich, ob sie jemals so weit kommen würde, ihn ganz zu verstehen. Casey Reardon war wirklich ein sehr schwieriger Mann.